Nota : Les propos tenus dans les textes n'engagent que leur auteur. Certains partis pris pourraient blesser le lecteur. Cependant, nous avons souhaité laisser la liberté d'expression aux écrivains. Aussi, aucun membre du collectif des Auteurs Masqués ne pourra être tenu pour responsable des affirmations exprimées sous couvert de fiction.

© Le Collectif des Auteurs Masqués 2021

Tous droits réservés

Dépôt légal : Juin 2021

ISBN : 979-8-5026439-4-8

Un projet à l'initiative de Grégoire Laroque

Instagram : @gregoirelaroque_auteur

Couverture par Neord

neordart@gmail.com

http://neordart.com

Mise en page intérieure par Laure Bergeron et Neord

Histoires non Essentielles

Le Collectif des Auteurs Masqués

Introduction

Cher Lecteur,

Merci de tenir ce livre en main, objet essentiel s'il en est, que ce soit pour le besoin d'écrire des auteurs, pour la cause défendue par cette édition ou pour le plaisir que la lecture vous procure.

Le collectif des *Auteurs Masqués* s'est engagé dès le premier confinement début 2020 dans le soutien de causes qui lui tiennent à cœur en fonction de l'actualité et des besoins qui se font jour, en reversant l'intégralité des bénéfices de ses éditions à un organisme choisi pour sa représentativité et ses actions.

Les 50 auteurs du collectif viennent de plusieurs pays. Ils sont de toutes professions et de tous âges. Ils sont édités, autoédités ou sont de jeunes plumes auxquelles ce livre offre l'opportunité de s'exprimer. Ils écrivent en fonction de leur engagement et de leur disponibilité et mettent leur talent de façon solidaire au service de cet engagement.

Pour ce quatrième opus, nous soutenons *Itinéraires Singuliers* pour un sujet qui nous concerne tous : la culture, exprimée à travers ses différents médias et ses multiples acteurs, devenue, en 2020, accessoire sous le nouveau vocable de : « non essentielle ».

L'évidence se fait jour que la vie sociale réduite, voire absente, est un fléau pour l'être humain qui est un animal social par essence. *Essence* : qui est de la nature des choses, qui les rend essentielles.

Du fait de la fermeture de certains commerces, des restaurants, des théâtres, cinémas, spectacles et jusqu'à peu, des librairies, et même si de nombreux musées et autres sites ont fait en sorte de venir à nous grâce au virtuel, il manque à beaucoup ce fondement humain, cet essentiel dont nous prenons crûment conscience aujourd'hui.

Pour participer au soutien de la culture et pour tous ceux qui en sont les passeurs, faites découvrir ce livre autour de vous. Et puis, laissez-vous embarquer dans toutes sortes d'univers. Soyez heureux. Bonne lecture.

Christiane Angibous-Esnault

Chef de projet sur ce recueil

pour le collectif des Auteurs Masqués

https://lesauteursmasques.com

www.angibous-esnault.fr

Préface

Dans toute histoire, il y a une fin et un début à...

et donc une proposition qui s'ouvre à tout un champ de possibles, un jardin coloré en expansion. Et ces possibles-là relèvent tous, en leur essentiel, de la gratuité.

Donner place large et heureuse au gratuit ou quasi tel : l'imagination, la conversation, l'échange, la contemplation, la pensée, l'art, l'amour, la solidarité, les rêves aussi et puis prendre la plume pour tracer le chemin, tel est le défi que se sont donnés les *Auteurs Masqués*.

Porter un regard tout particulier à l'autre, à sa singularité et donc son unicité, au soleil qui prend corps, à la pluie qui se fait caresse, à ce qui se dit, ce qui nous parle, ce qui nous porte, ce qui nous transporte, ce qui nous interroge, ce qui pose question ou qui nous questionne, c'est le parti pris de ce collectif déterminé à labourer notre pensée endormie.

Avec eux, nous ensemençons le territoire du souffle pour célébrer l'intelligence du cœur et réveiller nos sommeils sans images. Avec eux, l'imagination poétique est chose vocable pour déployer à l'air libre de petites révolutions, certes de velours, qui sont les témoins de la diversité vivante de nos expériences sensibles et font fleurir les bleuets et les coquelicots au milieu des blés mûrs. Avec eux, nous creusons la boue pour cueillir l'étincelle, recueillir l'instant, chevaucher le vent, peindre le présent et le parer de toutes les saisons. Avec eux, l'univers s'avive en tempête d'infini avec ses fables et ses leurres, ses grelots et ses peurs, ses joies et ses doutes.

À *Itinéraires Singuliers*, nous portons une attention toute particulière à l'acte d'expression qui se libère d'une norme identitaire et s'unifie dans l'attention que l'on porte à l'autre.

Ce battement de nous, vivifié par l'expérience esthétique, humaine et créative des *Auteurs Masqués*, nous conduit tout naturellement à parler d'ouvertures, de regards autres, de sens partagés, d'expériences collectives, de multiplicité des perspectives et des démarches, de visions plurielles, de choix fragiles, d'humanité déployée, de pas perdus et de pas retrouvés.

Bref… de Culture !

Alain VASSEUR

Président et fondateur de l'association *Itinéraires Singuliers* et du pôle ressources *Arts, Cultures, Santé et Handicaps* en région Bourgogne-Franche-Comté

Directeur artistique

Itinéraires Singuliers

L'art et l'expression dans la lutte contre les exclusions

Il y a en chacun de nous, à l'intérieur de nous, une vie qui cherche à se dire, et à se donner. Cette altérité-là, *Itinéraires Singuliers* tente de la faire entendre au travers d'actions artistiques ou de projets qui croisent diverses disciplines, divers champs, diverses communautés de vie, divers territoires en Région Bourgogne-Franche-Comté.

Cette exigence culturelle solidaire, inhérente à toute véritable démocratie, portée par le *Pôle Ressource Arts Cultures Santé et Handicaps*, ne peut voir le jour que si elle est sans cesse revisitée par une parole authentique nourrie de l'histoire des hommes, mais avant tout portée par le regard et l'engagement de chacun d'entre nous, véritables passeurs, de cette fragile humanité.

20 années au service de la démocratisation culturelle sur le Grand Dijon et en Région Bourgogne-Franche-Comté. Depuis son origine, en 1999, en partenariat étroit avec le Centre Hospitalier la Chartreuse de Dijon, l'association *Itinéraires Singuliers* réunit les forces vives, sociales, sanitaires, associatives et culturelles de la Région Bourgogne-Franche-Comté pour mieux faire circuler, voir et entendre ces paroles dites « en marge », mises en forme, en voix et en lumière par des artistes professionnels ou amateurs.

Depuis 2013, l'association est reconnue organisme de formations, *Pôle Ressources Arts/Cultures/Santé et Handicaps* en Région Bourgogne-Franche-Comté.

Itinéraires Singuliers est une association culturelle, reconnue d'intérêt général, agréée «Entreprise Solidaire» et «Jeunesse et Éducation Populaire».

Partant du principe de gratuité pour tous, l'association vit grâce aux subventions du Conseil régional, du Conseil départemental de la Côte-d'Or, de la Ville de Dijon, de la DRAC, de l'Agence régionale de la santé et du Service civique de l'État. De plus, elle est soutenue par 135 adhérents.

Le Pôle Ressources porté par *Itinéraires Singuliers* s'articule autour de 3 axes dont voici les actions types d'une année représentative (2019)

A. Une action annuelle créative et solidaire (Festival)

<u>Expositions</u>

— 57 structures sanitaires, médico-sociales, associatives, éducatives ont travaillé sur une œuvre collective sur le thème de «L'Envol» en 2019 et de «Liens & Secrets» pour 2020/2021

    — 4 expositions collectives ont été organisées sur le territoire

    — 5 artistes individuels ont exposé sur le territoire

<u>Spectacles vivants (musique/danse/théâtre)</u>

— 13 structures ont travaillé sur le thème de «L'envol» et présenté leurs travaux sur le territoire. Total 1150 spectateurs

    — 13 compagnies professionnelles ont présenté leurs spectacles

<u>Cinéma</u>

— 3 films ont été présentés sur le festival

<u>Formation</u>

— 2 lieux investis en ateliers

<u>Synthèse</u>

— 70 structures ont été engagées sur le festival en région Bourgogne-Franche-Comté

— 31 prennent en charge des adultes ayant des troubles ou des difficultés liées au handicap mental

— 12 relèvent du même champ, mais concernent des enfants et des adolescents (troubles autistiques notamment ou retard mental)

— 5 EHPAD

— 4 services d'accompagnement et de prévention familiale

— 10 établissements scolaires, dont 3 collèges et 2 lycées

— 4 associations culturelles

— 4 centres hospitaliers

— Le festival a réellement pu favoriser la mixité des publics tant sur les projets que dans les lieux choisis et les partenaires associatifs pour les mettre en valeur.

<u>Autres actions</u>

— 4 Projets Culture Santé DRAC/ARS ont été mis en valeur durant ce festival

— 1 colloque sur le thème des « Droits Culturels des Êtres Vivants » avec le service culturel de l'université en partenariat avec la revue l'Insatiable/Culture et Démocratie (Belgique) > 78 participants

— 1 masterclasse de 2 jours avec l'Université de Louvain-la-Neuve (Belgique) > 50 étudiants, 10 résidents en situation de handicap

<u>Partenaires</u>

— 18 sur le Grand Dijon

— 10 sur la région Bourgogne-Franche-Comté

— 20 partenaires associatifs

— 36 compagnies ou structures régionales mobilisées et associées au projet

— Partenariats sur d'autres festivals et d'autres structures

— 10 interventions

B. Une plate-forme ressource dédiée aux professionnels

Une salariée d'*Itinéraires Singuliers* est missionnée à temps complet sur cet axe.

<u>Information</u> : site Internet et appels à projets

<u>Formations</u> : dans le cadre de la convention avec la DRAC et l'ARS, des partenariats avec l'Université et d'autres structures > 12 interventions

<u>Accompagnement</u> : 51 dossiers suivis et accompagnés et 4 projets évalués

<u>Mise à disposition d'outils</u> : bibliothèque et espace de travail mis à disposition pour des porteurs de projets

C. Un espace d'exposition — L'Hostellerie

Situé dans le Parc du Centre Hospitalier La Chartreuse de Dijon, ce lieu de fabrique, ouvert à tous, invite à une immersion dans des univers artistiques singuliers qui mettent en lumière la diversité des cultures et la richesse des différences.

En écho des expositions, des temps de rencontres sont programmés (ateliers, lectures, films, visites guidées…). Plus qu'un simple espace d'exposition, par ses actions culturelles il met en mouvement, rassemble, tisse des liens, invente de nouveaux possibles. Il est comme une marge, un pas sur le côté, pour poser un autre regard sur notre monde et pour mieux nous questionner.

<u>Expositions</u>

— 7 expos réalisées

Rendez-vous du dimanche

— 6 animations

Conférences apéro

Ateliers

Accueil de groupes

— 4 écoles primaires (avec une animation et des ateliers d'éveil)

— 8 structures médico-sociales

— 4 structures associatives

— 3 centres hospitaliers

— 2 collèges

— grand public > 2400 visiteurs

2020 et 2021 auront été des années difficiles,
mais le travail continue pour assurer notre mission

Pour plus d'informations :
https://www.itinerairessinguliers.com/

CLAPARÈDE Marie

Touche à tout, infirmière de métier, maman de cinq enfants, cabossée par la vie, Marie Claparède aime croquer chaque instant de ce qu'elle voit, non par une mine de crayon, mais par l'intermédiaire de ses mots et de ses émotions. Elle vous offre ses sourires, ses rires, sa sincérité, sa sensibilité exacerbée. En résumé, ce qu'elle est, un être aux multiples facettes, qui aime la vie.

marie.sansnom@yahoo.com

L'art de vivre

Par Marie Claparède

Cher Lecteur,

L'envie d'écrire une belle histoire attendrissante, pour le plaisir, était pourtant bien présente, puis elle a disparu, s'est éteinte comme une petite flamme dans le contexte actuel. Celui que je vis. Mon art de vivre n'a plus de sens. Rendre un peu le sourire, ne serait-ce qu'à une personne ? À défaut d'être toi.

Je t'en prie, lis ma fatigue et ma solitude, mais ne déprime surtout pas. J'aimerais que Monsieur Zola soit là, à mes côtés. Qu'il me souffle à l'oreille les mots qui pourraient réveiller les tiennes. Entendrais-tu l'être humain que je suis ? Oui, j'aime à le penser.

***

Coincée dans un petit cabanon, la pluie joue sa musique désagréable, je me demande ce que je fous là. J'imagine ceux assis dans leur immense bureau, mais au final aussi perdus que nous le sommes. Leur seul avantage étant peut-être un lieu à la grandeur démesurée, mais face à eux, notre fatigue, notre lassitude.

Il y a peu, j'ai bien essayé de motiver mes jeunes à être prudents. Mère et adulte responsable, leur transmettre l'essentiel de la vie. Leur réponse fut lapidaire, pleine de colère. J'ai pris leurs mots en pleine face, je venais d'être travestie en un système, aussi perdue qu'eux.

Les jeunes sont pointés du doigt, « égoïstes » dit-on. Ils vivent, sortent en cachette, se saoulent un peu plus afin d'oublier ces mois qui se suivent et n'en finissent pas. Ils pleurent, me crient qu'en prendre plein la gueule en essayant de vivre, c'est immonde. Comment se construire à vingt ans sans interaction sociale ? L'impossibilité éteignant l'avenir petit à petit.

Les entends-tu me dire que nous devrions la fermer ? Posés avec nos conjoints, ou nos familles, on les fait bien marrer, nous qui avons pu bien profiter de notre jeunesse, alors que nous sommes les mêmes à les accuser, que nous aurions fait de même à leur âge. Sans parler des plus vieux, ceux de mai 1968, le mépris envers eux étant plus important, donneurs de leçons qui feraient mieux de se taire.

Comme je les comprends. J'ai envie de leur souffler qu'ils en ont le droit, le devoir même, pour se sauver. S'échapper de cette guerre où les corps sont rasés, perdus à jamais. Où les âmes deviennent si ternes que plus personne ne trouve le moindre plaisir dans l'essentiel. On en a perdu la notion. Je ne sais plus à quoi cela correspond. Pourtant Virginia Henderson m'en aura fait baver durant des années. La connais-tu ?

Elle était infirmière, comme moi. Cette profession bafouée encore une fois, malgré tout ce que l'on peut entendre, je n'y crois plus malgré les promesses. Les 14 besoins fondamentaux… Ils n'ont plus lieu d'être, impossibles à maintenir en bon état, et pourtant dits « essentiels ».

Je cherche alors une nourriture superflue, de celle qui remplit l'âme et l'esprit. Celle dont l'être humain a besoin afin de ne pas éteindre l'une après l'autre les bougies du savoir, celles éclairant l'imagination. Comprends-tu que l'art est différent de nos idées préconçues, non borné à leur mission de décoration, simple moyen de distraction ?

Alors je vous aime, vous les créateurs de rêves, d'émotions, de sensations, de tout ce qui nous interpelle. Cher lecteur, as-tu ce même manque ?

Cette tristesse pour nos héros de la beauté de l'âme et de la pensée.

***

Le regard de ma fille est devenu vide. Ses émotions ont disparu, son quotidien n'a plus la vision du monde en couleur, elle prend son corps pour une œuvre d'art, virtuose parmi les plus grands sculpteurs perturbants et choquants. Viens lui dire que l'essentiel est d'être en bonne santé, de protéger son prochain… Et vois sa chambre, musée de ses dessins, en noir et blanc. Je ne supporte plus les photos dans ces tonalités, le sépia censé être doux semble délavé.

Nos héros, s'il vous plaît, remettez du bleu, du vert, du rouge, du jaune, faites exploser un feu d'artifice. Les graffitis sur les murs extérieurs, je les cherche, preuve que l'art est présent dans chaque instant de la vie. Depuis peu, j'ai retrouvé de vieux crayons de couleur, peu importe leur âge, juste découvrir à nouveau le coloriage. Je réalise alors avec timidité que je peux être un semblant d'artiste. Chacun peut l'être à sa façon, qu'importe notre expression.

Cet après-midi, je me trouve là, et lasse, emprisonnée à l'extérieur d'une salle de théâtre, accrochée aux barreaux, le visage presque coincé dans les croisillons afin d'espérer entrevoir une affiche. Je rêve à nouveau d'entendre le bruit des papiers de bonbons qui m'agaçait tant, sentir les coups de pieds involontaires dans mon dos, faire la queue avant de pouvoir admirer une peinture ou sculpture. Je fais la promesse d'attendre avec patience.

Et là, ma réalité. Cramponnée à ma fille qui voulait se foutre sous un train, au milieu des urgences qui dégueulent de monde, la présence d'une femme sur un brancard. Elle crie que l'on aura beau la ceinturer, personne ne l'empêchera de chanter, et se lance dans un répertoire connu d'elle seule. Peu importe. Manquant certainement d'âmes autour d'elle, si pauvre et réduite à l'état d'un corps sans raison. Si tu avais pu l'entendre… La voir se nourrir de sa chance malgré tout : des spectateurs en blouse blanche. Peut-être trouverais-tu cela comique ? Mais l'émotion m'a envahie. La scène d'un couloir d'hôpital offerte, se tenir parmi nous, faire de sa vie une œuvre d'art. J'ai eu envie d'applaudir telle une groupie, la remercier d'assister enfin à un beau spectacle, sans doute ridicule aux yeux des autres.

Tu aurais aimé ! Une évidence ! Juste t'offrir un peu d'imagination, au moins une toute petite part qui nous rapprocherait à nouveau.

J'ai peur de ce que nous sommes devenus, un peuple divisé. La fermeture d'esprit a débuté. Petit à petit, incapables ou presque d'attention, où chacun referme la porte de la tolérance. Le refuge du superflu prend dans ses bras toutes nos émotions, celles qui illuminaient nos regards dans lesquels on pouvait lire les interrogations, la surprise, la réflexion. Je ne vois plus rien de tout cela, juste des sourcils froncés, et des yeux indifférents.

Je me suis vue devenir vandale, juste en pensée. Briser la vitrine d'un cinéma pour y voler une affiche, la mettre dans le couloir de mon immeuble. Puis poursuivre mes vols, devenir le Arsène Lupin du grand écran, et voir se créer un musée de plusieurs étages. Je voudrais retrouver des regards étonnés devant des toiles, des photos immenses, pousser les uns et les autres à se souvenir, entendre des rires et reprendre les répliques d'acteurs. «Non Didier, on ne renifle pas le cul des gens».

Où sont-ils les héros de nos émotions, ceux qui nous emmènent durant quelques heures dans un autre monde que le nôtre ?

L'essentiel t'emmerde maintenant, non ? Sais-tu pourquoi ? Car l'art est au-delà de l'amour, c'est la vie…

Pour l'heure, je pense encore une fois à ma fille, elle tourne, tourne, à ne plus rien voir. Hospitalisée, elle attend, dans le silence… L'abandon du système, l'abandon des rêves, l'abandon de la musique, du chant, du dessin. Elle perd le goût des choses et par effet domino le goût de la vie.

Ce soir ? Le peu d'humour qu'il me reste me fait rire de tristesse ou presque. Un peuple en deux groupes, les utiles et les futiles. Cher lecteur, es-tu perdu toi aussi ? Les futiles ne te manquent-ils pas ? Nos oubliés, nos sentinelles de la vie. Mais demain, demain ma fille sera mise à l'abri pour un moment dans un endroit protecteur.

Car, pour lutter contre la souffrance morale, réapprendre à aimer la vie, au programme, lui seront proposés : cours de théâtre, improvisation, cours de musique, percussions, chant, cours de dessin, peinture, aquarelle, fusain, sculpture, modelage… Étrange non ? Vois-tu où je veux en venir ?

∗∗∗

Mon récit n'a ni queue ni tête, mais un écrivain, si petit soit-il, peint la vie avec ses mots. Je te vois presque perplexe. Aurais-je remué une interrogation oubliée, un sentiment de curiosité ? Mais rassure-toi, et ne retiens qu'une chose.

« Nous avons l'ART de ne pas mourir de la vérité ». Merci à toi Nietzche de me prêter tes mots.

Offre-moi, toi qui me lis, ton art de vivre, quelles qu'en soient son expression et sa démonstration. Je te laisse là, des instants futiles m'attendent, l'essentiel est devenu insipide.

Cher lecteur, réponds-moi, échangeons nos rêves. Tu sais où me joindre.

Merci à mes amis des Auteurs Masqués.
Merci à vous tous, nos héros oubliés de notre besoin de vivre.
Merci à vous M. Bacri.

LAOCHE Julien

Grand amateur de SF, lecteur assidu de tout genre littéraire et observateur curieux du monde qui nous entoure, Julien Laoche est un auteur autoédité d'un roman de philosophie-fiction, *AMA*, d'une nouvelle de SF, *Saturne* et d'un feuilleton publié sur Instagram, *Madeleines de Pierre*. Il a participé aux deux premiers recueils du collectif des Auteurs Masqués. Il a d'autres projets en préparation dont un préquel d'*AMA*.

IG @julienlaoche
FB @Julien Laoche - Auteur des possibles
julienlaoche@gmail.com

Un moment d'insouciance

Par Julien Laoche

L'auteur vous invite à une expérience : lisez ce texte en écoutant With a Little Help from My Friends *par Joe Cocker.*

Le 10 août 1969, à Bethel, dans le comté de Sullivan, État de New York, un homme marche au milieu d'une plaine. Face à lui, un vaste champ s'étend à perte de vue.

À une centaine de mètres de là, des camions et des techniciens sur une scène s'apprêtent à accueillir des groupes de musiciens.

Perplexe, le visiteur s'avance vers eux. Comment se fait-il qu'il n'y ait personne ? Pris d'un doute, il regarde sa montre et comprend qu'il est arrivé trop tôt. Il vient de se souvenir que le festival de Woodstock se déroulera en réalité du 15 au 17 août. Le jeune homme peste contre lui-même.

Curieux, il continue de s'approcher de la scène. Les ouvriers renforcent les fondations. Une grue a été installée afin de construire certaines structures hautes, des tours où seront installés des haut-parleurs et des projecteurs. Un cameraman est en train de filmer l'équipe de maçons en plein travail.

Le spectateur regarde autour de lui. Il sait que l'agriculteur a accepté de louer son terrain à condition qu'il n'y ait pas plus de cinquante-mille festivaliers. Ils seront un demi-million.

Le fait de penser que toute cette plaine sera bondée lui donne des sueurs froides. Agoraphobe, il s'étonne lui-même de vouloir assister à cet événement.

Après avoir fait le tour de la scène, il s'arrête et cherche un endroit discret. Le cameraman se tourne lentement dans sa direction. Affolé, il court se cacher vers le lac afin de ne pas être immortalisé dans le film qui sera consacré à Woodstock, quelques années plus tard. Il s'enfonce suffisamment loin dans l'eau pour qu'elle lui arrive à hauteur de torse. Son point de chute est tout trouvé…

***

Premier jour du festival.

Malgré le fait d'être au grand air, la foule l'oppresse. Luttant contre sa peur, il sort de sa cachette et circule entre les festivaliers assis sur l'herbe. Il trouve miraculeusement un petit espace libre, non loin de la scène, et s'assoit en tailleur.

Il ferme les yeux et respire lentement. Une séance de méditation s'impose en attendant l'arrivée du premier artiste, Richie Havens. En restant dans cette position durant plusieurs dizaines de minutes, il calme sa tempête intérieure. Le monde qui l'entoure n'existe plus, il se concentre sur sa respiration.

Un hélicoptère survole les lieux. L'un des festivaliers s'exclame :

— Ils viennent nous virer ! Ils croient que c'est une manif anti-guerre !

Devant l'inquiétude générale, le speaker vient rassurer les spectateurs craignant une intervention militaire :

— Ils sont avec nous, *man*.

Soulagement collectif.

Il s'agit d'un appareil de l'armée américaine mise à contribution pour transporter de la nourriture, des équipes médicales et certains artistes.

Lorsque la musique démarre, le jeune homme ouvre les yeux, rasséréné. Durant les deux heures de prestation, son sentiment d'oppression ne réapparaîtra plus.

La dernière chanson qu'Havens interprète, *Motherless Child* rebaptisée *Freedom* suite à cette prestation, deviendra l'hymne du festival. Le public tape des mains, se levant d'un même mouvement.

Il se souvient que cette chanson est née au temps de l'esclavage, à la fin du XIXe siècle. Elle a été interprétée par de nombreux artistes à travers le monde.

Sitôt le tour de chant terminé, un guru indien, le sri Swami Satchidananda, déclare l'ouverture officielle de l'événement.

Au fil du passage successif des artistes, le mélomane a de plus en plus de mal à respirer. Il aperçoit des hippies assis sur une des hautes tours dont il a observé la construction avant le début des festivités. Il prend le risque de les imiter afin de mieux observer ce qui se passe sur scène. Arrivé en altitude, il reprend son souffle, loin du tumulte du sol.

Avant que Joan Baez — alors enceinte de six mois — vienne entonner ses chansons et clôturer cette première journée, un orage gronde, faisant tomber une pluie abondante. L'homme perché attend que le tour de chant se termine pour descendre. Il commence à ressentir la fatigue après plus de huit heures de concerts.

Il est temps pour lui de quitter ce lieu et de rentrer chez lui afin d'entamer une bonne nuit de sommeil. Une autre longue journée l'attend.

***

Le lendemain, au deuxième jour, il remonte sur la tour, dominant la scène, et assiste à la prestation de Carlos Santana sur *Soul sacrifice*.

Par la suite, sa connaissance de l'ordre de passage des artistes lui permet de choisir son programme. Il voit ainsi l'arrivée de Janis Joplin sur scène, en pleine nuit.

La lumière du projecteur braquée sur la chanteuse donne l'impression qu'elle est seule au milieu d'une salle de concert. Sa voix rocailleuse, son charisme et son jeu de scène en font une chanteuse de rock qui n'a rien à envier au tempérament volcanique de ses confrères masculins. Sa partie *a cappella* sur *Ball and chain* semble un instant suspendu dans le temps. Plus aucun bruit ne vient troubler sa prestation, ni instrument, ni cris du public.

Le troisième jour, Joe Cocker arrive sur les planches, une bouteille de bière dans une main et un gobelet dans l'autre, portant une chemise multicolore et un jean. Il est pratiquement inconnu du grand public. Dès la première chanson, il est exalté et improvise ce qu'au début du XXIe siècle on appellera de l'*air guitar*. L'énergie qu'il donne sur scène est impressionnante.

Arrive sa dernière chanson, *With a Little Help from My Friends*, une reprise des Beatles. Le public est subjugué. La transe du chanteur est à son paroxysme, ses musiciens excellent et les chœurs ne déméritent pas. Le public l'ovationne. *A star is born.*

Au quatrième et dernier jour, le mélomane choisi d'écouter, par curiosité, le groupe de rock parodique Sha Na Na, celui qui aurait dû ouvrir le festival mais qui a été retardé par les embouteillages. Leur prestation scénique est une satire des groupes de l'époque.

Après leur tour de chant, le spectateur, dorénavant moins sujet au stress, décide de rester sur place en attendant la dernière représentation musicale du festival.

Il glisse en tentant de redescendre et évite de justesse une chute de dix mètres en se rattrapant à l'une des barres de la structure. Il se retrouve suspendu en l'air. Quelqu'un lui tend la main. Il lève la tête et aperçoit une charmante jeune femme blonde lui sourire, tel un ange venu du ciel. Il saisit son bras avec son autre main. La jeune femme le tire vers elle et parvient à le remonter. Il se rassoit, épuisé par l'incident, et la remercie.

Elle paraît frêle mais a pourtant réussi à le soulever. Elle est plus forte qu'il n'y paraît.

— Ça va ? Comment tu t'appelles ?

Il hésite avant de lui répondre :

— Pierre.

— Oh, tu viens de France ?

Il est étonné.

— Oui. Comment tu as deviné ?

— Ton prénom est typiquement français. J'aime votre littérature. J'ai dévoré *Pierre et Jean* de Guy de Maupassant.

Oubliant un instant son vœu de silence, Pierre discute littérature et avoue être étudiant en Histoire, venu passer des vacances aux États-Unis. Elle se présente à son tour.

— Je m'appelle Bobbi.

Il est charmé par cette jeune femme.

— On descend ?

Le jeune homme reprend ses esprits et accepte.

Tout en discutant musique, ils flânent durant une heure parmi les festivaliers.

Il aperçoit un stand appelé Le *Hog Farm* tenu par de jeunes américains hippies. Ils s'occupent de la restauration, de l'animation et de la sécurité. Ce sont eux qui prennent en charge les individus victimes de *bad trip*. D'autres personnes, dont des locaux, proposent également à manger : avec un demi-million d'occupants, un seul stand ne suffit pas à nourrir l'équivalent, à cette époque, de la population de Denver.

Des jeunes gens dansent sous les sons des flûtes joués par des musiciens amateurs. Un chat se balade parmi les festivaliers. Plus loin, une équipe est en train de filmer trois religieuses discutant entre elles. L'une d'elles regarde la caméra et fait le salut hippie — le majeur et l'index dressés

—, un sourire aux lèvres, signes d'une décontraction qui résonne avec l'ambiance générale.

Pierre est étonné de voir des couples mixtes. Il se souvient que cela fait à peine un an que Martin Luther King a été assassiné. Il est frappé de voir une telle mixité ethnique dans les rapports humains au cours de cet événement, telle une parenthèse enchantée. Il a l'impression d'avoir fait un saut dans le temps de plusieurs décennies dans le futur.

Les tentes, disséminées sur tout le terrain, sont démontées petit à petit. Les amateurs de musique sont déjà sur le départ alors que Jimi Hendrix n'est pas encore arrivé. Le festival a duré un jour de plus, un jour de trop pour la plupart des spectateurs. La place commence à se clairsemer, laissant des détritus apparaître peu à peu, conséquences de quatre jours de peuplement intense.

Bobbi met ses grandes lunettes rondes aux verres teintés et s'étonne de voir certains endroits ressembler désormais à une poubelle à ciel ouvert. Elle n'aurait jamais cru voir un tel chaos. Elle lui confie ses pensées :

— Je crois que je vais me souvenir longtemps de cette chaleur, de cette humidité, les odeurs des feux de camp, de l'huile de patchouli, de l'herbe, des odeurs corporelles et du vomi. On peut dire que nos sens ont été bombardés.

Elle rit. Pierre trouve ce son mélodieux.

Il la regarde. Ils sont face à face. Il commence à se pencher pour l'embrasser, oubliant le monde alentour.

Soudain, Bobbi s'écrie :

— Nick !

Elle s'éclipse et rejoint un jeune homme. Elle se blottit contre lui.

Pierre comprend qu'elle est accompagnée. Le monde s'écroule autour de lui. D'abord pantois, il se sent un instant désemparé avant de sombrer dans le désespoir lorsqu'il voit le fameux Nick, une couverture sur lui, enlacer sa promise. Cette scène lui rappelle quelque chose.

— Excusez-moi, Monsieur, pouvez-vous vous pousser s'il vous plaît ?

Il se retourne et voit un photographe. Pierre obéit. L'homme prend plusieurs clichés du couple en train de s'enlacer.

Soudain, il comprend. Il visualise cette scène, au milieu des détritus et des gens allongés sur la boue sèche. Elle sera la couverture d'un triple album consacré aux meilleurs moments du festival, qui sortira quelques mois plus tard. Sans qu'il le sache, il a rencontré cette femme dont le couple deviendra mythique malgré lui.

De colère, il part sans crier gare. Il se sent trahi et manipulé par la jeune femme. « Qu'elle reste avec son Nick », pense-t-il.

Pierre regarde sa montre. Il est temps pour lui de reprendre de la hauteur.

De la tour de son, il observe Jimi Hendrix et son groupe. Avec sa veste en daim blanche à franges, sa clope au bec et son bandana fuchsia, il empoigne sa guitare, une Stratocaster blanche, et entame son *Message à l'univers*. En ce début de matinée, il ne reste plus qu'une poignée de spectateurs.

Pierre reconnaît dans ses solos la posture qu'il a déjà observée avec Carlos Santana et Richie Havens : l'air habité du musicien.

Soudain, il joue l'hymne américain, débutant son morceau, qui deviendra mythique, *Star-Spangled Banner*. Grâce à son jeu de guitare, il parvient à décrire une scène de guerre. On entend le survol des bombardiers américains au-dessus du Vietnam, le bruit des projectiles se diriger vers le sol et exploser, les mitrailleuses, les cris des victimes, avec en fond sonore, par intermittence, l'hymne national. Cette performance est aussi glaçante qu'impressionnante.

Durant la dernière de ses chansons, *Hey Joe*, Pierre voit le musicien porter sa guitare à la bouche et jouer avec les dents. Il est vraiment atypique. Le groupe termine dans un roulement de batterie accompagné de la saturation de la guitare de Hendrix. Le public restant, nombreux malgré tout, l'applaudit et l'ovationne. Le speaker les remercie.

La place se vide peu à peu, définitivement.

Après plus de quinze heures de concerts, Pierre se sent épuisé mais excité et heureux d'avoir vécu ce moment d'insouciance.

Il flâne encore dans les environs.

La foule immense laisse place à une vision de désolation. La boue séchée et les détritus ressemblent à ce que l'on peut voir dans certains bidonvilles. Les organisateurs, certains locaux et quelques festivaliers, nettoient les lieux.

La guitare de Hendrix résonne encore dans son esprit.

Il repense à Bobbi. Maintenant qu'il a retrouvé son calme, il trouve sa réaction ridicule et puérile. Il n'est qu'un intrus ici et elle n'est pas responsable de son émoi. Elle a simplement voulu aider un homme en détresse, puis sympathiser avec lui.

Un bulldozer apparaît et déblaye les déchets produits par les spectateurs.

Ce rassemblement n'est pas une référence d'un point de vue environnemental. L'empreinte laissée par l'Homme est plus que palpable. La véritable prise de conscience écologique n'a pas encore eu lieu.

Malgré l'orage qui a perturbé momentanément la fête et qui a rempli la terre de boue, Pierre a passé un bon moment. Les concerts auxquels il s'est rendu étaient excellents — et l'ont mis en souffrance à cause de sa phobie — mais ce festival restera gravé dans sa mémoire. Il n'a d'ailleurs plus envie de quitter ce lieu, cette ambiance. C'est le dixième événement musical auquel cet amateur du quatrième art assiste. Il s'aperçoit que, malgré sa panique, il apprécie ces rassemblements.

Il songe à terminer son voyage initiatique avec le cinéma. Il ressent le besoin de revoir un film qu'il a adoré durant son enfance et adolescence.

Pierre trouve un endroit, loin des regards indiscrets, et sort un étrange objet en forme d'escargot. Il le pose sur la paume de sa main droite. Soudain, un écran holographique jaillit et apparaît à hauteur d'yeux. Une voix synthétique se présente :

— Bonjour, je suis SPES, votre assistant personnel. Veuillez vous identifier.

— Pierre Rolling.

— Bonjour, Pierre. Ravi de vous revoir.

— Rappelle-moi quand a eu lieu la première séance du film *Retour vers le futur* en France ?

— Le 30 octobre 1985. Si vous souhaitez y assister, je vous conseille *Le Grand Rex*, à Paris.

Après avoir mangé dans un restaurant, assisté à des concerts et des pièces de théâtre, le cinéma sera sa dernière destination vers les lieux «non essentiels». Il songe un instant s'y rendre immédiatement, mais il se raisonne et préfère rentrer chez lui pour dormir.

Il savoure la chance immense qu'il a eue d'assister à ce que les humains du début du XXIe siècle auraient qualifié de «festival non essentiel».

Avant de déclencher l'ouverture du vortex — seul portail lui permettant de retourner à son époque —, il se remémore ses dernières excursions temporelles. Ils savaient s'amuser en ce temps-là. Les notions de liberté et de fraternité avaient un sens. Pas de jauge maximale du nombre de personnes pouvant se rassembler dans un même lieu, pas de distanciation physique ou de laisser-passer à fournir. Il est persuadé que son agoraphobie vient de là.

Une certaine nostalgie s'empare de lui.

Chez lui, dans son présent, les contacts humains sont devenus rares. Les trois dernières générations ont dû apprendre à vivre la culture autrement que leurs aînés. Les spectateurs assistent à des événements virtuels, visitent des monuments historiques et des lieux culturels à distance. Un concert virtuel suivi par cent-mille *followers* mais vécu seul dans son salon, ne provoque pas la même émotion que partagé avec mille personnes. Quelque chose lui dit qu'assister à un film au cinéma ne provoquera pas la même sensation que de le regarder sur son canapé. Il éprouve soudain un sentiment qu'il n'avait jamais connu auparavant : un manque d'échange social et de partage. C'est ce que l'on doit appeler la solitude. Il prend soudain conscience que les regrets naissent lorsqu'un bonheur intense rend bien fade tout ce qui l'a précédé…

PHIL

Faire naitre l'envie, susciter le désir d'explorer le récit, ouvrir les portes de la perception d'un monde qui sera le sien. Si un jour Phil a décidé d'écrire, c'était parce qu'il cherchait à explorer ces mondes intérieurs et ces personnages qui prenaient vie dans ses pensées.

phil.aut.contact@gmail.com

Bas les Masques

Par Phil

«Sans liberté, pas d'art ; l'art ne vit que des contraintes qu'il s'impose et meurt de tous les autres»

Albert Camus

11 septembre 2021, Commissariat de police de Montauban.

— Putain, mais c'est quoi ce bordel ?

L'homme, dont la voix de ténor résonnait dans la pièce, venait d'enlever les écouteurs qu'il avait sur les oreilles. Un soudain bruit de foule venait de se faire entendre derrière les vitres de son bureau. Incapable de se concentrer sur les images qu'il visionnait, le commandant Jean Brun ébouriffa sa chevelure poivre et sel pour remettre ses idées en place.

Ce matin, le préfet l'avait personnellement contacté, afin qu'il agisse au plus vite au sujet d'un court-métrage circulant depuis deux jours sur la toile. Si cette affaire, qui n'avait rien d'habituelle pour sa brigade, avait atterri sur son bureau, c'était avant tout parce que le réalisateur du film était connu de l'homme à la carrure puissante. Julien, son propre fils, passionné de cinéma indépendant et de photographie, avait décidé de tourner un court-métrage pour un concours en ligne.

Le sujet touchait malheureusement de trop près à la politique de la ville. Dans ces circonstances, il fallait faire taire l'art au profit du politiquement correct. Jean Brun était fâché avec cette tendance des hommes de pouvoir à vouloir faire taire la population d'un claquement de doigts. Son indignation devenait de plus en plus évidente depuis que le gouvernement usait abusivement de l'état d'urgence sanitaire pour faire taire la France entière, dans la mesure où elle posait trop de questions.

Laissant de côté les raisons de sa colère, l'homme au visage anguleux et buriné par la vie en extérieur se leva de son bureau. Il se dirigea vers la porte vitrée pour voir ce qui se passait de l'autre côté. Au moment où il sortit de la pièce, une procession d'individus portant des masques de théâtre fit son entrée dans l'open space de la brigade de sûreté urbaine dont il avait le commandement. La stupeur, cette étrange émotion à travers laquelle les yeux et la bouche s'ouvrent de façon incompréhensible, s'imprima alors sur son visage d'ordinaire impassible.

Essayant de garder son calme, JB, surnommé ainsi par son équipe, jeta néanmoins un regard interrogateur vers son adjoint. Bonaventure s'approchait de lui, un masque chirurgical sur le nez et une tablette à la main. Cette technologie l'agaçait de plus en plus. Le contact et la communication se perdaient aujourd'hui dans les méandres de ces fichus appareils sans vie.

Ce qui le perturbait dans cette soudaine apparition, c'étaient les masques. Chaque masque représentait un visage différent et chacun d'eux exprimait une émotion. Joie, peine, peur, tristesse, colère… Toutes les émotions de la vie se trouvaient là sous ses yeux. Il ressentait un étrange sentiment. C'était la première fois depuis des mois, des années même, qu'il se trouvait face à un groupe d'individus dont il pouvait enfin percevoir les visages dans leur intégralité. Ces masques cessaient enfin de déshumaniser les êtres de vie, de chair et de sang cachés dessous.

Bonaventure l'interrompit dans ses réflexions.

— Chef, vous n'allez pas me croire !

Jean Brun tourna lentement son visage non masqué vers son adjoint. L'intensité dans le regard du commandant impressionna son lieutenant.

— À vrai dire, heu… reprit ce dernier.

— Bona, enlève-moi ce putain de masque et entre dans mon bureau ! Je veux que tu m'expliques.

— Oui ! Mais c'est que dehors, il y a un bordel pas possible ! La rue est pratiquement bouclée !

Cette fois c'en était trop pour Jean. L'homme se mit alors à hurler sur son adjoint.

— Non mais sans dec' ! Dépêche-toi, entre dans ce bureau ! Qu'ils se démerdent avec… Bon sang, mais combien ils sont, tes amis, là ?

Bonaventure hésita, puis songea qu'il était inutile de tourner autour du pot.

— Heu… Si les comptes sont exacts, pratiquement cinq-cents personnes.

— Quoi ?

La voix était forte et emportée.

— Ne hurlez pas patron ! J'y suis pour rien.

Les visages affluant dans la vaste pièce se tournèrent alors comme un seul homme vers le commandant qui se sentit pris d'un soudain élan d'empathie pour tous ces inconnus.

Qui étaient toutes ces personnes cachées là-dessous ?

Resté debout face à son adjoint, il prit une profonde inspiration et comme lorsqu'il préparait son cours d'aïkido, il expira lentement par le nez pour laisser son corps se vider de la tension accumulée et libérer de la place dans son esprit.

— Allons-y, raconte-moi toute l'histoire.

— Ok. Tout a commencé à neuf heures ce matin. Le patron du café en face du théâtre Olympe de Gouges venait ouvrir pour faire ses repas à emporter. Il a entendu des murmures dans la rue. Au début, ça ne l'a pas surpris, puis les bruits se sont faits plus insistants. Il s'est approché des portes du théâtre, mais on ne voit pas grand-chose depuis le hall, d'autant que tout est fermé, vous le savez aussi bien que moi. Il a fini par nous appeler en nous disant qu'il avait l'impression que le théâtre donnait un spectacle. J'ai envoyé Math et Sandra pour jeter un œil. Ils nous ont appelés en renfort car il semblait effectivement y avoir du monde à l'intérieur. Mais impossible d'entrer. J'ai téléphoné à la direction du théâtre qui a mis vingt minutes à venir et nous sommes allés avec six autres membres de la brigade et un fourgon pour appréhender les individus enfermés dans l'enceinte. Lorsque nous sommes entrés, un monde pas possible se trouvait là. Le théâtre était plein. Il y avait des spectateurs jusqu'au poulailler tout en haut. Il y a eu un silence pesant et tous ces visages masqués nous ont regardés. On était mal à l'aise, pourtant ils ne disaient pas un mot. Sur la scène, il y avait une jeune femme, elle aussi masquée. Elle se tenait droite, immobile. Elle avait une de ces allures, c'était sublime.

— Bona ! Je te demande les faits, pas tes impressions !

— Patron, les faits sont simples. Nous sommes entrés, ils n'ont rien dit ; pas un bruit, pas un cri, pas une protestation. Ils se sont laissés emmener comme des enfants à la fête foraine. Voilà pour les faits. Il n'y a rien d'exceptionnel là-dessus, si ce n'est que pour venir ici, on a dû traverser la ville à pied. C'était une véritable manifestation. Je vous jure, nous n'avions pas d'autre moyen, et pas question de les laisser dehors là-bas, près du centre-ville. Heureusement, nous sommes à peine à cinq-cents mètres du théâtre et j'ai préféré éviter de passer par la place des Fontaines, histoire de limiter les dégâts.

— Oh, putain !

— Je ne vous le fais pas dire. Il va y en avoir plein les réseaux, c'est certain. Par contre, l'effet que ça fait d'entrer ainsi dans le théâtre avec ces masques de spectacle et ces visages impassibles se tournant vers nous ! Vous n'imaginez pas ce qu'on a ressenti.

— Si, je sais, Bonaventure. Je sais ce que tu veux dire. J'ai un bel aperçu sous les yeux de ce que ça doit faire comme impression, sans compter l'ambiance du théâtre Olympe de Gouges… Bon sang, mais comment peut-on enlever aux humains le droit de vibrer ? Le droit de vivre la passion de l'art au fond de son être ?

— Chef…

— Ça va, Bona, on a tous le droit de penser, non ?

— Heu… Si, si bien sûr… Je trouve d'ailleurs que…

— C'est bon, oublie. Va falloir y aller. On a quelques dépositions à prendre !

— Oui. Alors, pour les masques… ce n'est pas la peine d'essayer de leur enlever, ils sont cadenassés derrière leur tête. On va y passer des heures sans compter qu'on n'a pas cinq-cents masques chirurgicaux à leur fournir. Pensez à mettre le vôtre en sortant du bureau !

— Ta gueule, Bona ! Et avance !

— J'ai mis la jeune femme et son ami, qui était à la régie, en salle d'interrogatoire.

— Ha, enfin une bonne nouvelle !

— Ça, c'est pas sûr patron. Elle s'appelle Maya, enfin, c'est son nom d'artiste… Avant de lui parler, je vous laisse lire son pédigrée. Elle met tout en ligne depuis le premier confinement. Va falloir vous accrocher !

— Quoi ?

L'adjoint fit un signe de tête vers la tablette qu'il avait tendue à son commandant. Il esquissa un sourire un peu narquois.

— Lisez, vous verrez.

Le commandant Jean Brun consulta la page Facebook de Maya et constata qu'elle ne mâchait pas ses mots vis-à-vis des choix politiques pris au sujet des activités artistiques. À tout juste dix-neuf ans, Maya, ou plutôt Manon Martinez, était une jeune enfant prodige des arts. Danse, peinture et arts plastiques l'avaient propulsée sur le devant de la scène. Déjà célèbre pour son talent, la jeune femme avait également une particularité physique qui la rendait unique en son genre. Atteinte par une forme rare d'une maladie appelée dystrophie FSH, le visage de Maya perdait peu à peu toute expression, les muscles de son faciès s'atrophiant au fil des ans. Depuis des années déjà, elle vivait masquée. Elle avait eu l'idée géniale de transformer ses masques en véritables œuvres sur lesquelles elle exprimait son art.

Le premier confinement était arrivé l'année où elle devait intégrer l'École supérieure des arts de Toulouse et ses aspirations artistiques avaient été réduites à néant pour la simple raison que c'étaient là, des activités jugées «non essentielles».

Maya n'avait pas décidé de baisser les bras pour autant. Redoublant de malice et d'ingéniosité, elle s'était lancée dans la production de masques très visuels. Cette affaire, qui s'était avérée rentable pour elle, était avant tout une forme d'expression artistique, au travers de laquelle elle défendait sa liberté. Loin du vulgaire masque chirurgical, Maya se faisait un plaisir de provoquer par ses créations. Et le succès était au rendez-vous.

Jean Brun poursuivait la lecture sur le fil d'actualité et découvrait progressivement toute l'étendue de son art. Il ne fut pas surpris de lire que son fils participait à la réalisation de nombre de ses vidéos. Des performances de danse de rue, à Toulouse.

«La jeunesse a décidément de la ressource, c'est courageux. Et par les temps qui courent, le courage fait défaut à beaucoup de monde» se dit le commandant en son for intérieur.

Lentement il remonta jusqu'à la publication la plus récente, qui datait de ce matin. Maya y présentait sa performance. Elle l'avait intitulée «Non Essentielle». Elle avait méticuleusement organisé et planifié tout ce qui allait se dérouler. Tel un bon joueur d'échecs, elle avait tout calculé, jusqu'aux moindres détails, afin de rendre l'expérience hors du commun pour les spectateurs, devenus acteurs pour l'occasion.

Les gens auraient probablement été prêts à payer cher pour participer à cette aventure. Mais pour Maya, l'art semble ne pas être monnayable. En décidant d'investir le théâtre Olympe de Gouges, elle avait décidé de se battre sur tous les plans. Elle s'était jouée des conventions et des règles par le rassemblement d'une foule dans un lieu interdit d'activité. Elle associait son travail au symbolisme incarné par Olympe de Gouges, femme libre et rebelle qui, en son temps, avait provoqué l'opinion publique. Elle usait de la loi sur le port du masque pour rendre les personnes anonymes au regard de cette même loi. Elle jouait devant un groupe de spectateurs suffisamment important pour que l'ensemble de l'histoire ne puisse être étouffée par les politiques ou les médias.

Le commandant hocha la tête en songeant que cette artiste n'avait certainement pas fini de faire parler d'elle. Et que peut-être, grâce à elle, ce mot ne disparaîtrait pas du langage.

Il se trouvait maintenant devant la porte de la salle d'interrogatoire. Il referma la tablette et entra dans la pièce. De nouveau, les masques sur les visages des deux jeunes gens le troublèrent. Celui de Maya était particulier. Il ne représentait pas de visage, seuls les yeux verts étincelants et hypnotiques de la jeune femme le transperçaient. Ses couleurs rouge et noire et son esthétique, très fine et allongée, insufflaient une présence quasi animale à la jeune femme. Longiligne, elle avait une posture typique des danseuses, le dos droit et les épaules légèrement redressées vers l'arrière. Lorsqu'elle se leva et qu'il vit sa longue chevelure de jais onduler au bout de la queue de cheval qu'elle avait nouée derrière son masque, il comprit pourquoi elle avait attiré cinq-cents personnes pour sa prestation. Les gens voulaient certainement ressentir la vie à travers ses mouvements. Elle avait la grâce, et un sentiment de force intérieure émanait de sa présence. On sentait immédiatement une personnalité hors du commun.

Maya rompit le silence.

— Monsieur Brun, j'ai un message pour vous, dit-elle d'une voix monocorde, presque absente.

Étonnamment, le commandant de police ne sembla pas surpris que la jeune femme le connaisse. Toute cette histoire lui paraissait si bien ajustée, si justement réfléchie pour que ces jeunes artistes ne laissent des choses au hasard.

Elle lui tendit un morceau de papier que le commandant saisit dans ses mains imposantes. Il le déplia soigneusement et reconnut immédiatement l'écriture.

« *Papa, si tu lis ce message, c'est que nous serons arrivés au but de notre aventure. Ce que je fais aujourd'hui, je le fais par amour, par amour pour l'art, par amour pour la liberté, par amour pour la vie, mais je le fais aussi par admiration pour Maya qui inspire tout un univers de jeunes talents, ici et ailleurs.*

Depuis toujours, tu m'as soutenu, tu m'as encouragé, tu m'as toujours poussé à ne jamais me taire face à l'injustice, la bêtise ou le mensonge. Tu m'as inspiré, en tant qu'homme d'honneur et de valeurs, mais aussi en tant que père et ami. Je sais que le préfet te harcèle depuis que ma vidéo fait le buzz en ligne. Cela fait partie de notre performance.

Ne te sens pas manipulé, dis-toi simplement que tu es la pierre angulaire de toute cette affaire, et j'ai convaincu Maya qu'elle pouvait avoir confiance en toi autant que moi… »

Le regard de Jean se releva vers les yeux émeraude de la jeune femme. Puis il obliqua vers son complice, assis silencieusement à côté d'elle. Il vit alors dans les prunelles brunes qui le regardaient une lumière malicieuse. Quelque chose le troubla puis le jeune homme lui fit un clin d'œil avant de reporter son regard droit devant lui. Il resta interdit quelques instants avant de poursuivre sa lecture.

« … Alors j'aimerais passer un marché officieux avec toi, entre père et fils. Laisse tous ces gens innocents libres de sortir d'ici et je retire ma vidéo. Ce monde de fous joue la politique du chantage depuis trop longtemps, alors nous aussi, nous jouons ce jeu mesquin. Mais nous voulons seulement vivre, être libres d'exister, et nous, nous nous battrons corps et âme contre l'injustice de cette société malade. Je sais que tu ne crains pas les politiciens, c'est pour ça que j'ai confiance en toi et que tu prendras la bonne décision. Comme je te l'ai écrit, tu fais partie de cette aventure et je sais que l'art est profondément ancré en toi.

Je t'aime. Julien »

JB replia soigneusement le papier, le mit dans la poche de son pantalon. Il ferma les yeux, prit une profonde inspiration et quand il les rouvrit, il sourit. Son regard alla d'abord vers Maya qu'il fixa quelques instants. Elle ne cillait pas. Puis il se tourna vers son fils et lui fit un clin d'œil. Un seul mot sortit de sa bouche à cet instant.

« Magnifique ! »

Émily B.

Enseignante de 27 ans en maternelle le jour et auteure masquée la nuit, Emily B. écrit depuis son adolescence. En 2020, elle décide de tenter l'aventure de l'autoédition avec son premier roman. Tous ses romans font partie du monde de l'imaginaire mais elle aime s'essayer au réalisme avec certaines nouvelles, comme c'est le cas pour ce recueil.

IG @emily. b.auteure
FB @emilybauteureroman

Éteignons les projecteurs

Par Emily B

Aux intermittents du spectacle, ces héros du quotidien qui nous permettent de rêver les yeux ouverts.

La pluie tombe sur mon visage. Mes jambes flageolent et ne me portent presque plus. Cette journée a été aussi merdique que toutes les précédentes. Alors c'est à ça que vont ressembler les quarante prochaines années, pour moi ? À quoi bon faire des études aussi longues puisque c'est pour souffrir au travail ?

Mes yeux s'embuent et ma gorge se noue.

Non, Marta, arrête de t'apitoyer sur ton sort, pensé-je. Nous sommes jeudi, ce qui signifie que la meilleure partie de ma semaine arrive. Cette idée réchauffe un peu mon cœur.

Mes mollets retrouvent de la vigueur et je cours jusqu'à ma voiture, m'abritant comme je le peux avec mon classeur. Frigorifiée, j'ouvre la portière et m'assieds sur le fauteuil avant de tirer de nouveau sur la poignée. Je mets le contact et déguerpis d'ici. Les murs de l'établissement s'éloignent déjà à travers le rétroviseur.

Je sens ma poitrine oppressée se décontracter petit à petit. J'ai survécu à cette nouvelle journée. Et d'ici quelques minutes, je vais avoir ma récompense.

Après plusieurs feux et ronds-points, j'arrive enfin dans le parking. J'aurais eu le temps de repasser par mon appartement. Mais la vérité, c'est que je n'ai rien à faire là-bas, à part culpabiliser parce que j'ai une tonne de travail en retard sur mon bureau.

Non. Le jeudi soir, c'est sacré. Pas question que je gâche l'unique parenthèse que je m'accorde dans la semaine. Alors je préfère rester assise dans ma voiture, dans ce parking souterrain, et scroller l'écran de mon portable.

Les heures défilent et le parking se remplit. C'est bientôt l'heure. Mes mains retirent l'élastique qui attache mes cheveux en une queue de cheval stricte pour les laisser retomber sur mes épaules. J'attrape mon sac à main, sors de la voiture, trottine jusqu'à l'horodateur pour payer mon stationnement, puis traverse la rue jusqu'à l'entrée du théâtre.

Enfin, je me sens respirer à nouveau.

C'est ici que je me sens bien. Que je me suis toujours sentie à ma place depuis mon enfance. Alors pourquoi suis-je finalement rentrée dans le moule de la société avec un travail de salariée ? J'avale ma salive et affiche mon plus beau sourire quand mes compagnons de scène arrivent. Ce n'est pas le moment de penser aux choses qui fâchent.

— Tu vas bien Marta ? m'adresse l'un de mes camarades.

— Super, et toi ?

Nous échangeons quelques banalités, comme chaque jeudi. En vérité, je ne suis pas assez proche de toutes ces personnes pour me confier à eux. Je suis celle qui reste en retrait, qui n'a pas l'air spécialement avenante. Et pourtant, je m'éclate totalement quand je suis ici avec eux.

Le cours des juniors se termine et nous pouvons donc entrer dans l'antre noir et sombre. Cette pièce biscornue dont le plancher n'est pas droit ne paye pas de mine. En réalité, lors de notre tout premier cours de théâtre, j'ai eu de sérieux doutes quant à cet endroit. Mais si nous faisons abstraction des filets de poussière qui dansent, des projecteurs cassés et de la peinture défraîchie, tout est parfait ici. Et ce qui est parfait, surtout, je quitte ce costume que j'enfile chaque jour, pendant deux heures chaque semaine.

Chaque jeudi soir c'est le même rituel. J'active le mode avion de mon téléphone portable et l'enfouis au fond de mon sac. Personne ne viendra me déranger pendant ces deux heures. Les échauffements me font le plus grand bien. À chaque expiration, je laisse le poids de mon quotidien s'évaporer.

Arthur, notre professeur, s'approche de moi avec une feuille de papier.

— Marta, ce soir j'aimerais que tu travailles ce monologue de Laërte, ça te va ?

J'attrape le texte en haussant un sourcil. Après un rapide coup d'œil, j'accepte. Laërte, ce jeune homme rival d'Hamlet dont la sœur est devenue complètement folle dans la célèbre pièce de Shakespeare, ça me va tout à fait. Du moment que je ne suis plus Marta, jeune employée en marketing, tout me va.

Pendant la demi-heure qui suit, j'apprends à lâcher prise. Un poids se soulève de mes épaules à mesure que j'intègre le texte. J'oublie mon mal-être pour m'émouvoir devant les autres. Mon cœur s'emballe quand c'est à mon tour de passer sur scène. Mes mains moites agrippent la feuille blanche. Mes cuisses tremblent et un nœud se forme dans ma gorge. Le trac de se retrouver seule face à tous les autres. Je me retourne vers tous ces visages. La lumière du projecteur m'aveugle. L'une de mes mains se place juste au-dessus de mes yeux, pour atténuer la clarté.

— Dans cette scène, entame Arthur, Laërte est en colère après Hamlet. Il faut quand même se dire que ce gars a abusé de sa sœur et qu'elle devient complètement folle à cause de lui.

Je hoche la tête en gardant la bouche close.

— Vas-y, commence, et je t'arrêterai pour te donner quelques indications de jeu.

Je me racle la gorge, humidifie mes lèvres, gonfle mes poumons d'air, relis les premières lignes, et j'entame le monologue. Les mots sortent de ma bouche au fur et à mesure que je les lis, mais ce n'est pas ça le plus important. Mon ton monte, l'urgence dans ma voix se fait sentir et, petit à petit, je me mets à hurler. Des larmes de rage dévalent mes joues. Ça y est, je me prends pour Laërte et je sens sa colère au plus profond de moi. Hamlet a joué avec ma petite sœur. Il en a fait sa marionnette, et il l'a jetée comme une vieille chaussette.

Arthur ne coupe pas une seule fois mon interprétation. Mes aisselles commencent à transpirer. Ma respiration se saccade et, quand j'arrive au point final du monologue, mes cheveux volètent et s'éparpillent au rythme de mon souffle. Arthur applaudit. Les autres suivent. Je les vois de nouveau et la réalité m'écrase avec eux. Laissez-moi redevenir Laërte, je vous en prie.

— Euh, là, Marta, tu nous as épatés, entame Arthur en se tournant vers le reste du groupe. Tu es d'un naturel très discret, et là… tu t'es vraiment lâchée. C'était superbe. Ça te dirait de jouer ce monologue pour le spectacle ?

— Ouais, pourquoi pas, je réponds.

En réalité, à l'intérieur de moi, c'est l'explosion de joie. Un compliment sur scène, ça vaut tout l'or du monde, vraiment. Mais vu comme je suis introvertie, jamais je ne sauterai au plafond face à tout ce monde.

— Si tu arrives à garder cette intensité de jeu jusqu'au spectacle, je peux te dire que tu vas scotcher tout le public sur place.

J'adresse un maigre sourire puis me mordille la lèvre. Je descends ensuite les quelques marches de la scène pour retrouver ma chaise. J'inspire profondément. Mes épaules sont plus légères, comme vidées du poids qu'elles devaient supporter. J'ai vomi toute la colère que j'ai contre mes collègues, incapables d'aider une jeune employée en détresse. Et ça fait un bien fou.

— À qui le tour ? demande Arthur.

Stéphanie, la doyenne de notre groupe, lève la main et se jette à l'eau avec un autre monologue. Arthur lui donne quelques indications de jeu avant qu'elle n'entame sa performance, mais je ne les entends pas. La seule chose qui résonne dans ma tête, ce sont les compliments qu'il m'a faits. Et en cet instant, je me demande vraiment pourquoi j'ai laissé tomber le théâtre il y a de ça des années, pour poursuivre des études plus « normales ». Ça a sans doute été la pire erreur que j'ai pu faire, parce qu'aujourd'hui, à vingt-cinq ans à peine, j'ai vraiment la sensation d'être passée à côté de ma vie.

J'avale ma salive. Il ne faut pas que je pense cela. Pas ce soir. Là, il faut que je profite de la soirée. Même si je sais que demain matin le réveil sera encore plus compliqué.

L'heure continue de défiler à toute vitesse et c'est déjà la fin du cours. Comme toujours, Arthur nous adresse un discours d'encouragement.

— Vous avez tous super bien travaillé aujourd'hui. Je sens qu'avec toutes les scènes qu'on a choisies et les monologues d'aujourd'hui, on va vraiment pouvoir faire un super spectacle. Amandine et Jules, j'attends de voir votre chanson. Ce sera pour la semaine prochaine j'espère ?

— Ouais, on doit se voir dans la semaine pour répéter mais on devrait être au point pour jeudi prochain, répond Amandine.

Arthur affiche un large sourire et hoche la tête.

— Génial, ça va vraiment envoyer du lourd cette année. Répétez bien tous vos textes pour la semaine prochaine, et je vous lâche pour ce soir.

Nous le remercions. J'enfile mon manteau et prends mon sac avant de quitter le théâtre pour rejoindre ma voiture. Comme chaque jeudi, je me sens revigorée. J'ai fait le plein d'émotions positives et c'est ce qui va me permettre de tenir jusqu'à la semaine prochaine.

Je mets le contact et rentre chez moi où personne ne m'attend. Mon ventre gargouille, alors j'attrape un plat surgelé que j'enfourne dans le micro-ondes et le dévore en quelques minutes avant d'aller me coucher, exténuée.

Le lendemain matin, pendant le trajet en voiture jusqu'au travail, j'apprends que le président a fait une allocution à la télé hier soir. Nous sommes vendredi et les écoles fermeront dès ce soir. Qu'est-ce que c'est que cette histoire ? Bon, en soit, ça ne me concerne pas vraiment. Je passe donc une journée des plus banales au travail, entre rabaissements de mes supérieurs, moqueries de mes collègues ou désintérêt total. Mais j'essaye de ne pas y prêter attention. Ça, ce n'est pas ma vie. Ce n'est rien de plus qu'un job. Ce n'est que ce qui me sert à manger et payer mon loyer, mais l'épanouissement je l'ai trouvé autre part, dans le théâtre.

La journée défile avec lenteur, mais heureusement, j'arrive au bout et peux enfin quitter le bureau.

Le week-end passe très vite, entre sortie entre amis et repas de famille. Mais les restrictions continuent avec la fermeture des restaurants et de tous les commerces considérés comme non essentiels. Je ne peux m'empêcher de penser au théâtre. Nous n'avons pas eu de nouvelles par mail de tout le week-end. Est-ce que ça signifie que les cours vont continuer tels quels ? Ça m'étonnerait. Nous sommes beaucoup trop nombreux. Le gouvernement demande d'éviter les rassemblements de plus de huit personnes.

Dimanche soir, je reçois un mail du théâtre. Mes amygdales se serrent. J'ai bien peur de savoir ce que c'est. Je déverrouille mon téléphone et ouvre l'application des mails.

Chers élèves,

Vous avez dû prendre connaissance des mesures annoncées par le gouvernement depuis jeudi soir. Comme vous l'aurez sans doute deviné, le théâtre fait partie des choses considérées comme non essentielles. Nous sommes donc dans le regret de vous annoncer que nous suspendons tous les cours dès aujourd'hui.

Nous ignorons quand nous pourrons rouvrir le théâtre mais nous vous tiendrons bien entendu informés.

Cordialement,

L'équipe du Théâtre

Je bloque devant ce mail et le lis plusieurs fois d'affilée. Ce n'est pas possible. Non. Ils ne peuvent pas me retirer ça. La société m'a déjà volé tous mes rêves depuis mon enfance. Ils ne peuvent pas m'arracher le dernier rayon de soleil de ma vie monotone.

Je passe une main tremblante dans mes cheveux et m'assieds. Mes jambes ne peuvent plus me tenir. C'est sans doute la pire des nouvelles que l'on pouvait m'annoncer aujourd'hui. Le théâtre, considéré comme non essentiel ? C'est pourtant la seule et unique chose essentielle dans ma vie. Ma respiration se hache. J'ai du mal à inspirer. Il faut que je fasse quelque chose pour extérioriser cette peine. Et là, je ne pourrais pas monter sur les planches. Depuis mon canapé, je tourne la tête vers la table. Une feuille blanche y est posée. Je serre mon poing tremblant, pose mon portable et me lève d'une démarche décidée. J'attrape un stylo et m'assieds face au papier. Puisqu'on ne me laisse plus monter sur scène, l'écriture sera mon nouvel exutoire. Ça, ils ne pourront pas me l'enlever. Mes doigts tremblent, je ne sais pas par quoi commencer. Il faut que je noircisse cette feuille de toute ma peine. Et finalement, je trouve la première phrase : *La pluie tombe sur mon visage.*

Bibliographie : *Hamlet* de Shakespeare.
Je remercie mes parents qui m'ont accompagnée lors de mes premiers pas sur les planches et m'ont permis de faire du théâtre, mon essentiel.

SÉVENO Elle

Elle Séveno, 33 ans, maman de trois enfants, adore depuis toujours les histoires d'amour et de magie. Rêvant de devenir écrivain dès l'âge de onze ans, c'est grâce à l'écriture qu'elle s'évade dans ses propres mondes imaginaires. Aujourd'hui, que ce soit en contemporain ou en fantastique, elle s'épanouit en écrivant de la romance.

IG @elle_seveno
FB @ElleSevenoAuteur
elleseveno.writings@gmail.com

Une Étincelle

Par Elle Séveno

Le même soleil se levait.

La même nuit succédait au jour.

Le royaume de Marchenoir vivait dans un éternel recommencement. Pour sauver son peuple d'une épidémie mortelle trois siècles auparavant, le roi n'avait eu d'autres choix que d'interdire les rassemblements — fêtes de village, mariages, représentations théâtrales ou chevaleresques —, et d'instaurer un couvre-feu ainsi qu'un contrôle des entrées sur le territoire.

Durant deux-cents ans, les humains acceptèrent les restrictions en vue de protéger leurs semblables. Les premières années, le constat fut sans appel : l'empire prospérait grâce aux restrictions suivies. Le gouverneur en place n'eut donc aucune raison de faire machine arrière : Marchenoir s'était hissé comme l'un des lieux les plus sûrs pour sa population. Celle-là avait stagné. On ne déplora plus de morts liées au virus car leur nombre ne surpassait plus celui des naissances. Dans les rues, la criminalité avait diminué car les hommes et les femmes rentraient chez eux comme on le leur demandait, à l'heure qu'on leur imposait. Pourquoi donc revenir en arrière, au temps des libertés ? Mieux valait un pays sûr, riche. Triste mais vivant…

Le roi en place se projeta plus loin dans ce contrôle.

Si on pouvait contrôler les peuples par la peur… on pouvait aussi contrôler les naissances par la peur… La population était destinée à proliférer, pas à stagner.

Au même titre que le reste, l'amour devint non essentiel. Pourquoi s'acharner à tomber amoureux alors que les couples finissaient par se séparer ? Pas besoin d'amour pour se reproduire. Le gouvernement commença à planifier les rencontres, puis les naissances, incitant les couples, soit à se reproduire davantage, soit à se stériliser. À l'adolescence, chaque enfant recevait une piqûre de stérilisation. Pour fonder une famille, il fut alors nécessaire que chacun prouve son comportement irréprochable dans la société, sa loyauté sans faille au royaume, son ambition de participer à l'effort collectif pour survivre face au virus, et celle de perdurer et d'obéir aux lois restrictives.

Un dernier siècle passa.

Les hommes et les femmes se levaient, travaillaient, élevaient leurs enfants, recommençaient le lendemain sans passion, sans dérive. Le monde perdait peu à peu ses nuances pour se peindre, de noir et blanc, de jours qui se ressemblaient tous. Une routine implacable qui permettait aux humains de survivre, et non de vivre.

Le nouveau roi héritier eut alors l'intime conviction que pour faire perdurer ce système et insuffler un peu d'espoir en ses gens malheureux, un événement grandiose était nécessaire. Il sortirait son peuple de sa morosité, lui redonnerait l'envie de prospérer pour son roi. Il décida qu'il était temps d'unir son royaume à celui de son plus proche voisin. Ce dernier avait deux filles : l'aînée destinée à gouverner à la suite de ses parents, et sa cadette qui entrerait bientôt au sein de la guilde des mages. Elle assurerait la protection de sa sœur future reine et rien d'autre.

Au même titre que les plaisirs, la magie avait elle aussi été reléguée au rang de profession pour la sécurité des gouverneurs. Seuls les sorts de guérison, de fécondation, de localisation, de force ou de courage étaient permis. De par son rang, Maalia avait le privilège de pouvoir utiliser la magie pour protéger sa sœur comme un bouclier, ou l'enseigner à ses futurs enfants et héritiers. Elle n'avait décemment aucune autre autorisation.

Mais Maalia cachait un lourd secret.

Toutes les nuits sans exception, lorsque les lanternes s'éteignaient, elle se levait. Ses pas la conduisaient dans les jardins. Qu'il neige, vente ou règne une chaleur torride, elle s'engouffrait dans le labyrinthe de verdure jusqu'à son centre, près de la fontaine préférée de sa mère. À cet endroit, celle-ci avait planté rosiers, camélias, érables et fleurs sauvages.

Le jardinage n'étant pas désigné comme une activité « essentielle », la reine avait œuvré ici seule ou avec ses filles, leur transmettant l'amour des fleurs. Amelys, l'aînée, avait depuis longtemps perdu tout intérêt pour la nature, plus préoccupée à endosser son rôle de future souveraine, et préférait écouter les discours du roi sur la gestion du peuple, des ressources ou des accords commerciaux. Tout l'inverse de Maalia qui souhaitait perpétuer l'esprit de sa mère. À une différence près : elle maîtrisait la magie. Une magie brimée par des cours plus ennuyeux les uns que les autres. Les mages étaient réduits à de simples travailleurs. Ils possédaient plus de facilités mais leurs pouvoirs ne pouvaient être utilisés autrement que pour obéir au roi. Maalia refusait qu'on lui retire cette liberté. Elle avait décidé d'obéir le jour et de redevenir pleinement elle-même, la nuit. En souvenir de sa mère.

Auprès de l'eau, au milieu des fleurs, la jeune mage devenait comme un peintre en pleine création. Les couleurs des pétales s'intensifiaient. Les tiges, les branches et les feuilles s'allongeaient, ondulaient, l'encerclaient. La bousculaient comme pour jouer avec elle. Maalia faisait apparaître des lucioles, de la poussière d'étoile tombait sur la pelouse. Les animaux relégués à de la simple nourriture en plein jour, sortaient de leur terrier comme pour assister à ce spectacle connu d'eux seuls.

Plus elle grandissait et voyait son avenir tout tracé à côté de la future reine du pays, plus Maalia avait besoin de ces heures volées au milieu de la nuit. Le voyage jusqu'au pays voisin pour les fiançailles de sa sœur ne l'enchantait pas le moins du monde. La jeune magicienne devait dire adieu au jardin de sa mère. Adieu aux animaux. Adieu à sa magie créative. Elle espérait secrètement retrouver un espace où elle pourrait de nouveau être elle-même quelques heures par jour dans cette nouvelle demeure. Mais le château était immense, accolé au village. Il y avait des domestiques dans tous les couloirs.

Sage, discrète, polie comme elle l'avait appris, Maalia baissa la tête en suivant sa sœur. Ce ne fut que dans la grande salle, lorsqu'elle dut s'écarter à la droite de son aînée, qu'elle redressa le menton.

Le garçon devait avoir quelques années de plus que la princesse. Droit et fier, Edelin, car tel était son nom, portait déjà les espoirs de son père sur ses épaules. L'espoir que ce mariage efface la morosité dans le cœur de ses gens. « S'ils nous laissaient vivre pleinement notre vie, nous ne serions peut-être pas si tristes… » se dit-elle. S'ils la laissaient exercer sa magie, Maalia ne chercherait pas à transgresser les règles.

Les présentations, suivies de la visite du château, s'éternisèrent et si la jeune femme écouta d'abord d'une oreille attentive, de par son éducation et son rang, elle perdit tout intérêt lorsque le roi les mena vers les salles de réception pour se retrouver dans les jardins. Maalia repéra un bosquet derrière les écuries, elle se figea un peu trop longtemps, se fit rappeler à l'ordre.

— Maalia. Tu viens ?

La jeune fille sortit de ses plans d'évasion pour se précipiter vers sa sœur et reprendre sa place dans son escorte. Elle croisa le regard du prince, sourcil levé, détourna le regard. Quelque chose dans les yeux du garçon la perturba. Un intérêt qu'elle ne lui avait pas vu jusque-là s'était allumé en lui. Elle sentit son ventre se tordre. Avait-il deviné où ses pensées s'égaraient ?

Le cortège reprit son ascension vers les chambres. Il commençait à se faire tard, les domestiques entraînèrent les invités du roi vers leurs appartements. Avant le mariage et avant de devoir répondre à son devoir conjugal dans la suite du prince, la princesse partagerait son aile avec sa jeune sœur.

Amelys était exténuée. Elle partit se coucher après le départ des troupes.

Maalia s'assit sur son lit, songeuse.

Elle aimait déjà cette pièce. Ces hauts murs de pierre. Ces voilages blancs disposés de chaque côté des fenêtres et autour du lit. Ces dalles de marbre clair menant à une baignoire spacieuse. Cette coiffeuse aux courbes féminines. Maalia ne serait pas malheureuse dans cette chambre. Mais serait-elle heureuse ? Devait-elle taire son désir au profit d'une vie sécuritaire mais terne ? Elle ouvrit la paume devant elle. Une pluie de scintillement tomba sur sa peau. Petit à petit, la lumière prit la forme d'une silhouette aux ailes dorées qui dansait. Maalia referma le poing. La magie s'éteignit. Et si un des mages du roi détectait ses sorts au travers des cloisons ? Elle était trop proche et exposée. Elle attendit donc que la nuit tombe.

Le silence s'abattit sur le château. Une porte et un couloir privés la séparait de son aînée, mais elle n'alla pas vérifier si elle dormait. Amelys aimait trop se reposer pour s'inquiéter des états d'âme de sa cadette. Elle avait des devoirs à remplir au lever du jour et pas le temps de surveiller les agissements d'une gamine en plein mal-être. Pieds nus, la jeune mage quitta le lit, puis la chambre.

D'un claquement de doigts, Maalia fit apparaître une flamme au creux de sa paume. Elle emprunta le couloir le long des chambres royales, descendit l'escalier de pierre en colimaçon, et préféra sortir par les cuisines plutôt que par l'entrée principale. Prudente, elle ne pouvait se permettre d'être repérée depuis une des fenêtres du château. Elle referma le poing sur son feu. Elle retrouva sans mal le chemin jusqu'au bosquet. La lune éclaira sa route. Sur place, comme si son âme s'éveillait enfin à sa magie véritable, les branches et leurs feuilles s'agitèrent, ployèrent pour la laisser passer puis s'épaissirent pour l'isoler du monde extérieur. Invisible depuis le château, Maalia ouvrit la cage autour de son corps et libéra sa magie.

Son pouvoir se matérialisa en mille couleurs. Comme un feu d'artifice, des centaines de petites silhouettes aux ailes transparentes se mirent à voleter autour d'elle et entamèrent un ballet lumineux. L'herbe poussa et devint dense. Des rosiers sortirent du sol et fleurirent. Maalia s'assit en tailleur et assista à ce spectacle auquel, elle en était sûre, nul humain n'avait jamais assisté.

— C'est magnifique. Je n'ai jamais rien vu de si beau.

En entendant cette voix qu'elle ne connaissait pas, Maalia se retourna vivement. Ses yeux s'arrondirent d'effroi en découvrant Edelin debout à un mètre derrière elle, spectateur lui aussi. Témoin d'un spectacle interdit.

La magie s'évanouit. Et si les roses, la pelouse, et les arbustes restèrent en place comme s'ils avaient toujours été là, les scintillements disparurent, les plongeant tout deux dans une nuit sans étoile.

— Tu peux le refaire ?

Il n'y avait aucun reproche dans sa voix, aucun jugement, aucune mise en faute. Le garçon semblait au contraire émerveillé. Mais Maalia se méfia.

— Prince Edelin ? Mais que faites-vous ici ?

Il hésita à répondre.

— Je me suis sauvé, je crois. Je n'arrivais pas à dormir et... j'aime venir ici, pour être un peu seul. Au moins quelques minutes par jour.

— Il fait nuit, lui fit-elle remarquer.

— D'habitude, oui. Mais ce soir, tu es là.

Maalia ne le savait pas, mais il était ébloui. Il parlait d'elle lorsqu'il évoquait le jour en pleine nuit.

— Tu peux le refaire ?

— N'allez-vous pas me dénoncer ?

— Pourquoi ferais-je une chose pareille ?

— Vous êtes fils de roi, futur gouverneur. Vous... La magie est interdite sous cette forme.

— Et moi je trouve qu'elle est magnifique sous cette forme.

Le regard d'Edelin se fit plus perçant. Il lui avouait ainsi, sans le dire, que c'était elle qu'il trouvait magnifique. La jeune fille rougit mais ne put se résoudre à accéder à sa demande.

— Je dois rentrer.

Le prince en resta coi, ne cherchant pas à l'en empêcher. Le jour suivant, Maalia fit bien attention à répondre à ses obligations. Cours pour entraîner sa magie, escorte de sa sœur… Elle retourna dans sa chambre en fin de soirée sans avoir croisé le prince. Elle se jura ne pas retourner au bosquet. Mais l'appel de la magie était plus fort. Comme la veille, ses pas la conduisirent à la clairière isolée. Edelin l'attendait avec un sourire rassuré.

— Nous avons fait le trajet le mois dernier pour que nos pères puissent négocier les termes de mon mariage avec ta sœur, expliqua-t-il alors qu'elle ne lui avait rien demandé. Je n'étais pas forcément de bonne composition à cette perspective d'avenir.

Maalia se souvenait de leur visite. Elle n'avait pas croisé le cortège à cause de ses cours mais Amelys lui avait parlé en détail de la beauté ravageuse du prince, son futur époux.

— Puis une nuit, je suis descendu dans les jardins. Et je t'ai vue entourée d'un halo de lumière comme si tu étais un ange venu me sauver. J'ai compris que tu étais destinée à un plus grand avenir que le mien. J'ai été fasciné. Je suis revenu, nuit après nuit durant mon séjour. Je ne pouvais dire que je renonçais au mariage pour toi sachant que cette demande m'aurait été refusée pour l'affront infligé à ta sœur. Et je ne pouvais me résoudre à ne plus assister à cette magie, à te revoir. Tu mettrais un peu de beauté dans ma vie. Alors j'ai accepté la main d'Amelys sachant que tu l'accompagnerais.

La déclaration provoqua un bouleversement dans le corps de la jeune fille. Ses convictions s'ébranlèrent, sa loyauté vacilla. Personne ne lui avait jamais déclaré une chose aussi magnifique. N'avait-il réellement accepté ce mariage que pour deux heures de son temps par jour ?

— Je veux juste… pouvoir te regarder. Rien de plus.

Le cœur serré et ému, Maalia accepta.

Malgré l'approche du mariage, leurs rendez-vous clandestins se succédèrent.

Le prince n'essaya jamais de la toucher ou de la séduire. Comme il le lui avait dit, il ne voulait qu'assister à la beauté de sa magie. Il demeurait loyal, fidèle à son rang et à cette promesse de mariage à Amelys, mais ses regards parlaient pour lui. Il aurait jeté sa couronne pour un baiser. Renoncer au trône pour la suivre où elle voulait. Quant à Maalia, des sentiments réciproques la torturaient.

Elle se concentrait alors sur ses pouvoirs. Plus elle s'évertuait à taire ce qu'elle ressentait pour le prince, plus elle s'entraînait et plus ses dons grandissaient. Plus elle utilisait sa magie la nuit, plus il lui était difficile de se limiter le jour. Son pouvoir se développait. Son désir de liberté prenait l'ascendant sur son devoir. Et surtout, elle partageait pour la première fois un secret avec quelqu'un d'autre. Quelqu'un qui commençait à prendre de la place dans son cœur malgré les interdits.

Chaque soir, Maalia se rendait au bosquet. Chaque soir, Edelin l'y rejoignait.

Chaque jour, Amelys s'éprenait d'avantage du prince. Chaque nuit, Maalia se sentait coupable.

Cela ne pouvait plus durer.

Lorsqu'un soir, après un tour majestueux, Edelin se retrouva à un pas d'elle, inspirant son odeur comme un homme le faisait avec une femme qu'il aimait, elle se retourna vers lui et asséna des mots qu'elle espérait tranchants :

— Je trouve injuste que vous puissiez assister à ce spectacle tandis que vos sujets en seront toujours privés.

Atteint par ses mots, Edelin recula.

— Que voulez-vous dire ?

— Vous êtes le futur roi. Vous ne devriez pas passer toutes vos nuits devant un spectacle que votre père a interdit. Ce n'est pas digne de votre rang.

— Et si je rendais ce spectacle permis ? Et si la magie… ta magie n'était plus restreinte ?

— Je suis sûre que vous rendriez de l'espoir au peuple. Mais libérer la magie signifie libérer tous les hommes. Vous ne pourrez plus les contrôler comme vous le faites.

— Cela ne se fera pas en un jour. Mes conseillers ne le permettraient pas. Ils sont à la solde de mon père depuis trop d'années.

— Alors il faudra œuvrer en dehors du royaume. Il faut montrer à tous les peuples qu'il existe un monde joyeux, teinté de couleurs. Que le système qu'on leur impose n'est pas l'unique moyen de survivre…

Plus elle parlait, plus Maalia comprit ce qu'ils devaient faire. L'un et l'autre.

— Je ne pourrai pas rester. Après le mariage, je devrai m'en aller.

— Je le sais déjà.

— Tu seras roi. Un roi aimant qui changera les choses petit à petit. Moi, je voyagerai de pays en pays. Je dois partager ma magie.

Allumer l'étincelle.

— Je le sais, abdiqua-t-il une nouvelle fois.

Maalia ne serait jamais princesse. Elle ne monterait pas sur le trône à la place de sa sœur, elle ne gouvernerait pas ce royaume à l'agonie. Elle n'avait aucune chance d'être prise au sérieux en mode frontal. Il fallait semer la graine au sein du peuple, non auprès des puissants. Edelin, en tant que roi, le pouvait. Tous les deux le savaient. S'ils voulaient que le monde les écoute, il fallait commencer par leur royaume. Il monterait sur le trône de son père aux côtés de la femme qu'on lui avait choisie. Maalia s'en irait. À travers le continent, par-delà les mers, elle allait rendre la beauté au monde, de la joie dans la vie des peuples. Il suffisait d'une étincelle.

Le jour des noces, Edelin échangea ses vœux avec Amelys, mais ses yeux ne quittèrent pas ceux tristes de Maalia. La jeune mage disparut sans un adieu. Edelin devint le roi aimant que tous attendaient, mais l'image de Maalia ne s'éteignit jamais. Comme une graine, son amour pour elle s'épanouit. Le temps n'eut aucune emprise sur ce sentiment. Il n'eut lui-même aucune emprise sur son émerveillement, sa joie aux souvenirs de la magie de la jeune mage. Une ivresse addictive s'était emparée de lui. Il guetta alors le jour où l'histoire de cette magie magnifique aurait fait le tour de la planète. Ce jour-là, il espérait que Maalia reviendrait.

De son côté, Maalia n'oublia jamais ce prince qui avait éveillé en elle presque autant de sentiments grisants que ses dons.

Peut-être retournerait-elle un jour dans le royaume, peut-être le reverrait-elle... En attendant, les autres peuples méritaient de découvrir un monde où une poignée d'hommes n'aurait plus de prise sur leurs désirs, leurs bonheurs, leur vie. Ils avaient besoin d'être libres. Comme elle. Maalia n'aurait de répit qu'une fois sa tâche achevée.

Elle marcha, marcha, marcha, de ville en ville, de pays en pays.

Retrouverait-elle Edelin un jour ?

Peut-être.

Quand mon devoir sera accompli...

Merci à vous lecteurs et lectrices.

CAEIRO Séverine

Séverine Caeiro est auteure d'un premier roman paru en 2020 aux éditions Spinelle sous le titre de « *La vie* ». Un second projet est en préparation. C'est avec un plaisir non dissimulé qu'elle participe au collectif des Auteurs Masqués qui, tant par l'engagement au sein de différentes associations que par l'écriture elle-même, lui apporte une satisfaction personnelle.

caeiroseverine@gmail.com

Obsolète

Par Séverine Caeiro

À ceux et celles qui attendent de pouvoir re-vivre.

Colline a fait un rêve, un rêve étrange. Les visages inconnus lui semblaient si proches. Une foule souriante déambulant dans un autre espace-temps, un joyeux brouhaha. Un rêve qui avait dû être réalité quelque part. Une autre époque transmise dans son ADN par d'autres générations ? Des vitrines illuminées, des livres ouverts sur le monde. Des fourmilières d'idées diffusées par des pensées évanescentes au cœur même de la cité urbaine. Un monde parallèle qui semblait tellement réel.

Petit à petit, Colline refait surface, reprenant conscience en la réalité à travers ses pensées embrumées. Le rêve, son rêve, était d'une véracité si poignante. Le soleil se fraye un passage à travers les persiennes, comme une invitation à vivre. Vivre ? Songe-t-elle à donner une définition différente à ce verbe qui ne possède plus de signification ? Songe-t-elle simplement à vivre ? Assise, ses pieds la regardent, se frottant l'un contre l'autre, ils gigotent. Ses lèvres s'étirent, un sourire se dessine pour donner un éclat à son visage triste. *Alors, on danse ?* Danser pour une salle comble... de vide, danser pour l'absence de sentiments éprouvés dans un moment de partage. Danser pour se célébrer. Colline y songe. Ressentir la peur des premiers instants, ceux précédant la représentation. Le tableau a changé.

Le rideau est tombé. Ce n'est plus le trac, c'est l'anxiété. Le miroir lui renvoie l'image d'une jeune femme en perdition. Colline examine son corps, l'outil de son travail délaissé, quand…

— Jack !

Son regard passe alternativement de son reflet dans le miroir à Colline. La tête penchée, le regard triste donnant à son faciès ce côté si attachant, Jack hume et respire l'odeur de Colline. S'ébrouant, frétillant, lui léchant frénétiquement les pieds, il s'incline devant la gaieté retrouvée de celle dont le rire ne se fait entendre qu'en sa présence. Preuve d'un amour sans condition. La queue en éventail dans de fougueux mouvements, il jubile.

Un petit-déjeuner vite avalé, la porte s'ouvre sur le silence de la rue. Un cheminement discret dans les couloirs intemporels de la ville. Alors Colline essaie de se souvenir, il n'est pas si loin le temps où la vie faisait du bruit. C'était il y a seulement quelques jours et pourtant ces moments-là lui semblent si lointain. Aujourd'hui, elle entend le silence. Tout s'est arrêté si vite. Devant la façade élimée, les souvenirs ne peuvent s'empêcher d'affluer. Colline sourit malgré elle. Elle revoit comme s'ils s'y trouvaient encore, Benjamin, Julie, Chloé, Charlotte et Jordane. Elle était assise juste là, sur une chaise en bois usée par le temps, l'arbre de la vie imprégné de ses initiales. « 1948 », annonce la vitrine sale, en lettres anciennes, imbibée de la mémoire du temps passé. Le tintement de leur verre, leur rire, leur insouciance inconsciente résonnent encore dans la paix de ce lieu incontournable. Comme si la joie, le bonheur d'être ensemble n'étaient pas essentiels à la survie de notre espèce.

— Tu vois, Jack, la porte est close, fermée d'humanité. Ha ! mon petit Jack, il faudrait revoir la définition de certains mots.

S'avançant lentement, regardant la devanture, Jack se met à aboyer sa colère.

— Tu veux savoir lesquels, Jack ? Hé bien, « essentiel » et « humanité » seraient à mon sens à redéfinir.

Ses pas cadencés continuent doucement à la guider au milieu d'une ville qu'elle connaît tant, bercée par ces lieux si souvent fréquentés.

Réminiscences de précieux souvenirs rangés dans les tiroirs de sa mémoire. Colline voudrait danser la vie, alors qu'elle sent cette dernière se jouer d'elle. Pied de nez ironique d'une époque virale dans laquelle les sourires masqués ne se voient plus. Elle ne se sent pas à sa place. Son corps lui dit «non» mais son mental insiste. Menée par un esprit désobéissant, elle avance. Sachant où tout cela va la conduire, elle résiste, mais elle aperçoit déjà au loin le bâtiment majestueux, grandiose, dont l'éclat résonne à ses sens. Il brille. Comme si une armée d'avions chargés d'étoiles étincelantes avait largué ses munitions sur la bâtisse. Les deux piliers soutenant l'entrée paraissent comme deux gardes du corps érigés en protecteurs prêts à en découdre avec ce destin trop sombre. La place, vide et immense, n'accueille qu'elle et… Jack. L'antre de sa passion élevée au sommet d'une gloire ancienne, devenu vide de sens en l'absence de celles et ceux lui donnant vie dans le bruissement de leurs pas, le frôlement de leurs corps, le suintement de leurs âmes. Danser pour la gloire d'une humanité absente ou pour une absence d'humanité ? Pirouette à la fatalité, danser pour s'élever, ne pas sombrer. Laisser son corps s'exprimer et continuer à exister.

— Allez Jack, viens, on rentre.

Arpentant chaque rue, chaque quartier, chaque pavé que son chemin met sur sa route, elle avance dans la ville en un pélerinage intérieur. Au loin, dans le prolongement de son allée, sur le sol froid et bétonné, elle l'aperçoit. Couleurs caractéristiques de promesses d'évasions, d'escapades et de randonnées aux confins les plus reculés de la planète, là où son esprit peut aller tout en étant confiné. La bienveillance et l'amabilité se sont frayé un chemin à travers la solitude et l'isolement. Derrière la palissade, l'homme masqué aux yeux rieurs lui fait un signe.

— Bonne lecture !

Comme lancé dans une course effrénée, son cœur se met à battre plus vite. Colline sourit et remercie celui qui sait regarder juste à côté. L'impatience de parcourir ces terres inconnues se lit sur son visage, mais les premières pages ne lui insufflent pas le désir tant attendu de l'escapade. La biodiversité n'a plus rien de naturel, la canopée verdoyante a subi la gomme de l'industrialisation. Un biotope en danger dans un monde déforesté.

— Tu vois, Jack, même les arbres absolument indispensables à notre écosystème ne sont pas épargnés. Ils détruisent notre essentiel. Ce qui, hier, était indispensable devient obsolète aujourd'hui. À croire que la planète elle-même n'est pas nécessaire à notre survie.

Levant la tête dans une expression de désolation, Jack pleure.

— Ne t'en fais pas Jack, quand celle-ci sera détruite, on en trouvera bien une autre ! Quand ça marche plus, on jette puis on rachète. Fais pas cette tête, je te laisserai pas, on part ensemble.

Jack pose à nouveau la tête sur ses pattes avant, l'air rassuré.

Allongée sur son canapé, dans la solitude de son salon, Colline s'endort. Les images affluent et son corps tressaille. Une voix résonne au loin, la voix de Gaïa. Colline flotte autour de la Terre, s'approche et accoste son sommet.

— Bonjour.

— Bonjour Colline, regarde, ils nagent à contre-courant.

— Vu d'ici c'est flagrant.

Colline reste silencieuse, attentive aux confidences d'une Terre dans l'urgence.

— Huit milliards d'humains sur Terre ? Je ne les ai pas comptés. Je me contente de tourner autour d'une boule incandescente qui se rapproche inexorablement, dangereusement, réchauffant mes entrailles devenues fragiles. En tournant sur moi-même. C'est essentiel. J'hurle mes souffrances, condamnée au silence. Des paroles incompréhensibles pour ceux qui n'entendent pas. Ronde ou plate ? Quelle importance, je ne suis pas au meilleur de ma forme. Des tsunamis d'idées germent de leurs cerveaux embrumés. Une fourmilière plus ou moins bien organisée.

Un tremblement se fait sentir, Colline perd l'équilibre. Propulsée, elle s'accroche à sa peur comme à une bouée de sauvetage, il ne lui reste que ça. Une musique, un décor, du bruit. Les bruits de pas frôlant le parquet brillant d'une scène sans concession. Un rideau rouge et l'agitation d'un spectacle. Dans les coulisses, devant le mur décrépi, Colline aperçoit la liste exhaustive des tableaux se succédant. Empreintes de pointes effilées, ondulations de corps au sein d'un espace sans restriction. Colline ne marche pas, elle court, en tous sens, elle cherche frénétiquement celui qui doit la porter, l'accompagner dans sa danse. Les visages se suivent, les corps la bousculent sans ménagement. Émoi agile s'ébrouant dans une mare de vie. Colline entre en scène et admire, dans la pénombre d'une salle comble, les regards d'un public affable rivés sur son corps mobile. Colline danse à en perdre haleine. Bras et jambes ondoyants au gré d'une mélodie au goût de noisettes fraîchement cueillies. La transformation s'opère, le prince de Colline devient sa danse.

Une sensation de chaleur humide l'enveloppe alors qu'un vent frais souffle sur son visage. Colline ouvre les yeux.

— Jack !

Ce rêve étrange laisse une trace, un mal-être. Colline émerge, le visage mouillé par une langue râpeuse. Elle s'étire. Sur le quartz de son réveil abîmé, quatorze heures quatorze. Posé sur le bord de l'évier, son masque l'effraie. Colline voudrait juste respirer. Sentir le parfum des fleurs, l'odeur d'un vieux livre, l'effluve d'un parfum, l'émanation d'une foule, l'arôme du partage. Dans un mouvement sensuel, elle s'assoit. Le regard baissé, toujours ses pieds qui veulent danser ! Son corps lui réclame une valse de pas, comme un chat facétieux dans un balancement charnel, un esprit qui s'évade. Fuite de la raison, prolongement d'une passion. Colline est ailleurs, elle danse pour assouvir son besoin essentiel. Expression d'un monologue artistique muet. Un film en noir et blanc. Colline regarde dans le rétroviseur de sa vie, les souvenirs d'une époque révolue. Assise devant la fenêtre, elle observe l'héritage laissé par la tristesse d'un azur affligeant. Teintes passées par le temps, éclaircie concédée par une courbe aux couleurs pastel. Sur la table de verre, son ordinateur ouvert la rappelle à ses devoirs, cours théoriques de l'étude de l'art contemporain offerts derrière un écran au visage s'exprimant au bon vouloir d'une connexion fragile. Le virus distillé a fermé les portes de la faculté, les portes de la ville, les portes de la vie. Le professeur bégaie, ses mots sont hachés. Colline suffoque. Sur le pavé luisant, un véhicule en stationnement. L'avertisseur sonore provoque en Colline la panique d'un rendez-vous oublié. Jack, les yeux rivés sur sa laisse, s'agite. Saisissant à la hâte ses affaires, Colline quitte son havre de paix pour plonger dans un monde de remous.

Sur le trajet, le paysage est toujours le même. La voiture s'immobilise devant la façade dorée, Jack s'impatiente, Colline aussi. Derrière la vitre, Colline aperçoit les images alléchantes des couvertures hétéroclites d'auteurs en mal du temps. Des écrits laissés à l'abandon, des lignes non parcourues par des yeux avides d'évasion. Puis… des cheveux bruns, des yeux rieurs, Charlotte accueille Colline le sourire dessiné sur ses lèvres fines. Un monticule de livres oubliés, d'images évanescentes, Colline se fraye un passage, affamée d'escapade, de fuite. Une échappatoire. De ses yeux, elle caresse les ouvrages, de ses mains, elle frôle les couvertures. Promenade abandonnée au milieu de bouquins parfumés. Achat déshumanisé, révélateur de mise à distance sur une toile frénétique d'acquisitions désirées. Une impression d'illégalité dans un monde d'inégalité. Charlotte serre Colline dans ses bras. Sans un mot, sans une parole, un message d'espoir. Celui de retrouver le monde d'avant, avant ce sentiment d'une génération perdue au sein d'une époque symptomatique. Jack s'immisce, il veut être de la partie, alors les mains se joignent dans de folles caresses affectueuses. Les regards se croisent, brillants, dans l'espoir d'une renaissance. Au loin, la cloche d'une église érigée dans un paysage silencieux sonne l'heure du départ. Colline se retire, discrète, abandonnant Jack pour quelques heures.

Dans sa mémoire, des images, des sons, un morceau de vie. Des monceaux de corps amoncelés dans une chorégraphie orchestrée. Un film au ralenti, des mouvements fluides et précis, une discipline de fer dans un corps de velours. Là-haut, dans le ciel azur et cotonneux, son esprit entrevoit les formes de ses désirs. Les membres virevoltant au gré d'un espace infini. Une photographie arrêtée dans le temps, un instant d'éternité figé dans un ballet de visages accomplis. Un moment suspendu. Colline imagine, elle espère, ne veut cesser de croire. Colline s'interroge. Son essentiel serait-il obsolète ? Aux yeux de qui, au nom de quoi ? Dans quelle tribu ne danse-t-on pas ? Pour appeler la pluie, le soleil, le vent, les Dieux. « Définition : qui appartient à l'essence, un élément indispensable. » L'essence de la vie, de sa vie. Comme un feu brûlant de l'intérieur, une flamme, un flambeau ne devant jamais s'éteindre. Un art indispensable à la survie de corps avides de beauté, message pittoresque se lisant dans les regards au fil d'un livre ouvert sur une histoire en mouvement. Un conte, une fable, le récit d'une vie en suspens. Colline écrit son scénario, au fil du temps, au fil des jours, au fil de ses victoires.

***

Sur la façade, Colline lit l'espoir. Le chemin emprunté, chaque irrégularité du sol carrelé la guide vers la réussite, sa réussite. Colline pourrait avancer les yeux fermés tout au long des couloirs colorés. Chaque aspérité, chaque défaut imprégné dans les murs reste gravé dans sa conscience. Colline avance vers l'aboutissement d'une heureuse issue, une porte de secours qui tarde à s'ouvrir, mais dont la clé est là quelque part et, elle en est certaine, qu'elle va finir par trouver. La conquête d'un trésor enfoui. Indiana Jones contre le destin maudit, une aventure entourée de lendemain pour une cause qui n'est pas perdue. Dans les douleurs internes, dans son combat ne pouvant souffrir l'échec, Colline court à en perdre haleine, une course dans laquelle elle s'imagine cisaillant le ruban victorieux la plaçant sur le podium. Une première place acquise au fil du courage, de l'abnégation et de l'humilité. Colline avance dans une remise en question permanente au sein d'un esprit de combattante. Une porte qui s'ouvre, un regard qui s'illumine. Chaque rendez-vous est une victoire à portée de main. Chaque pas fait résonner une salve d'applaudissements, un comité d'admirateurs autour d'une héroïne exaltante, sous les encouragements. Colline se sent portée, un oiseau s'élevant au sommet d'une montagne gravie à la sueur de son âme. Avant de danser, il faut marcher. Avant de marcher, il faut se lever. Oublier l'enchaînement métallique glissant sur son existence, sortir de l'engrenage, délaisser ce fauteuil encombrant, quitter cette assise inconfortable. Courir avec Jack dans une campagne verdoyante, l'emmener vers un avenir radieux. Colline s'accroche à la barre de fer pour s'élever, grandir, sentir le sol sous ses pieds devenus froids. Colline veut marcher, danser, ne pas s'allonger devant l'essentiel, se tenir debout.

Merci à Charlotte Combes et Julie Garonne pour leur lecture et leur avis de lectricesamusées.

Bibliographie: «La Vie»/ Mars 2020

LEGRAIN Caroline

Après des études de relations publiques, Caroline Legrain a entamé une carrière dans la communication, métier qu'elle exerce depuis près de quinze ans. Quoi qu'elle entreprenne, l'écriture n'est jamais loin. Elle en a besoin. Hypersensible, elle aime décortiquer les émotions, la psyché, tout ce qui se passe sous la surface et que l'on tait bien trop souvent.

IG @carolegrain
caroline.legrain@yahoo.com

The sound of silence

Par Caroline Legrain

« Hello darkness, my old friend, I've come to talk with you again[1] ». Les paroles de Paul Simon dansent dans ma tête, telles des fêtards trop saouls. J'ai besoin de ces quelques notes qui me rappellent ma jeunesse. Un dernier rempart contre ce silence qui m'agresse tandis que je descends dans la vieille salle.

Aucun film n'anime plus le grand écran de ses couleurs. Mon humeur est sombre, les lieux aussi. J'ai tellement aimé virevolter ici entre les ombres. Depuis le premier jour où mon père m'a amené voir l'œuvre de sa vie, sa passion est devenue la mienne. Brando, Eastwood, Gabin, Belmondo… et puis Deneuve, Hayworth ou Bellucci. Ils m'ont fait rêver, elles m'ont fait vibrer. Le cinéma a affiché entre ces murs ses plus belles années, et moi j'y ai vécu les miennes.

Alors aujourd'hui, je n'allume pas les spots. À quoi bon, de toute façon, ils n'éclaireraient que l'absence, le vide dont je fais désormais partie.

Je sais que lorsque les gens parlent de moi, ils ne disent jamais « Jean ». Ils disent « le vieux projectionniste ». La vérité, c'est que mon métier s'est éteint il y a des années. La pellicule est morte, vive le numérique. Aujourd'hui, c'est au tour de mon cinéma de vivre ses dernières heures.

---

1. Bonjour obscurité, ma vieille amie, je suis revenu te parler.

Que reste-t-il de moi, dans tout ça ?

Je fixe l'écran. Mes yeux ont l'habitude du noir. « Darkness, my old friend... ». J'aurais tant aimé regarder un ultime film. Une dernière séance, comme disait l'autre. Mais ça ne marche pas comme ça. Dans show-business, il y a un peu de show et beaucoup de business...

Mes quatre-vingts printemps ne me permettent plus de rester debout. Péniblement, je me dirige vers le premier rang et m'y assois. Je ne suis pas dupe... Mon cinéma n'est plus, tout comme moi, ni jeune ni beau. Le tissu rouge des sièges est élimé. Les dorures de leurs contours ne brillent plus depuis bien trop longtemps.

J'ai envie de crier. Mais quand les rêves se dissolvent, les mots perdent leur sens. Alors je me tais. Je n'ai plus rien à dire. Et personne avec qui partager ce rien... « Silence like a cancer grows[2] » hurle la voix dans ma tête. Je veux lutter contre le néant qui m'engloutit. Ma mémoire n'est plus ce qu'elle était. Elle tente de projeter sur la toile inerte des bribes de ces films qui ont accompagné des générations de spectateurs. Ces films qui nous ont forgés. C'est ça une bonne histoire : elle laisse son destinataire changé à jamais. Petit bout par petit bout, les récits nous façonnent. Et si nous avons la sagesse d'écouter ce qu'ils ont réellement à nous dire, on en ressort un peu meilleur. Un peu moins con. Mais ce soir, rien ne vient. *Casablanca*, *It's a wonderful life*, *Les Parapluies de Cherbourg*... même *La Septième Compagnie* m'élude.

Pourtant, l'écran prend vie. Un peu d'abord, beaucoup ensuite. Et le projectionniste, c'est moi. Pas de Bogart ou de De Funès, par contre. Tout ce que je vois, c'est ma mère qui danse. Elle tourbillonne dans sa robe à pois verts. Ses longs cheveux bruns volent dans les airs.

— Elle était pas mal, faut dire ce qui est.

Je sursaute. Quelqu'un s'est introduit dans ma salle ! C'est impossible... Quelqu'un s'est immiscé dans... mes souvenirs. Puis je perçois l'odeur. Elle embaumait la maison quand j'étais petit. Le cinéma aussi.

---

2. Le silence croît tel un cancer.

La pipe de Papa.

— Papa ?

— C'est moi.

— J'ai fait une crise cardiaque ? Je suis mort ? Ou j'ai perdu l'esprit. C'est ça. Je suis devenu fou. Un vieux cinglé, depuis le temps que certains le disent, voilà que c'est arrivé, et maintenant qu'est-ce que je…

— Eh ben ! Dis donc, pour quelqu'un qui n'avait rien à dire il y a quelques minutes, là, tu mets les bouchées doubles. Donc, je disais, elle était pas mal, ta mère. J'étais un homme chanceux.

— Papa, c'est… vraiment toi ?

— Vraiment, vraiment, c'est un grand mot. Je suis mort, je te le rappelle. Alors, ce serait pas mal que tu révises tes attentes à la baisse sur le plan de ce qui est réel ou pas. Mais bon, on a toujours eu beaucoup d'imagination, toi et moi, c'est pour ça qu'on aimait ce métier. On pouvait plonger dans les songes des autres, tout en inventant les nôtres. D'ailleurs, c'est quoi, ce silence ? T'as pas un film à projeter ?

— Je… Mais… Papa ?

— Oui, on a établi ça, il me semble. Suis un peu, Jeannot. Bon, on regarde quelque chose, alors ?

— Je croyais que tu étais dans ma tête. Tu savais pour Maman, et… Bref, tu devrais comprendre pourquoi il n'y a pas de film.

— Je ne suis pas dans ta tête, fils. Mais tu rêvasses trop haut. Fais plus doucement si tu ne veux pas avoir de spectateurs. Tu penses si fort que tu occupes tout l'écran.

— Tu vois ce que je… projette ?

— Absolument. Tu as toujours été un excellent projectionniste. Sauf que là, on n'a toujours rien.

Je baisse les yeux. J'ai échoué, et à côté de moi se trouve la personne au monde à qui je redoute le plus de l'avouer.

— Et on n'en aura pas davantage.

— Mais qu'est-ce que tu racontes ?

— J'ai tué ton cinéma, Papa. Enfin, moi… et ce virus… Ça fait des mois que je n'ai pas ouvert. Des mois que personne ne s'est assis ici. Alors je ne rémunère pas les distributeurs… et sans ça… pas de film.

— Mais tu peux en regarder un ancien, quand même ?

— Le numérique, c'est pas comme ça… si tu ne paies pas, ton fichier est bloqué. J'ai remplacé les anciennes machines. Je n'utilise plus de pellicule. Je n'avais pas le choix. Impossible de réparer les vieilles bécanes et d'acheter en plus de quoi projeter en digital…

— Donc… pas de film ?

— Non, Papa. Juste toi et moi. Pour la fermeture. C'est la dernière séance, mais on n'aura pas de film.

— Bon, ce virus, tu veux m'en parler ?

J'hésite. Que puis-je lui dire ? Que l'œuvre de sa vie a été classée dans la catégorie des « non essentiels » ? Ça, j'en suis sûr, ça va le tuer une deuxième fois.

Peut-être a-t-il perçu mon désarroi. Il pose sa main sur la mienne. Je la vois, mais ne la sens pas. C'est une métaphore parfaite de cette période. Le prolongement de cette solitude infinie. Le toucher de l'autre est devenu l'interdit. Le tabou. Il n'y a plus ni chaud ni froid. Il ne reste que l'engourdissement, une indolence violente. Je ferme les yeux pour essayer de me rappeler la chaleur de ses paumes.

Alors l'écran s'illumine à nouveau. J'ai dix ans, et je quitte l'école en pleurant. Je marche jusqu'au cinéma pour retrouver Papa. À cette époque-là, on laissait encore les gosses se promener seuls dans la rue… J'entre dans la cabine. Mon père est en plein travail et pourtant il se dirige vers moi. Je lui raconte d'où viennent ces larmes qui font briller mes yeux. Il ne se contente pas de me regarder, il me *voit*. Il saisit sans doute la lueur d'espoir qui agite mes pupilles. « Papa va me sauver », je songe. Il me serre contre lui. Sa chaleur me rassérène.

La voix du fantôme assis sur le siège d'à côté me ramène dans le présent :

— On était bien tous les deux, hein, fils ?

— Tu me manques, Papa.

— Ça, c'est bien le problème que vous avez, vous les jeunes…

— J'ai quatre-vingts ans. Je doute de pouvoir encore figurer parmi les jeunes.

— Les plus jeunes que moi, en tout cas. Vous ne savez pas profiter les uns des autres. Vous êtes ensemble et pourtant… vous vous manquez.

Je lève les yeux. Ils sont aussi humides qu'ils l'avaient été lorsque j'avais dix ans. À la différence près qu'il n'y brille plus rien si ce ne sont les gouttelettes salées. L'espoir s'est éteint il y a longtemps. Mon père ne me sauvera pas cette fois-ci. Dans un souffle, j'ose enfin formuler tout haut la pensée qui me ronge :

— Je ne suis pas essentiel…

— Le *cinéma* n'est pas essentiel, nuance. Toi, tu l'es. Ne commets pas la même erreur que moi : derrière les métiers, il y a des gens. Tu n'es pas ton boulot. Tu n'es pas ton entreprise. J'ai tout donné à mon commerce… c'était ma vie, ma passion… mais je suis une personne avant tout. C'est important de faire la distinction.

Je ne réponds pas. Nous restons assis l'un à côté de l'autre pendant plusieurs minutes. Il est étonnant de constater avec quelle facilité j'ai accepté cette nouvelle réalité : mon père mort se trouve à côté de moi. On s'habitue à tout. Très vite.

J'ai envie de m'accrocher aux secondes. Je ne veux pas le laisser partir. Je ne veux pas non plus quitter cet endroit. Tout ce qu'il me reste, c'est cet instant. Quand il prendra fin, j'aurai tout perdu.

Il regarde sa montre, puis se lève. Il me surplombe de toute sa hauteur. Il est beau, mon père. Même mort, il est toujours plus vivant que moi.

— Bon, il est temps. Viens. J'ai quelque chose à te montrer.

Je me tiens immobile. Mes jambes n'ont pas envie de me porter. Pourquoi avancer encore… ma vie se trouve derrière moi.

— Jean, obéis à ton père !

Je ne veux pas. Mais, au risque de passer pour un vieux con, je dois souligner que j'appartiens à une autre génération. Celle où on faisait ce que l'on nous disait de faire. Alors j'obtempère. Il fait quelques pas, puis se retourne pour s'assurer que je suis bien là. Il ralentit pour ne pas me distancer. Je dépasse la rangée de sièges et me retrouve dans le petit couloir qui mène vers la sortie de la salle. Tandis que je longe le mur, ma main s'y attarde. C'est la dernière caresse de celui qui sait qu'il ne reviendra pas.

Nous arrivons dans le hall. Mon regard se fige sur le carrelage tacheté de vert et de noir. Les jeunes le trouvent vieillot, moi je l'aime bien. Les jeunes… Ils se pressaient ici les vendredis soir… il y a si longtemps. La modernité a rongé mon cinéma, la crise sanitaire lui a porté le coup fatal. Et la Terre entière s'en fout, parce que je ne suis pas essentiel. Le virus a amplifié les tendances existantes. Il a accéléré la transformation du monde dans la direction qu'il avait déjà entrepris de suivre. Tout est digitalisé, monétisé, automatisé… «And the people bowed and prayed, to the neon god, they made[3]». L'art n'a plus sa place. Le rêve non plus. L'imagination n'est rentable que lorsqu'elle se fait innovation. Elle ne sert à rien quand elle ne fait que raconter des histoires, même si celles-ci contribuent à façonner un monde meilleur.

La tête toujours baissée, j'avance à côté de mon père, tel un automate. Je me demande lequel de nous deux est vraiment le fantôme. Nos pas résonnent dans le hall vide. C'est sans doute cela le «sound of silence[4]». L'écho, c'est le bruit que fait la solitude.

Il arrive avant moi face à la porte d'entrée. De sortie, en l'occurrence.

— Tu es prêt, Jean ?

Non…

— Allez, on y va.

Il pousse la porte. La lumière m'assaille comme dans un fondu au

---

3. Et les gens s'inclinèrent et prièrent face au dieu de néon qu'ils avaient créé.

4. Son du silence.

blanc. Mes paupières battent tandis que mes yeux tentent de s'habituer à ce monde étrange.

— Papa, tu…

Je soupire. Je n'ai pas besoin de voir pour savoir. Je le sens… Le fondu l'a emporté avec lui. Cette fois, le passé est vraiment passé. Les mots de Paul Simon me reviennent encore et encore tandis que je réalise que je n'ai plus personne à qui parler.

C'est alors que quelque chose brise le silence. Un applaudissement d'abord, puis deux. Bientôt, les clappements forment un petit concert. Je lève les yeux et découvre devant moi plusieurs visages à demi dissimulés. Les masques cachent leurs sourires, mais leurs regards ne mentent pas. Tous se tiennent à distance les uns des autres. Je remarque un détail : ils brandissent des téléphones, ou même ces petits écrans qu'ils appellent des tablettes. Sur chacun apparaissent d'autres personnes. Face à moi, c'est le village entier qui est présent.

— Comment est-ce que…

Jacqueline s'approche de moi.

— Tu avais dit à ma petite fille que tu rendais les clés du cinéma ce soir, tu te souviens ? Tu sais que c'est ici que j'ai embrassé Raymond pour la première fois, en 1957 ?

— Quand j'avais fini d'étudier, ma mère m'emmenait systématiquement voir des films ici pendant les sessions d'examens. Ça m'aidait à me détendre. Je ne crois pas que j'aurais réussi sans ces moments-là…

La voix est faible, elle provient d'un des téléphones, je pense.

— Mon frère m'a conduit ici juste après mon divorce, fait un autre.

Les témoignages commencent à se chevaucher, et j'en perçois uniquement des bribes :

— … avec tous mes amis…

— … quand je suis sorti de l'hôpital…

— On s'amusait tellement…

— Mes meilleures années…

Je lève les yeux au ciel : « Merci, Papa. »

Jacqueline reste à deux mètres de distance, mais son regard est si doux que je la sens presque m'étreindre. Tous ces visages m'apaisent. La présence des autres, c'est un remontant pour le cœur.

Je comprends que j'ai fait fausse route. Ce que nous venons chercher au cinéma, ce ne sont pas uniquement de bonnes histoires qui nous permettent de nous évader ou de grandir. Ce que nous recherchons, c'est ce moment passé ensemble. La sortie collective, le lien.

Ils sont tous là pour moi, même ceux qui n'ont pu faire le déplacement. Ma carrière se termine aujourd'hui, mais pas ma vie.

Je comprends ce que mon père voulait me dire. Je ne suis pas mon métier. Je suis Jean. Derrière les activités non essentielles, il y a des tas de femmes et d'hommes comme moi. Nos décideurs feraient bien d'ouvrir les yeux là-dessus. Ils devraient voir les individus que nous sommes, et les conséquences de leurs choix. Car si je suis plus qu'un simple projectionniste, avec la fermeture de ma salle, c'est ma capacité à vivre mon rêve qui disparaît. Et personne n'a le droit de priver quiconque d'une chose aussi fondamentale.

Combien sommes-nous dans ce cas ? Combien de propriétaires de cinéma, combien d'artistes… Combien de passionnés se retrouvent aujourd'hui orphelins ?

Même s'il est trop tard pour moi, je reste convaincu qu'il faut soutenir la culture. Pour ceux qui en vivent, bien sûr, mais aussi pour ceux dont la vie serait bien moins belle sans elle. Elle est une part cruciale de ce qui fait de nous des humains. Elle sous-tend nos sociétés en nous poussant à la réflexion, mais surtout en forgeant le lien entre nous tous. Et ça, c'est essentiel.

Merci à la culture et à l'événementiel pour ce qu'ils apportent au monde. Ensemble, nous ferons taire le silence.

DESCHAMPS Shauna

Mille couleurs pour mille saveurs : lectrice, chroniqueuse et écrivaine à ses heures perdues, Shauna Deschamps est une jeune auteure en devenir, amoureuse des mots depuis toute petite. Toujours un livre entre les mains, pour remplir et inspirer son imagination de la richesse des aventures vécues et des paysages parcourus.

IG @shauna_auteure
shauna.auteur@gmail.com

Le camping-car livresque rock'n'roll de Tata Marguerite

Par Shauna Deschamps

Pour ma Mamy.

Qui aurait cru que les tomates ne donnaient pas seulement des vitamines ?

Gel, masque, sac, liste, CD d'AC/DC... Chaque objet s'agglutinait dans le cabas noir en toile dont Marguerite ne se séparait jamais. Son trousseau de clefs tournait entre ses frêles phalanges remplies de taches brunâtres. Un porte-clefs en forme de guitare électrique roulait entre son pouce et son annulaire. C'était sa plus grande passion. Une brève tape sur la carrosserie de son fidèle compagnon de jeunesse et elle était prête à se mettre en route. Marguerite ne passait jamais inaperçue dans son petit village du nord de la France.

La sexagénaire se tenait à la portière de son bolide. La difficulté commençait à être insurmontable. Plus son âge avançait, plus elle avait l'impression que la distance pour atteindre le siège devenait un véritable défi. Elle replaça une mèche blanche derrière son oreille puis glissa son cabas à l'arrière, là où traînait un joyeux désordre. Sur la banquette se trouvait une bonne partie de sa collection de CD. Après tout, si elle avait envie d'écouter Bon Jovi ou bien les Rolling Stones, il fallait que tout soit à portée de main. Entre des sacs d'engrais et quelques vieux romans policiers s'étaient entassés des cartons qu'elle n'avait toujours pas eu le cœur d'enlever.

Son départ en retraite, Marguerite l'avait retardé autant qu'elle avait pu.

Bon sang ! Elle avait aimé son travail et sa vie animée !

Son ami François, surnommé «le Breton», avait été le dernier à goûter à la petite existence des retraités avant qu'elle ne lui emboîte le pas. Et pour faire quoi ? Un bon fauteuil douillet, quelques mots croisés et regarder l'herbe pousser, la tondeuse bien en main. Non merci, pas pour Marguerite.

Elle tourna la clef du camping-car. Avec les années, le rouge s'était estompé et il paraissait délavé. La carrosserie était aussi cabossée que sa peau à elle était fripée. Marguerite s'engagea dans l'allée, quittant son impasse et sa petite maison de deux chambres.

Un rapide signe de la main aux têtes familières ; en passant devant le distributeur de légumes, la boulangerie, le bureau de tabac, pour finir, enfin, sur le parking du seul point alimentaire des environs. L'enseigne de ravitaillement avait tellement changé de décor et d'ambiance au fil des ans que la jeune retraitée ne cherchait même plus à se rappeler son nom. De toute façon, tous les habitants se trompaient et citaient au moins cinq marques avant de trouver la bonne.

Son sac était bien en place sur son épaule. Le tissu noir était orné d'une grande bouche rouge tirant la langue. C'était son fidèle indispensable. Un peu de gel avant de prendre les légumes. Il n'y avait pas beaucoup de monde ce mardi, mais suffisamment pour que l'ancienne femme active se fasse accoster. Aujourd'hui, sans trop de surprise, ce fut par Madame Belvédor.

— Marguerite ! Déjà en panne de tomates ? C'est pour quel plat, ce coup-ci ?

— Adélaïde… Toujours aussi perspicace ! Pour des bolognaises et pour accompagner une bonne salade croquante. Comment se porte votre petit

Norbert ?

Le trapu bouledogue qui devait avoir au moins quinze ans était le chien le mieux traité du quartier ! Sa maîtresse le bichonnait comme son enfant, le nourrissait à la cuillère et l'habillait même d'une tunique tricotée, rayée et colorée.

— Oh ! Ne m'en parlez pas… Vous savez, il n'est plus tout jeune, je ne le force plus trop à mettre le nez dehors, en plus, vous avez vu le temps que nous avons eu toute la…

Malgré sa bonne volonté, Adélaïde, la septuagénaire aux formes rondes et aux parures toujours hautes en couleur, avait une voix si monotone que tout public perdait instantanément le fil de la conversation. Une fois en bonne compagnie pour les courses, Madame Belvédor gardait la mainmise sur sa victime en la suivant dans les rayons. Allant même jusqu'au parking.

Marguerite conservait sous le coude ses meilleures excuses afin d'éviter de l'avoir encore avec elle pour le dîner : une vieille erreur qui lui avait servi de leçon. Elle chargea son sac d'une grosse quantité de tomates, accompagnée par une musique qui lui trottait dans la tête. Toutefois, elle veillait à acquiescer de temps en temps aux propos de son interlocutrice. Alors qu'un nouveau refrain commençait dans son esprit, celui-ci fut rapidement stoppé par le tailleur rose bonbon qui l'interpellait avec de grands gestes.

— … Quelles tristes années ! Vous vous souvenez du bon Monsieur Dupont ? Eh bien, il a fait sa valise pour le Sud, pour rejoindre sa famille, car plus personne ne pouvait venir le voir ici. De toute façon, tout devient mort dans cette ville. Vous n'êtes peut-être pas au courant de la nouvelle ? Plus de livres ! Et donc, oui… mon Norbert, vous savez, ses selles étaient jaunes et cette nuit sa respiration était bruyante et…

— Attendez ! Pas si vite, Madame Belvédor, vous avez parlé de livres. Ferdinand a dû fermer ?

Comme à son habitude pendant les courses d'Adélaïde, une petite souris faisait un trou dans sa baguette. Celle-ci diminuait d'un quart avant même d'arriver en caisse.

L'oratrice, pourtant capable de lâcher un flot ininterrompu de paroles, venait d'être coupée dans son élan. Elle choisit de se rabattre sur son quignon bien cuit. Adélaïde picorait bruyamment son pain qui craquait sous ses dents. On se serait cru dans un poulailler.

— « Non essentiel », qu'ils ont dit. De toute façon, le pauvre ne parvenait plus à gérer son affaire tout seul. Surtout depuis que tout est accessible directement dans un Intermarché et sur Internet. Les adolescents se débrouillent mieux que nous avec ces engins. Pas plus tard qu'hier, ma voisine s'est vu offrir un nouveau téléphone par son petit-fils ; pour qu'ils puissent se faire des coucous en vidéo. La pauvre n'a jamais su comment l'allumer. Ah, la jeunesse ! Vraiment sympathique votre sac ! Vous l'ai-je déjà dit ? Après tout, maintenant, n'importe qui peut commander des livres. Plus personne ne va fouiller dans les bouquins ! Désormais, on passe les pages avec l'index, comme une image ! La fermeture a été la goutte d'eau qui a fait déborder le vase. Et ces bouchons de bouteille d'eau qu'on n'arrive plus à ouvrir, c'est comme le lait, ça ! C'était bien mieux d'aller chercher notre flacon en verre directement frais. C'était le bon temps ! Ils ont encore construit des maisons, le fermier a dû vendre ses parcelles ! Quel gâchis, maintenant on voit des voisins à la place des champs ! Moi, j'aurais bien aimé qu'on me livre un bon bouquin, comme le lait, qu'on le dépose sur le pas de notre porte. Vous m'écoutez, Marguerite ? Excellent choix, celle-ci est fondante en bouche…

Une étincelle suivie d'un éclair d'illumination jaillit dans les yeux de Marguerite. Alors qu'elle était prête à prendre la petite grand-mère dans ses bras pour la remercier, elle se ravisa, un peu bête. Ce contact humain était dorénavant déconseillé. Toutefois, elle s'exclama, le sourire aux lèvres :

— C'est ça ! Adélaïde, vous êtes merveilleuse ! Je vous promets de vous inviter pour un bon repas très bientôt. Savez-vous à qui ont été transmises les clefs de la librairie ?

— Eh bien ! À Monsieur le maire il me semble, mais je…

Réajustant son sac qui avait glissé de son épaule, Marguerite, prête au départ, salua d'un signe de la main Madame Belvédor. Après être passée en caisse et avoir regagné son tacot sur roues, elle fonça jusqu'au centre du village.

La vaste place faisait la fierté de cette localité flamboyante, honorée par l'obtention de quatre étoiles inscrites sur une pancarte à l'entrée. Les buissons et parterres de fleurs étaient bichonnés avec amour. Une grande église se trouvait juste en face de l'hôtel de ville, ainsi que des appartements. Le reste était composé de quelques bâtisses. Boulangerie, fleuriste, coiffeur, banque et bureau de tabac, le strict nécessaire pour un petit trou normand perdu entre mi-bourg et mi-campagne.

Marguerite laissa son bolide sur le parking d'où on pouvait sentir la bonne odeur des croissants au beurre. Ce fut pleine de bonne volonté et d'idées prospères qu'elle se rendit à l'accueil de la municipalité pour demander un rendez-vous. Par chance et après un rapide dialogue plein de politesse avec la secrétaire, il s'avéra qu'Augustin de la Cour, le maire du village, avait un créneau de libre sur-le-champ. Ni une ni deux, elle replaça une nouvelle fois sa mèche derrière son oreille. Le thorax gonflé de confiance, la sexagénaire se prépara à être reçue.

— Madame Martin, quel plaisir de vous voir ! Quel bon vent vous amène ? Comment se passent vos premiers jours de retraite ?

Il l'invita à s'asseoir dans un fauteuil douillet en cuir, faisant face au portrait de l'actuel président de la République.

— Beaucoup de temps libre ! Je viens à votre rencontre pour cette raison. On m'a rapporté que la ville ne comptait plus de librairies. Je sais combien votre campagne électorale avait reposé sur le principe du partage de la culture. Mais cette année a été bien compliquée pour nous tous, et je pense que l'accès aux livres pour la population doit continuer malgré tout.

Les mains dans son dos voûté par l'âge, le maire acquiesça avec grand intérêt, gardant toutefois ses réserves.

— Je comprends votre interrogation, la médiathèque la plus proche n'est qu'au village voisin et tous nos citoyens ne peuvent pas s'y rendre. Le local de la librairie est disponible à la vente, mais avec un délai de plusieurs semaines, voire moins, afin de renvoyer les ouvrages aux différents distributeurs.

— Justement, pour que chacun puisse facilement avoir un accès aux livres, j'ai un projet à vous soumettre. Une librairie itinérante qui se déplacerait directement vers le lecteur et pour l'acheteur. Il n'y aurait pas besoin de location de bâtiment vu que la structure sera mobile. Quant à un point de relais, la poste fonctionne très bien pour livrer à domicile. Une organisation indépendante qui permettra d'aller à la rencontre de tous types de publics, et un grand avantage pour offrir la culture à des foyers pour lesquels c'est plus compliqué. Ce serait un atout pour la ville et ses habitants.

Après un semblant d'hésitation, la question du budget fut rapidement mise sur le tapis, mais Marguerite avait déjà tout planifié mentalement de façon claire et précise. Elle sut aisément convaincre le maire que cette esquisse de projet pourrait prendre vie. En un rien de temps, soutenue par Monsieur Augustin de la Cour, l'idée fut exécutée. Marguerite étant bien connue des autres villageois, des coups de main furent proposés et tous remontèrent leurs manches.

Plusieurs groupes furent constitués, avec chacun des rôles bien définis. Les collègues commerciaux de Marguerite lui prêtèrent assistance. La retraitée, ancienne guitariste en attente de la réouverture des activités en intérieur, ainsi que ses compagnons musiciens, étaient occupés à rassembler, trier et numéroter les bouquins de la librairie. Une deuxième équipe, accompagnée de Madame Belvédor, s'affairait à offrir un second souffle au carrosse rouillé de la retraitée. Pots de peinture, huile et tissu décoratif, le nouveau slogan tape-à-l'œil allait attirer les plus curieux :

«Le camping-car livresque rock'n'roll de Tata Marguerite».

En moins de deux semaines, le bolide, resplendissant, s'apprêtait à sillonner les routes. La décoration de sa carrosserie avait réuni tous types d'artistes et toutes générations. Enfants, parents, retraités et même adolescents avaient participé en veillant à leur santé et aux règles sanitaires. Ils avaient ajouté leur pierre à l'édifice avec des coups de pinceau délicats et pleins de finesse. Les passions de chaque habitant étaient représentées sur le camping-car. Tantôt fleuri de tulipes, tantôt peint d'un ballon de football, d'une guitare et surtout de livres et de tasses fumantes.

— Cartes de fidélité, monnaie, cahier de compte, affiches, gel et gants… et une caisse de CD. Prête à rouler !

Les semaines furent bien remplies pour Marguerite qui s'épanouissait dans son nouveau hobby. Grâce à différents moyens de communication, l'écho de son projet fut brassé d'un élan de solidarité, de bienveillance et de reconnaissance. Le petit-fils de la voisine de Madame Belvédor avait diffusé sur les réseaux sociaux l'histoire du camping-car culturel. Un site Internet fut également mis en place. Avec des horaires réguliers, la cartographie du circuit pouvait s'étendre à tout le Nord de la France. Emprunts, ventes, et service de dépôt de livres eurent le mérite de séduire tous types de profils et d'âge. Rapidement, des sponsors vinrent se greffer au projet qui prit une ampleur à rendre Marguerite émotive. L'accès aux livres devint une nécessité, reconnue par tout un chacun, n'ouvrant pas seulement les esprits, mais également les cœurs. Un besoin de s'évader, d'imaginer et de voyager à sa guise pour le plus grand des plaisirs. Il n'y a pas d'âge pour apprécier un bon bouquin.

Qui aurait cru qu'une simple rencontre devant des tomates aurait donné la meilleure des idées ?

Merci à mes proches pour leur soutien.

DALLA PALMA Manuela

Professeur d'anglais et globe-trotter, Manuela Dalla Palma a toujours été une amoureuse des mots. Dévoreuse de livres, elle prend aussi plaisir à explorer sa créativité et écrit des poèmes, des pièces de théâtre pour les adolescents qu'elle dirige, ou encore des nouvelles dont les univers dystopiques sont souvent sombres et poétiques.

IG @zaalyaah

Le marchand de sourires

Par Manuela Dalla Palma

L'art sert à se laver l'âme de la poussière de tous les jours.
Pablo Picasso

Lentement, il approcha le canon du pistolet contre sa tempe. Il ferma les yeux et suspendit son souffle. Il souriait. Autour de lui, le silence
régnait. Le temps semblait s'être figé. Puis, comme au ralenti, il pressa la
détente. Un jet d'eau jaillit alors de l'arme factice, inondant son visage
et faisant couler son maquillage en un chaos de couleurs. Le public, soulagé, se mit à rire. Il prit l'air étonné, observa avec attention le pistolet
qu'il actionna de nouveau, et se retrouva éclaboussé. Il fut pris d'un rire
incontrôlable, de ces rires incroyables qui ne semblent jamais se tarir.
Les petits enfants battaient des mains, l'air ravi. Il les salua et fit mine de
glisser, ce qui provoqua l'hilarité générale. Sa maladresse se transforma
en chorégraphie et, alors que les premières notes d'une musique douce
résonnaient sous le chapiteau, il entama une danse à la fin de laquelle il
tira sa révérence.

— Miko ! Miko ! Miko !

La salle hurlait son nom. Ils n'étaient jamais rassasiés de rires et cette
faim lui réchauffait le cœur. Il ferma les yeux de bonheur. Faire sourire les

gens était sa plus grande joie, assurément.

— Miko ! Miko ! Miko !

Il effectua un dernier salut et quitta les feux des projecteurs sous les ovations.

Il ouvrit les yeux. Le souvenir de son dernier spectacle le hantait et voilà plusieurs nuits qu'il n'arrivait pas à trouver le sommeil. Les semaines qui s'écoulaient lui semblaient des années et une profonde mélancolie l'avait envahi. À vrai dire, il avait encore du mal à y croire. Tout était arrivé si vite ! Ce virus avait fait sombrer les gens dans la folie avant de plonger la terre entière dans une triste léthargie. Quand d'autres s'étaient rués vers les pâtes et le papier toilette, lui s'était constitué un stock de livres. Il avait constaté avec consternation que la priorité des gens consistait à se remplir la panse et à se torcher le postérieur.

Puis la sentence était tombée : on l'avait jugé «non essentiel». Il avait d'abord été scandalisé. Qui pouvait juger de ce qui était essentiel et de ce qui ne l'était pas ? Les politiciens et banquiers étaient-ils utiles, eux ? Rendaient-ils le monde meilleur ? De quel droit osaient-ils nier l'importance de l'art ? Comment les Hommes pouvaient-ils rêver et s'évader sans les artistes, ces «faiseurs de beau» ? Il fallait les laisser ré-enchanter le monde, c'était une question de survie. *Show must go on !*

Les gens avaient besoin de lui, il en était convaincu. Il était persuadé que ses farces procuraient du bonheur et il aimait répéter à qui voulait l'entendre que ses spectacles devraient être remboursés par la Sécurité Sociale. Car selon lui, le rire pouvait guérir, et c'est pour cette raison qu'il avait décidé de venir distribuer de la bonne humeur dans les hôpitaux. Cela semblait paradoxal, trivial même, mais voir des sourires se dessiner sur les visages des malades était la plus belle des récompenses. Il se sentait utile et avait l'impression d'alléger un peu leur fardeau.

Le service pédiatrique n'était pourtant pas synonyme de félicité. À chaque fois qu'il y allait, une angoisse inexplicable le saisissait. Il inspirait longuement avant d'entrer dans chaque chambre et, bien que bouleversé par ces petites frimousses couvertes de tuyaux ou ces têtes frêles sans cheveux, il n'avait qu'une mission : les faire sourire. Jamais il n'oublierait la fois où un petit garçon était venu lui murmurer à l'oreille que « son pestacle » était mieux que les médicaments du docteur.

Et puis, il y avait aussi l'unité Alzheimer dans laquelle il se rendait une fois par mois. Il disait en riant que l'avantage de s'y produire est qu'il pouvait faire les mêmes blagues à chaque fois : elles feraient toujours autant rire ses spectateurs. Il savait qu'il était attendu avec impatience par ces têtes grisonnantes dont les yeux brillaient autant que ceux des enfants. Finalement, il y avait peu de différence entre ces deux publics pourtant aux extrémités du chemin de la vie.

Il avait toujours su ce qu'il ferait une fois adulte. Depuis tout petit, il aimait faire rire, en toutes circonstances. Chaque repas familial était un prétexte pour essayer de nouvelles blagues et le public était toujours conquis, surtout tante Berthe qui manquait de s'étouffer à chaque blague. À l'école, il avait aussi endossé le rôle du pitre. Son talent d'imitation de ses professeurs lui avait valu une popularité grandissante et quelques heures de retenue. Un jour, alors qu'il était venu déguisé en clown à un goûter d'anniversaire et qu'il avait fait pleurer de rire ses camarades, il avait su. Cela avait été comme une révélation. Plus tard, il ferait rire les gens. C'était décidé : quand il serait grand, il serait clown. Il était alors rentré chez lui en courant et, à peine arrivé, le souffle court et les joues rouges, il avait annoncé la nouvelle à ses parents. Paradoxalement, ces derniers n'avaient pas ri. À vrai dire, ils ne l'avaient pas pris au sérieux, pensant qu'il s'agissait sûrement d'une lubie enfantine. Cependant, cela n'avait pas été le cas. L'idée lui était restée en tête et avait tourné à l'obsession. Au lycée, il avait pris l'option Arts du Cirque, contre l'avis de son père qui ne cessait de lui répéter que jouer les troubadours ne le mènerait nulle part. Une fois son diplôme en poche, il n'avait pas changé d'avis. Une violente altercation avec son père en avait résulté.

— Je te parle d'un métier, d'un vrai métier, de ton avenir !

— Mais c'est un métier !

— Saltimbanque, un métier ? Mais dans quel monde vis-tu ? La vie n'est pas une joyeuse farandole où tout le monde se tient par la main ! Il faudra bien que tu paies tes factures et ce ne sont pas tes pitreries qui t'y aideront !

— Je suis désolé, papa, mais je ne changerai pas d'avis. Je veux faire rire les gens, c'est ce qui me rend heureux.

— Mais mon pauvre garçon ! Tu crois sérieusement que tu pourras en vivre ? Que tu pourras te payer une belle maison comme la nôtre ? Il te faut un métier sérieux, comme le mien.

— Les notaires ne font pas rire les gens… Et avoir une belle maison ne rend pas heureux…

— Quel idiot ! Parfois je me demande si tu es vraiment mon fils ! L'an prochain, tu feras une Fac de Droit, un point c'est tout. Et plus tard, quand tu auras une belle situation, tu me remercieras.

— Et si je refuse ?

— Alors tu devras quitter cette maison…

C'est ce soir-là qu'il avait fait sa valise, sous une météo orageuse où les menaces de son père tonnaient et les larmes de sa mère pleuvaient.

Comme le métier de clown n'embauchait pas à tous les coins de rue, il avait dû se rendre à Pôle Emploi. Quand la conseillère, cachée derrière d'immenses lunettes en écailles vertes, lui avait demandé son métier, il avait répondu : «clown». Elle avait d'abord ri, ce qui l'avait ravi car il pensait l'avoir conquise. Cependant, elle s'était vite interrompue, l'avait scruté de ses petits yeux de furet, et lui avait dit froidement :

— Plus sérieusement ?

— Clown.

— Enfin, jeune homme ! Ne me faites pas perdre mon temps ! Je vous parle d'un métier, quelque chose de sérieux. Je dois compléter votre inscription. Alors ?

— Marchand de sourires. Oui, c'est ça, vous pouvez écrire : marchand de sourires. Car un sourire ne coûte rien et vaut tout l'or du monde.

Il était resté planté devant elle, souriant, l'air un peu benêt mais sûr de lui. Désarmée par tant de candeur, la conseillère s'était un peu déridée et avait fixé un second rendez-vous pour faire un bilan de compétences. Elle l'avait regardé s'éloigner, persuadée qu'un tel énergumène finirait à la rue. Il avait quitté l'agence en sifflotant, certain qu'un bel avenir s'offrait à lui.

Bien sûr, les choses n'avaient pas été simples pour se faire sa place, mais sa ténacité et sa bonne humeur avaient été finalement fructueuses. Il avait croisé le chemin d'un petit cirque qui lui avait donné sa chance et il était devenu la coqueluche du public.

C'est là qu'il l'avait rencontrée. Jamais il n'oublierait ce jour où, alors qu'il était entré pour la première fois sous le chapiteau lors d'une répétition, ses yeux s'étaient posés sur *elle*. Une vision céleste alliant grâce et légèreté, un ange en apesanteur dont chaque saut le faisait frémir. Il avait assisté à ce ballet aérien et était tombé amoureux d'elle instantanément. La trapéziste avait fait chavirer son cœur. Hélas, le coup de foudre n'avait pas été réciproque et l'acrobate s'était montrée aussi inaccessible que ses performances aériennes. Mais un clown n'abandonne jamais. Chaque matin, lorsqu'elle sortait de sa caravane, la jolie trapéziste trouvait une blague, une fleur ou un poème sur son marchepied. Chaque jour, il savait la surprendre avec de petites attentions. Sa persévérance et sa joie de vivre avaient fini par la conquérir et ils ne s'étaient plus quittés. Ils avaient sillonné les routes de France, improbable tandem adorable, la trapéziste gracieuse et le clown poète.

Puis, il y avait eu ce jour terrible où elle l'avait laissé seul à jamais, terrassée par ce virus dont tout le monde parlait. Plus de ballet dans les airs, un retour brutal à la terre ferme. La magie s'en était allée avec elle. Ce jour-là, son cœur s'était brisé en mille morceaux et il avait cessé de sourire.

Ce souvenir douloureux brouilla ses grands yeux bleus. Il s'assit sur un tabouret et alluma les ampoules du miroir face à lui. L'une d'entre elles se mit à clignoter, comme si la lumière prisonnière cherchait à s'en échapper. Il ouvrit le petit tiroir de la table où il s'était installé, puis sortit ses pinceaux et ses crayons de maquillage qu'il aligna méthodiquement. Il se saisit d'une éponge ronde et commença à appliquer le blanc sur son visage déjà pâle et empreint d'une tristesse plus profonde qu'à l'accoutumée.

Il ferma les yeux et repensa à la dernière fois où il avait rendu visite aux résidents de l'unité Alzheimer, juste avant que le monde ne s'arrête de tourner. Comme à chaque fois, son arrivée avait été saluée par des applaudissements. Il s'était installé devant son public qu'il avait scruté avec attention et tendresse. Certains étaient en fauteuil roulant et se montraient peu réactifs à ses blagues. Ils étaient là physiquement mais leur esprit s'était envolé ailleurs. Ils semblaient éteints et pourtant il croyait parfois déceler dans leur regard absent une petite flamme, une pointe d'amusement, un reliquat de leur âme d'enfant. Il espérait secrètement ranimer ces braises en ramenant à la vie des bribes de souvenirs agréables. D'autres résidents, plus expressifs, se réjouissaient de chacune de ses venues et riaient bruyamment à toutes ses blagues. Ils riaient sans retenue, comme rient les enfants. Et puis, il y avait ce vieil homme, toujours au fond de la salle, qui le scrutait avidement et n'aurait raté ses spectacles pour rien au monde. À chacun de ses gags, il se levait et applaudissait à tout rompre. Il était assurément son plus grand fan, mais aussi celui qui le touchait le plus. Une fois, à la fin d'une représentation, il était venu le voir pour le féliciter :

— Eh gamin ! Tu nous as bien fait rire ! Du grand art, c'est du grand art ! Faire rire comme ça, c'est un don ! Ah, qu'est-ce que j'aurais aimé avoir un fils comme toi ! J'aurais été fier, bon sang !

— Merci… papa…

Le vieil homme l'avait ensuite serré dans ses bras avec une tendresse un peu brusque, et des larmes avaient fait couler le maquillage du clown décontenancé. Quelle ironie ! Il avait fallu que son père perde la mémoire pour reconnaître son talent, qu'il oublie tout pour apprendre à rire. Certes, il aurait pu lui en vouloir, il aurait pu se délecter de son sort, mais un clown ne se réjouit jamais du malheur des autres, ce n'est pas son commerce. Alors, il avait quitté son public amnésique, plus ému que d'habitude.

Il rouvrit les yeux et piégea une larme naissante dans le mouchoir multicolore qui sortait de sa poche. Il se saisit d'un crayon noir pour dessiner le contour de ses yeux et épaissir ses sourcils. Habituellement, c'était *elle* qui l'aidait, et ce rituel se terminait toujours par un tendre baiser. Sa gorge se serra. Il avait tout perdu : l'Amour de sa vie et son métier qu'on l'empêchait d'exercer. Non essentiel, c'est ainsi que la société l'avait jugé. La stupeur et la colère avaient fait place à une immense tristesse au fil des jours. L'argent, le pouvoir, tout ce que la société jugeait comme primordial n'était qu'artifice et poison. L'Amour et l'Art, eux, étaient essentiels. Sans eux la vie serait si terne et prévisible !

Il songea alors à ce cauchemar récurrent qu'il faisait depuis quelques temps : il se réveillait avec une étiquette indiquant « non essentiel » collée sur son front. Il essayait de l'enlever, en vain, et sortait de chez lui, affolé, avant de se rendre compte que personne ne le voyait. Il n'existait plus, littéralement. Ils avaient gagné : ils l'avaient effacé, relégué aux oubliettes, lui le saltimbanque jugé inutile. C'est généralement à ce moment-là qu'il se réveillait en sursaut.

Il posa le crayon noir et contempla les traits qu'il avait dessinés sur son visage sur lequel le temps et les fous rires avaient creusé des sillons. Il n'avait pas le droit d'être triste, pleurer lui était interdit. Il était celui qui faisait rire, il était le marchand de sourires. Il inspira profondément et saisit le rouge à lèvres qu'il appliqua généreusement sur sa bouche. Son maquillage avait quelque chose de tragique, et le sourire qu'il dessina remplaça celui qu'il avait perdu. Il sortit de la poche de son pantalon un petit morceau de papier chiffonné qu'il relut avec attention. Ses grands yeux brillèrent.

Lentement, il approcha le canon du pistolet contre sa tempe. Il ferma les yeux et suspendit son souffle. Sa main ne tremblait pas. Il souriait. Autour de lui, le silence régnait. Le temps semblait s'être figé. Puis, comme au ralenti, il pressa la détente. Il revit sa trapéziste virevolter dans les airs, sa mère lui envoyer un baiser au loin et son père, fier, se lever pour l'applaudir. Sa tête, dont le visage affichait un étrange sourire, retomba lourdement sur la petite table. Sa main laissa s'échapper le morceau de papier sur lequel on pouvait lire : «Mon Amour, mon Essentiel, mon Marchand de Sourires, je t'aime.»

À mon grand-père Gérard, un clown tendre au grand cœur qui aimait
tant faire rire les autres.

À tous les artistes qui rendent le monde plus beau.
À tous ceux qui souffrent de ne pouvoir exercer leur métier en ces
temps difficiles.

MAIGNEL Emma.

Emma. Maignel pratique l'art de la nouvelle depuis ses années collège, dans un style pastoral parfois tourné vers l'intrigue policière. Ses personnages, souvent imaginaires, lui sont largement inspirés par son quotidien, en premier lieu son héroïne récurrente Sophie Gemalin. L'autobiographie n'est jamais très loin.

IG @EmmaBovaryInTheCity

Chemin faisant

Par Emma. Maignel

Sophie Gemalin se sentait tellement inutile… Un peu comme ces notes de bas de page, qu'on lit, ou pas, et qui ne changent souvent pas grand-chose à la compréhension globale[5].

Professionnellement, elle était sans doute l'assistante de direction la moins essentielle au monde, du moins dans celui du travail. Malgré un agenda toujours surchargé par des tâches répétitives et rébarbatives, elle avait la sensation d'être transparente. Certains matins, elle se disait que si elle ne se rendait pas à son bureau, personne ne s'en rendrait compte.

Sentimentalement, c'était le calme plat, et c'était vraiment de sa faute : à force de ne lire que des romans d'amour, elle ne rêvait que d'histoires romantiques dont elle était l'héroïne. Belle. Énigmatique. Yvonne de Galais[6]. Malheureusement, les amourettes de Sophie ressemblaient juste à des aventures sans avenir qui ne pouvaient inspirer aucun ouvrage. Bref, qu'elle rentrât chez elle ou pas le soir, cela ne bouleversait la vie de personne.

À partir du lendemain, tout allait pourtant changer : Sophie prenait la

---

5. Faites l'exercice, par exemple, avec cette nouvelle.

6. Héroïne du roman Le Grand Meaulnes d'Alain-Fournier, paru en 1913, parlant d'amour et d'amitié aux confins d'une Sologne mystérieuse.

route, ou plutôt le chemin. Pas n'importe lequel, celui de Compostelle. Saint-Jacques-de-Compostelle. Au départ du Puy-en-Velay. Mille-cinq-cents kilomètres à pied, pour réfléchir, se retrouver, repartir sur de bonnes bases, avec de nouveaux projets qui la feraient se sentir, enfin, à nouveau utile.

Après avoir lu toute la littérature existante au sujet de cette mythique, autant que mystique, randonnée, Sophie avait choisi le départ du Puy stratégiquement : avec cet itinéraire, elle savait qu'elle passerait la frontière espagnole en se disant qu'elle avait fait, à ce stade, la moitié du chemin. Partant seule, elle mettait aussi toutes les chances de son côté pour rencontrer d'autres randonneurs, puisque la Via Podiensis — nom donné au chemin partant du Puy — était le plus emprunté de tous les itinéraires possibles.

Depuis le temps qu'elle en rêvait et qu'elle en parlait, de faire « son Saint-Jacques » ! Depuis tout ce temps, justement, elle avait toujours arboré une magnifique excuse pour ne pas se lancer : le manque de temps. Sophie, pétrie d'une conscience professionnelle sans faille, ne pouvait se permettre de s'absenter presque trois mois[7]. En son absence, qui allait gérer les dossiers ? Qui rédigerait les comptes-rendus ? Même si un épais mystère flottait sur les nombreux documents qu'elle produisait tous les jours — quelle était vraiment leur utilité ? —, Sophie n'imaginait pas s'arrêter de travailler, pour des raisons autant financières qu'éthiques. Depuis la semaine dernière, elle avait pourtant été subitement libérée de ce fardeau : son affreux boss étant brutalement décédé[8], elle s'était retrouvée sans emploi. « Un mal pour un bien » semblait être l'expression consacrée la plus adaptée à cette situation. Elle pouvait enfin partir sur la Via Podiensis, la période printanière tout juste commencée étant en outre idéale pour cela.

---

7. Temps moyen estimé pour parcourir à pied la distance indiquée, en se ménageant quelques jours de repos, et en croisant les doigts (des mains) pour ne pas avoir trop d'ampoules (aux pieds).

8. Pour plus d'informations, consulter la nouvelle « La dernière bataille de Verdun » par l'auteure, Les Auteurs Masqués (collectif), Histoires de Tolérance, Amazon, 2020, pp. 51-58.

Cerise sur le gâteau, Sophie était plutôt bien entraînée pour prendre la route : en effet, dès que l'occasion se présentait, elle effectuait une randonnée de quarante à soixante kilomètres d'une traite. Cela restait souvent une activité solitaire, ses quelques amis sportifs étant rarement disponibles pour l'accompagner. Pour cette raison, pour se sentir moins seule, elle pratiquait de préférence des marches organisées, de jour comme de nuit, comme les célèbres «Paris-Mantes», «Randonnée des trois châteaux», ou encore la plus noble d'entre elles : la «Bourges-Sancerre», pratiquée au cœur du Berry natal de Sophie, au milieu de chaque hiver. Son départ à minuit, dans la nuit du samedi au dimanche, au pied de la cathédrale Saint-Étienne, donnait des ailes, et surtout des jambes, à n'importe quel participant. Cette marche nocturne avait un réel côté addictif : quiconque la faisait une fois revenait inexorablement la tenter à nouveau, dès qu'il le pouvait.

La dernière édition s'en était déroulée quelques semaines auparavant, comme dans un roman, de surcroît le weekend de la Saint-Valentin. Sophie y avait fait la connaissance d'un jeune homme charmant, sans que cela ne donne malheureusement suite à rien, ni à de vrais rendez-vous galants, encore moins à une liaison sérieuse. Il avait pourtant tout pour lui plaire, et Sophie avait eu l'étrange impression qu'ils se connaissaient depuis toujours, voire qu'ils étaient faits l'un pour l'autre. Elle lisait vraiment trop de romans à l'eau de rose.

***

Leur rencontre s'était produite au tout dernier ravitaillement, vers neuf heures du matin : fatiguée et nimbée jusqu'aux genoux d'une boue particulièrement amoureuse, Sophie avait été interpelée par un beau randonneur, devant le stand de la Croix-Rouge :

— Salut, ça va ? Tu continues ou tu jettes l'éponge ?

Interloquée et ne sachant pas s'il était sérieux, elle lui avait rétorqué :

— En fait, ça dépend : si tu continues, je te suis !

Par principe, Sophie finissait toujours ce qu'elle avait commencé. Durant certaines randonnées, en manque d'énergie, elle l'avait amèrement regretté et avait dû finalement abandonner, victime de crampes, voire de malaises.

Cette fois-ci, galvanisée par la question du bel inconnu, elle était certaine de passer la ligne d'arrivée.

Les deux marcheurs, suivis de près par quelques autres courageux, avaient donc repris la route. Pour Sophie, la dernière dizaine de kilomètres jusqu'à Sancerre avait semblé ne durer que quelques enjambées malgré la déclivité importante, la météo capricieuse et le terrain glissant. Les mots qu'elle échangeait avec Frantz — puisque c'était ainsi qu'il se prénommait — semblaient s'imposer naturellement.

— Frantz ? Tu t'appelles vraiment Frantz ? Comme dans *Le Grand Meaulnes*[9] ?

— Exactement ! Mes parents sont des grands fans de littérature, solognots de surcroît. J'en déduis que tu connais ce livre ?

— Si je le connais ? Comme beaucoup, je l'ai découvert au lycée, et depuis je pense l'avoir lu au moins cent fois ! C'est mon livre de chevet, ou plutôt de randonnée ! À chacune d'entre elles, je l'emporte avec moi. J'en lis quelques pages dès que l'occasion se présente, aux moments des pauses ou des trajets de transfert en bus. Je le connais tellement bien que je ne lui mets jamais de marque-page : je me rappelle instinctivement où ma lecture s'est arrêtée la fois précédente. Ce livre est là, derrière ma tête, dans la poche supérieure de mon sac à dos.

— Tu me fais une blague ?

— Pas du tout, regarde !

À ces mots, Sophie déposa à terre son bagage et, d'une poche sur le dessus, en sortit le fameux livre. Un exemplaire corné, jauni, à l'odeur de vieux grimoire. D'un air amusé, Frantz s'inclina devant l'ouvrage à qui il

---

9. Voir la note de bas de page n° 6, page 99.

devait son nom :

— Excellent ! N'importe quel randonneur part marcher avec de l'eau, des pansements et des barres de céréales et toi, tu mets un point d'honneur à emporter de la lecture ! Quoi de plus essentiel qu'un bon vieux roman suranné pour partir arpenter des kilomètres à travers les champs, les forêts, ou même ici, au beau milieu des vignes ?

— Crois-moi si tu veux, mais ça me rassure !

— Je te crois sur parole. C'est un peu comme un porte-bonheur ?

— En quelque sorte… Bon écoute, je vois là-bas un endroit idéal pour assouvir un besoin naturel…

— Pardon ?

— Ah non, ce n'est pas ce que tu crois ! Je te propose juste de m'attendre ici cinq minutes le temps que je fasse une pause pipi bien méritée, dans le buisson là-bas, et ensuite on reprend notre conversation ?

— Ça marche, Sophie ! Je garde ton sac !

— Super, c'est gentil, mais comment tu sais que je m'appelle comme ça ?

— Ton livre porte-bonheur est tellement corné qu'on peut facilement en lire la première page : j'y ai vu dessus, tout en haut, deux prénoms, Sophie et Caroline, suivis du même nom, Gemalin. À moins que tu n'aies volé ce livre, j'avais une chance sur deux de tomber juste… Et je crois que j'ai gagné.

Sophie décocha un magnifique clin d'œil à Frantz pour le féliciter de son enquête rondement menée, rangea son porte-bonheur et partit vers le buisson élu. À son retour, elle eut l'étrange sensation que son sac avait changé de position : son accompagnateur avait-il fouillé à l'intérieur ? Non, c'était sans doute la fatigue qui lui jouait des tours. Mieux valait ne pas trop perdre de temps avec ce type d'allégations et reprendre la route au plus tôt. Sancerre était maintenant visible, majestueuse sur son piton rocheux, promettant son verre de vin blanc offert à tous les randonneurs victorieux et surtout un repos bien mérité. Avant celui-ci, Sophie devait encore prendre le bus de retour vers Bourges et récupérer sa chambre d'hôtel idéalement située tout près du Palais Jacques-Cœur, pour y faire étape jusqu'au lendemain.

Les derniers kilomètres furent avalés promptement, rythmés par un dialogue ininterrompu entre Frantz et Sophie. Sans filtre, ils se racontèrent leur vie : Sophie évoqua entre autres Caroline, sa sœur jumelle, heureuse co-propriétaire du livre porte-bonheur. Finalement, c'était surtout pour cette raison que le roman d'Alain-Fournier l'accompagnait toujours en randonnée : cela lui donnait l'impression de sentir la présence rassurante de son double génétique alors que celle-ci habitait maintenant à l'autre bout de la planète.

À l'arrivée, alors que le jeune homme expliquait qu'il lui fallait retrouver son groupe d'amis avec qui il devait rentrer, un randonneur les interrompit sans ménagement :

— Frantz, tu t'es endormi en route ? Tous les autres sont là depuis presque une heure ! Allez, suis-moi, je suis garé par-là !

Désemparé, il regarda Sophie, puis son ami qui partait sans l'attendre vers son véhicule. N'ayant d'autre choix que de le suivre, il se mit à courir pour le rattraper, en criant néanmoins :

— Salut Sophie ! À très vite ! Et n'oublie pas de relire *Le Grand Meaulnes*, encore et encore !

La jeune femme n'en revenait pas : non content de l'abandonner, ce goujat lui donnait un conseil de lecture… «Tous les mêmes[10], décidément» se dit Sophie.

Dans le bus de retour qui la ramenait vers Bourges, Sophie se repassait le film de cette matinée pas comme les autres : elle venait de rencontrer un type vraiment chouette et elle n'avait pas de moyen de le contacter. Malheureusement, à aucun moment, il ne lui avait proposé d'échanger leurs numéros, donc le constat était sans appel : il ne voulait pas la revoir.

---

10. Pour d'autres exemples (de goujaterie, entre autres), consulter la nouvelle éponyme de N. Iltis, Les Auteurs Masqués (collectif), Histoires de Femmes, Amazon, 2020, pp. 221-235.

Aussitôt arrivée dans sa chambre d'hôtel, Sophie avait pris une douche, lui permettant de se débarrasser de toute la boue et la sueur emmagasinées pendant la marche, mais pas de sa peine. Après une longue sieste ponctuée de rêves étranges, dans lesquels sa sœur jumelle, portant les vêtements de Frantz, la poursuivait en criant qu'elle était garée très loin[11], Sophie se sentait à peine reposée. La mine défaite, elle n'osa même pas descendre au restaurant de l'hôtel, encore moins dans les belles rues pavées de la capitale berrichonne. Par dépit, elle se contenta des quelques fruits et barres de céréales non consommés durant la randonnée. Le lundi, le retour en train vers Paris passa comme dans un rêve, entre périodes d'assoupissement et observation du paysage plat et monotone. À la descente sur le quai de la gare d'Austerlitz, les courbatures post-randonnée la réveillèrent et lui confirmèrent qu'elle avait vraiment bien fait de poser une journée de congé.

Le lendemain, inéluctablement, elle était retournée travailler, dans une ambiance toujours plus délétère. Comme elle aurait voulu avoir le courage de son frère, infirmier, qui n'hésitait jamais, sur son lieu de travail, à dire ce qu'il pensait, que ce soit à ses collègues ou à ses patients[12] ! Mais Sophie était ainsi faite, toujours sujette au mauvais moment à des phénomènes de sidération psychologique qui la rendaient incapable de vider son sac…

Pour l'heure, il fallait plutôt qu'elle le fasse, son sac. L'après-midi était déjà bien avancé, et il ne lui restait que quelques heures pour rassembler les affaires essentielles à la route jacquaire.

**

Vingt-deux heures sonnèrent. Sophie était prête. Au pied de son lit,

---

11. Pour d'autres exemples (de rêves étranges, entre autres), consulter la nouvelle « Si on m'avait dit un jour » de P. Halona, Les Auteurs Masqués (collectif), Histoires de Confinés, Amazon, 2020, pp. 229-233.

12. Pour plus de détails, consulter la nouvelle « Tous les mêmes » de J. Laoche, Les Auteurs Masqués (collectif), Histoires de Tolérance, Amazon, 2020, pp. 167-174.

son sac était bouclé, d'un poids raisonnable et pourtant rempli de choses essentielles pour son périple : quelques affaires de rechange, une cape de pluie, une paire de tongs — pour reposer ses pieds le soir aux étapes —, des pansements, de la crème solaire, et surtout pas de réchaud à gaz. Tous ces conseils avisés lui avaient été prodigués par son amie Gwen, qui avait effectué la Via Podiensis quelques années auparavant, en partant avec beaucoup de choses inutiles qui paraissaient pourtant indispensables au moment du départ[13].

Rêveuse, elle feuilletait son vieil exemplaire du *Grand Meaulnes*, qui exhibait étonnamment un marque-page. Quand elle avait ressorti le précieux livre de son sac afin d'en vérifier l'état, elle s'était rappelé qu'il n'avait pas bougé de place depuis son dernier Bourges-Sancerre, quelques semaines auparavant. À aucun moment, depuis sa rencontre avec Frantz, elle n'avait eu l'occasion d'en feuilleter quelques pages, ni dans le bus de transfert, ni à l'hôtel, ni dans le train le lundi matin. De retour chez elle, elle avait rapidement vidé le compartiment principal de son sac, sans toucher aux poches secondaires, et l'avait rangé au fond de sa penderie.

Le marque-page était en fait un vieux post-it. Sur celui-ci, tracé en belles lettres, un numéro de téléphone portable, surplombé d'un mot qui en disait long : «Frantz». Le beau randonneur, finalement pas si goujat que ça, avait dû profiter de l'absence de Sophie pour glisser ses coordonnées entre les feuillets jaunis.

Et dire que ce vieux morceau de papier était là depuis plusieurs semaines, glissé dans le seul objet essentiel à ses yeux.

Elle avait décidé de ne pas appeler Frantz ce soir-là. Elle allait, comme prévu, se coucher tôt et attraper demain le train de neuf heures pour Le Puy. Elle se laisserait ensuite quelques jours, et quelques belles étapes, pour l'appeler, après avoir franchi le plateau de l'Aubrac. Elle lui proposerait alors de la rejoindre, aux alentours de Cahors ou Moissac.

En fonction de sa réponse, elle verrait bien s'ils étaient capables de faire

---

13. Cette anecdote est véridique : Gwen existe réellement, le réchaud aussi. Il a été renvoyé par La Poste lors d'une des premières étapes.

un bout de chemin ensemble.

Elle ne manquerait pas de lui demander également si, dans un livre, il jugeait les notes de bas de page essentielles à la compréhension.

Les lisait-il, d'ailleurs ?

Et vous, avez-vous lu celles présentes dans cette nouvelle ?[14]

Ma gratitude illimitée à tous les marcheurs, et à tous les lecteurs. Mention spéciale inévitable à mon double génétique, puisque nous avons appris ensemble à pratiquer ces deux activités.

---

14. Alors bravo ! Vous avez bien mérité cette petite anecdote : Le Grand Meaulnes ne contient aucune note de bas de page.

LAROQUE Grégoire

Auteur-entrepreneur, Grégoire Laroque a créé le collectif des Auteurs Masqués en avril 2020, avec la sortie de recueils pour des causes aussi variées que le personnel soignant, le harcèlement scolaire et les femmes battues. Le livre que vous tenez entre les mains est le quatrième. Il est l'auteur d'une saga fantasy, *Zilwa*, dont les deux premiers tomes sont publiés sur Amazon. Le troisième tome, ainsi que d'autres projets, sont en cours !

IG @gregoirelaroque_auteur

Le Musée des Arts Futiles

Par Grégoire Laroque

— Allez, tout le monde me suit ! Nous allons franchir les portiques de sécurité ! Je vous rappelle les consignes : restez à trois pas de distance les uns des autres et avancez en file indienne vers l'entrée. Posez votre ticket, côté code-barres, sur le capteur afin de débloquer le tourniquet !

Adeline Berger, vêtue d'un tailleur rouge, accueillait le nouveau groupe de touristes. Tous les jours, en tant que guide, elle répétait inlassablement ces règles en guise d'introduction.

Tandis que les vingt personnes — et pas une de plus, ordre du gouvernement — passaient par les portiques, elle ouvrait l'une des portes battantes de la grande salle. Adeline n'avait plus à répéter son texte, comme au début. Elle connaissait son musée, son métier, par cœur.

La guide attendait la procession, en lissant les plis de son tailleur et en s'assurant qu'aucune mèche de cheveu ne s'était échappée de son chignon. Elle souriait, bien que ses dents fussent cachées derrière son masque chirurgical. Après tout, les yeux peuvent aussi communiquer de la bienveillance. Et plus les visiteurs se sentiraient bien avec elle, plus les pourboires seraient conséquents !

Avait-elle le cœur à sourire, à chaque fois ? Non. Quand elle réfléchissait un peu trop à l'endroit où elle se trouvait et à ce qu'il représentait, elle avait envie de pleurer. Si elle souhaitait garder son travail, une bonne figure était de mise.

Une fois que tout le monde eût validé son ticket, le groupe entra dans la grande salle. Avec malice, Adeline lançait un compte à rebours dans sa tête. Combien de temps allaient-ils tenir avant qu'un touriste ne s'exclamât ?

Cinq secondes défilèrent avant qu'un petit garçon n'exprimât son enthousiasme :

— Regarde papa comme la pièce est immense !

Adeline sourit en continuant sa marche. Oui, elle l'était. Elle n'était pas particulièrement belle mais dégageait une puissance, une aura mystique, qui procurait toujours son effet.

La salle était conçue comme un gros cube noir, avec des murs en béton. Une mezzanine sur laquelle des rangées de sièges montaient presque jusqu'au plafond se trouvait au-dessus du groupe. En face d'eux, se tenait une scène, vide, avec des projecteurs dont les faisceaux colorés éclairaient le sol. Une grande toile blanche servait d'arrière-plan à la scène.

Adeline se retourna face au groupe. Elle prit une grande inspiration et lança son monologue d'introduction habituel, comme l'automate qu'elle était devenue.

— Bonjour à tous, je m'appelle Adeline et je serai votre guide aujourd'hui. Merci pour votre visite au musée des Arts futiles. Celui-ci fut ouvert il y a treize ans, en 2022, afin d'entretenir la mémoire de la culture dite « non essentielle ». Notre but est de raconter les pratiques d'une époque pas si lointaine au travers des salles interactives et d'exposition. N'enlevez votre masque sous aucun prétexte. Je vous rappelle la chance que nous avons d'être ouverts, malgré le deux-mille-quatre-cent-vingt-septième variant de la COVID-19 qui circule aujourd'hui. Pour que nous continuions notre activité et n'entrions pas dans un quatorzième confinement, je vous demande d'être vigilants. Du gel hydro-alcoolique est à votre disposition dans chaque salle et auprès de votre guide. Ne touchez à rien sans vous être désinfecté les mains. Est-ce bien clair ?

Les hochements de tête confirmèrent l'assentiment du groupe à être docile.

— Au cours de notre visite, n'hésitez pas à me poser toutes les questions que vous…

Une petite fille blonde, à côté d'une dame élégante, leva la main. Adeline pointa le doigt vers elle.

— Eh bien ça vient vite aujourd'hui ! s'exclama la guide, joyeusement. Quelle est ta question, mademoiselle ?

— Où sommes-nous ? C'est quoi cette grande salle ?

— C'est une très bonne question et merci de l'avoir posée. Nous sommes dans une « salle de concert ». Est-ce que tu sais ce que c'est ?

La petite fille passa sa main dans ses cheveux et fit pivoter timidement son corps pour signifier son ignorance. Adeline cligna d'un œil complice avant de reprendre :

— Quelqu'un d'autre sait ce que c'est ?

— C'est l'endroit où des artistes de YouTube venaient jouer avant, je crois, répondit la mère de la petite.

— Exactement ! Sauf qu'avant d'être sur YouTube, ils se produisaient sur une scène comme celle-ci.

Des exclamations retentirent derrière les masques. On avait trop tendance à oublier qu'à l'époque, l'expérience physique primait sur le digital. Les chanteurs, musiciens, acteurs étaient affublés désormais des qualificatifs de la plateforme en ligne sur laquelle ils jouaient. Aujourd'hui, il y avait des artistes « YouTube », ou « TikTok », « Instagram », « Snapchat », « Netflix », etc. Adeline se rappelait ces salles, ces temples qui recueillaient pendant quelques heures des âmes en quête d'une transcendance que seul l'art pouvait apporter. Elle avait obtenu ce poste de guide car elle-même travaillait ici quand des artistes organisaient un concert, il y a bien longtemps. À cause du virus et de son activité si peu essentielle, elle dût se reconvertir. Les musées étant les seuls lieux culturels à pouvoir rester ouverts, la salle de concert en devint un.

— Nous nous trouvons actuellement dans ce qu'on appelait « la fosse » par opposition au « balcon » qui se tient au-dessus de vos têtes…

— Excusez-moi, madame, la coupa un jeune homme avec un smartphone dans la main. Pourquoi y a-t-il des sièges sur le balcon et pas là où nous sommes ?

— Je vais vous répondre mais je vous demande de couper la vidéo de votre téléphone. Les visites ne doivent pas être filmées.

— Je peux prendre des photos, au moins ?

— Oui, mais pas pendant que je parle.

Adeline attendit qu'il rangeât le portable dans la poche de son jean avant de reprendre.

— On pouvait effectivement s'asseoir dans la partie balcon mais pas dans la partie fosse. Ici, on voulait être debout pour être au plus proche des artistes.

— C'était quoi la distance de sécurité à l'époque ? demanda le petit garçon du début.

— Zéro, répondit Adeline en faisant un rond avec ses doigts. Parfois, on ne pouvait même pas marcher dans la salle tellement les spectateurs étaient collés les uns aux autres.

Adeline vit son groupe frémir. Des sourcils se froncèrent, d'autres se haussèrent. La guide aimait observer les réactions quand elle parlait de l'insouciance du passé. Dans la grande majorité des visites, du dégoût s'exprimait. Cependant, de rares fois, quelques touristes extériorisaient du regret. Ceux-là, si elle ne se retenait pas, Adeline aurait pu sauter par-dessus la barrière des gestes pour les serrer dans ses bras.

— Mais ils ne tombaient pas malades ? l'interrogea la fillette.

— À l'époque non… ou en tout cas, pas assez pour bloquer un pays.

Le jeune homme dégaina son téléphone et prit une rafale de photos. Apparemment, l'explication d'Adeline avait eu l'effet escompté. Il fut imité par d'autres touristes du groupe.

— Je vous invite à me suivre jusqu'à la scène. Nous allons monter dessus.

Adeline fit un signe de bras pour intimer tout le monde de marcher derrière elle. Après avoir gravi les marches sur le côté de la scène, les touristes et la guide faisaient face au vide, surélevés par rapport à la fosse. D'ici, ils pouvaient mieux voir le balcon. À ce moment de la visite, Adeline avait toujours des frissons qui lui parcouraient le dos. Être debout sur la scène face à cet espace immense était fort en émotions.

— Imaginez être devant une salle remplie, avec une foule en liesse qui crie votre prénom et chante vos chansons…

— Quelle horreur ! s'écria la mère de la fille. Tous ces individus en sueur, qui postillonnent sur tout le monde, qui touchent tout ce qu'ils trouvent… Un nid à microbes. Voilà ce que je vois.

Adeline entendait des murmures d'approbation ici et là. Elle en avait l'habitude. De plus en plus de monde avait oublié le besoin des êtres humains de se réunir pour contempler la création artistique et la vivre, jusqu'au plus profond de leur chair.

— Il faut se replacer dans le contexte de l'époque, lui répondit Adeline. Du temps où il n'y avait pas de pandémie.

— Peut-être que si les gens s'étaient comportés différemment, il n'y en aurait pas eu, justement, rétorqua la femme.

— Eh bien, je vais en profiter pour vous plonger dans l'ambiance des concerts d'alors. Retournez-vous et regardez l'écran blanc.

Comme un seul homme, le groupe fixa la toile tendue pendant qu'Adeline appuyait sur le bouton d'une télécommande dans sa poche. Les lumières s'éteignirent et un film fut projeté sur l'écran. C'était son moment préféré de la visite.

Le film repassait les plus grands concerts de rock de tous les temps. Il commençait par les années 60 avec un superbe show des Rolling Stones. Derrière son masque, Adeline fredonnait « I can't get no… satisfaction… ». Ensuite, les visiteurs découvraient l'année 1969, à Woodstock, avec les prestations de Janis Joplin, The Who, Joe Cocker, Jefferson Airplane et, le préféré de la guide, Jimi Hendrix. Les dizaines de milliers de personnes qui chantaient, fumaient en se passant les cigarettes de bouche en bouche et les bouteilles de bière, provoquaient l'effarement du groupe. Comment une telle époque avait-elle pu exister ?

Puis vinrent les années 70 avec Led Zeppelin, Deep Purple, Pink Floyd. Adeline surprit le petit garçon en train de se trémousser sur «Another Brick in the Wall». Elle sourit.

Les années 80 furent marquées par U2, Guns N'Roses, Van Halen... puis par le fabuleux concert en 1985 à Wembley pour Live Aid, contre le Sida. La prestation de Queen donnait des frissons à Adeline. Si seulement elle avait pu vivre ce moment.

Les années 90 représentaient l'adolescence de la guide, quand elle avait des posters de Nirvana accrochés dans sa chambre et s'enfermait dans la salle de bain en criant, sous la douche, les plus grands titres des Red Hot Chili Peppers.

Le film conclut sur les années 2000. Les groupes comme Linkin Park, Arctic Monkeys, Limp Bizkit avaient moins marqué Adeline. Pour autant, aujourd'hui, elle aurait pu payer une fortune juste pour quelques minutes à regarder ces maitres pratiquer leur art.

Cet instant de rétrospective replongeait Adeline dans des souvenirs si délicieux. Des moments de communion, d'admiration, où les spectateurs laissent qui ils sont au vestiaire et viennent former une masse autour de leur gourou, l'artiste qui les élèvera vers des états d'extase ou d'excitation inaccessibles au quotidien. Adeline se remémorait les beaux jours de cette salle. Tous les concerts auxquels elle avait assisté lui avaient procuré plus de bien-être que toutes les précautions et distanciations sociales au monde. Un mot des politiques avait suffi à rendre ces arts «non essentiels». Pour autant, l'humanité n'en avait jamais eu autant besoin que maintenant.

Le groupe de touristes aussi était silencieux. Chacun était plongé dans ses pensées. L'effet était toujours le même. Adeline savait qu'au fond d'eux, chaque spectateur de son groupe éprouvait cette envie de ne plus donner d'importance à rien d'autre qu'à l'art. À cette époque, on ne respectait pas les gestes barrières, on était les uns sur les autres… Mais nous étions insouciants.

— J'espère que vous avez aimé ce film qui retrace l'histoire des plus grands concerts depuis les années 60. Vous avez pu constater l'enthousiasme des gens devant leurs artistes préférés.

— Des animaux sans règles, lança l'un des touristes. Les Hommes était fous, avant !

Tout le monde opina du chef et les commentaires fusèrent pour donner raison à l'individu, au grand dam d'Adeline. Un brouhaha se formait. La guide intervint pour calmer le jeu.

— Je vous propose de passer dans la salle suivante. Nous allons découvrir ensemble ce qu'était… un restaurant !

Des exclamations joyeuses retentirent. Adeline indiqua un chemin par les coulisses. Le groupe l'emprunta. La guide allait fermer la marche quand elle remarqua que la petite fille blonde restait sans bouger, face à l'écran.

— Que t'arrive-t-il ? Tu as un problème ?

— C'était vraiment comme ça, avant ?

— Oui, c'était comme ça.

— Il n'y avait pas de virus ?

— Il y en avait, bien sûr. Sauf qu'ils se répandaient moins vite que la COVID.

— Ça avait l'air drôle avant… J'espère que ça pourra recommencer…

— Moi aussi, ma petite, moi aussi…

S'il n'y avait pas les distances de sécurité à respecter, elle lui aurait pris la main. Donner de l'espoir aux jeunes générations était leur plus grande chance de remettre les arts au cœur de la vie et de les rendre à nouveau essentiels.

Adeline sortit de sa rêverie et lança malicieusement :

— Ça te dit qu'on rejoigne les autres ? Au restaurant, je vais vous montrer de toutes petites tables où l'on mangeait sans masque, face à face. Parfois, on partageait même des plats.

— C'est vrai ? Beurk…

Adeline montra le chemin à la fillette et, ensemble, elles continuèrent leur périple dans le monde d'avant.

Merci à tous les artistes de nous faire rêver en ces temps moroses, à travers tous les canaux à leur disposition. Ce recueil vous prouve que nous ne vous oublions pas !

DIEZ David

Masseur-kinésithérapeute ardennais, David Diez redécouvre le plaisir de raconter des histoires après diverses masterclasses. Son premier roman autoédité, *Pourquoi m'as-tu oublié ?*, le place parmi les auteurs à la croisée du réalisme cru et de l'imaginaire. Il travaille également à la création de romans et séries littéraires à plusieurs mains.

IG @daviddiez08
david.diez.auteur@laposte.net

Un futur impossible ?

Par David Diez

Le petit croissant de lune ne suffisait pas à éclairer ses pas, et heureusement !

Suivant le plan à la lettre, il pénétra dans la première maison sur la droite à la recherche de tout ce qui pouvait aider la mission de leur groupe : sauver la mémoire de l'humanité et servir le futur. Ils récupéraient et restauraient amoureusement tous les livres, magazines, cartes postales et autres supports papier témoignant de faits marquants, historiques ou sociétaux.

Une première équipe ratissait les villages, notant les habitations encore en état d'être visitées par les Solitaires, sobriquet donné aux fouilleurs de ruines dont il faisait partie. À l'époque, la police avait fait main basse sur les livres de manière moins « douce » qu'eux.

Dedans, la bâtisse étalait ses cicatrices passées : pièce sens dessus dessous, débris de meubles disséminés au sol et escalier incendié, sûrement par les forces gouvernementales elles-mêmes, ne dévoilant plus que trois marches donnant accès au vide.

Il se demanda pourquoi avoir coché cette demeure puis trouva une chambre en parfait état. Nostalgique de ces gestes réflexes qu'ils avaient tous perdus, ses bras se tendirent presque tendrement vers les portes de l'armoire. Nul vêtement n'habillait l'intérieur, mais un monceau de poussière. Le bois avait souffert et laissait entrevoir une cache qui n'avait plus de secrète que le nom.

Nombre de ses concitoyens, opposés aux décisions prises par les hommes politiques, camouflèrent les objets qu'ils jugeaient importants.

Sa main farfouilla jusqu'à ramener un vieux recueil du temps du dernier confinement, derniers moments de liberté tronqués avant l'évaporation de celle-ci. La couverture à moitié rongée par des souris gardait son titre, «Histoires non essentielles», signé des Auteurs Masqués !

Son esprit vagabonda dans ce passé si proche et pourtant si lointain, cette catastrophe, cette… «pandémie».

Les divers gouvernements avaient déclaré la fermeture de tous les lieux de culture, de détente, d'imaginaire… après tout, nul besoin, non ?

Les sportifs disparurent petit à petit. De toute façon, ils gagnaient trop d'argent, tout le monde semblait d'accord là-dessus ! Non ?

Internet, endroit où cracher sa haine et où pullulaient les complotistes, cessa aussi d'exister. Personne n'y trouva rien à redire !

Le rêve devint un luxe et des tas de gamins commencèrent à tomber en dépression. Un tsunami de suicides submergea la planète et les décisionnaires firent ce qu'il fallait ! Les parents ne faisant plus correctement leur boulot, on éleva les enfants en camp. Heureux, ils apprendraient à servir, avec le sourire, et à se passer de ce qui n'était, après tout, que futilité !

Les puissants, ne désirant pas être contrariés, brulèrent les bibliothèques et surtout les livres d'Histoire, viviers de récits de résistances et de victoires glorieuses, inutiles pour la croissance des chères têtes blondes.

Après des années de variants, la maladie se dissipa, mais le mal était fait ! Les magasins et les petites entreprises avaient coulé, l'humanité vivait avec la générosité des banques et donc, se devait d'obéir si elle voulait subsister.

Les frontières fermées, la fraternité accompagna solidairement la liberté et l'égalité dans la tombe et le tiers-monde disparut.

À l'abri de cette pièce, il prit son temps, naviguant sur cette moquette défraîchie comme sur un océan démonté. Une larme profita de son inattention pour s'enfuir et finir sa course folle à terre. Dans son esprit, il s'allongeait près de sa femme, emportée par une balle prétendument perdue, et lui faisait l'amour en douceur, «comme des vieux», l'entendait-il lui dire. Il se vit l'embrasser avant d'éteindre la lampe de chevet.

Ce pavillon aurait pu être le sien, petite demeure de maître d'école bien dans sa peau avant… avant tout ça !

Il devint un professeur en inactivité, c'est ainsi qu'ils décrivaient la situation… de l'inactivité ! Trop jeune pour toucher une retraite, trop âgé pour être reconditionné à façonner des moutons prêts à aller bosser, juste pour dormir au chaud et avoir quelques légumes «bio» dans l'assiette, poussant directement en usine.

Les exploitants agricoles disparurent, brisés par le poids des mesures de sécurité, logique lorsqu'on y pense ! Si l'Homme ne sort plus, ne se cultive plus, ne fait que travailler et recevoir chez lui les denrées suffisantes pour subsister, pourquoi garder ces empêcheurs de nourrir en rond ?

Les laboratoires, prospérant avec la vaccination, renvoyaient généreusement l'ascenseur en alimentant la planète.

Connerie !

Ils contrôlèrent la population, tel le boulet au pied de l'esclave.

L'argent liquide fut interdit !

Les riches avaient tout ce qui leur fallait pour bien vivre et leur descendance avec. La populace fabriquait et entretenait ce qui était indispensable aux hautes castes : habitations, bateaux, munitions, filtres géants pour nettoyer leurs lacs, tous les autres étant depuis longtemps impropres à la baignade, à la pêche, etc. Les armes étaient intelligemment construites par les soldats eux-mêmes !

Il était donc professeur et résistant de la mémoire de l'humanité.

Il termina la fouille, à la lueur de son bâton phosphorescent, sans rien trouver de plus. Il se mit en pause nostalgique devant un pot de fleurs, vide depuis des lustres.

L'intensification des productions des grandes enseignes agroalimentaires et pharmaceutiques accentua rapidement la pollution et le réchauffement climatique. Il fallut sauver les poumons de la planète et les gouvernements concentrèrent les « zones vertes », comme ils les appelaient, dans quelques endroits protégés, proches des bourgeois, bien entendu. Les responsables nationaux étaient devenus européens, puis mondiaux et les 1 % les plus riches, décidèrent de tout.

Le reste de la végétation mourut !

Il cacha sa lumière, laissant la seconde patrouille aller et venir. Le réseau dont il faisait partie avait déjà attaqué un transport d'enfants, les ramenant dans leur village, en haute montagne. Là, ils vivaient à l'ancienne et passaient le flambeau à ces jeunes cerveaux, pour que l'Homme ne disparaisse pas en faveur de l'« homo-obediente[15] ».

Ils descendaient dans les cités anciennes et vidées d'habitants afin d'y débusquer les trésors littéraires qu'ils emmagasinaient à l'abri. Ils réapprenaient la culture, la chasse, l'autosuffisance et l'Histoire avec un grand H, la bonne comme la mauvaise. L'éducation se faisait de bouche à oreille avec minutie.

La troupe ne s'arrêta pas et il changea de maison.

Aujourd'hui, il était de corvée. Les villes ne l'attiraient plus, l'odeur trop forte de pollution gênant la respiration, mais pour rien au monde il n'aurait repositionné un masque sur son nez ! Il commençait à se faire vieux mais ne laissait pas sa place.

Si la milice du pouvoir lui tombait dessus, elle le supprimerait sans jugement, la justice étant elle-même devenue inutile !

Il passa le quartier au peigne fin sans rien trouver, excepté une croix qui allait rejoindre leur petit musée. Merci mon Dieu, bien qu'il ne soit

---

15. « Homme obéissant »

plus le bienvenu ici.

Les religions aussi furent déclarées non essentielles, pas besoin d'espoir éternel pour la populace, les puissants s'en occupaient.

De toutes les manières, ils décidaient de ce qu'on devait croire et imaginer, les lieux de culte furent donc fermés.

Pris dans ses pensées, il faillit se faire surprendre par la troisième patrouille. Il s'allongea à la va-vite sous un vieil amoncellement de cartons, derrière un conteneur à poubelles, se couvrant de ce reliquat de consommation humaine.

La brigade s'éloigna, le son des bottes résonnant sur le bitume de la ruelle qu'il avait empruntée. Une fois tranquille, il sortit de sa cachette de fortune et se releva péniblement.

— J'ai passé l'âge de ces conneries, dit-il tout haut, citant un film[16] de son enfance dont le nom lui échappait. Vivement la retraite, ajouta-t-il en rigolant.

Celle-ci avait été placée à quatre-vingt-cinq ans, âge que plus personne n'atteignait. Il vérifia l'état du recueil dans ses mains, l'épousseta par réflexe et reprit sa route.

Un coup de feu, un sifflement à son oreille droite, la sensation d'une goutte coulant le long de son lobe pour venir s'écraser sur son épaule et la voix d'un soldat s'adressant à un autre :

— J'étais sûr d'avoir entendu un bruit !

Le voyage ne serait donc pas reposant pour lui. Il se mit à détaler sous les balles qui se rapprochaient. Il tourna à droite puis à gauche, empruntant les plus petites ruelles. Il pénétra dans des demeures à l'abandon pour ressortir à l'opposé. Il utilisa tous les subterfuges, toutes les filouteries pour les distancer. Heureusement, ils étudiaient les villes visitées avant de lancer une mission.

---

16. « L'arme fatale » film de Richard Donner.

L'un d'eux avait retrouvé un atlas informatique. Grâce aux précieuses minutes d'électricité offertes par la photosynthèse, ils avaient pu examiner celui-ci et ainsi préparer leurs objectifs. Cela paraissait toujours très simple, mais c'était sans compter sur les milices. Celles-ci ratissaient au hasard et tiraient sans sommation. Ils en croisaient en général une, mais depuis l'attaque du fourgon d'enfants, ils avaient recentré leurs recherches dans le coin.

Il fallait que ça tombe sur lui !

Une fois semées, il s'engagea sur la bonne voie et retourna chez lui, son « liberty island » comme ils aimaient à le décrire. Il respira à pleins poumons l'odeur des quelques pins encore debout en grimpant le flanc de la montagne, puis arriva enfin à destination.

— Papy !

Une fille courait vers lui. Ils avaient vite repris leur innocence ces braves petits. Elle souriait, pressée de voir ce qu'il avait trouvé, puis stoppa… net !

Il comprit.

Une larme coula sur sa joue alors que les soldats ouvraient le feu en ce jeudi 12 mars 2037, signant la fin de l'humanité libre.

***

— Tu te rends compte ? Ils mangeaient les enfants !

Devant l'élève troupier, la feuille unique du journal, donnant les dernières nouvelles déclarées « utiles » à la population, se chiffonnait de son passage entre toutes les mains de la jeunesse combattante. Il relut, lentement et difficilement l'article.

« 12/03/2037 »

Il se tourna vers le seul intellectuel du groupe.

— Trois, c'est quel mois déjà ?

Le jeune compta sur ses doigts avant de répondre.

— Janvier, février, mars… oui, c'est bien ça, mars !

Le bidasse poursuivit sa lecture.

« 12/03/2037

Lé solda on trouvé le dernié cam dé résistan. Lé anfan n'on pa été sové, il servai de repa au sovage. Tou le monde è mor. La vi peu reprandre son coure. Merci a no dirijan et merci la vi. »

Leur enseignant supérieur, qui venait pour vérifier le bon endormissement de ses élèves, les fit sursauter.

— Tout le monde a fini la lecture du journal ?

Un grand « oui » collégial lui répondit. Il était fier de sa promotion : des garçons de douze à quatorze ans, conditionnés à la méchanceté et prêts à entrer dans la milice. Il adorait son travail et ne changerait pour rien au monde. Bien sûr, il y avait quelques récalcitrants, de temps en temps, mais les punitions étaient simples, exemplaires et souvent définitives ! Il les regarda, tous allongés sur leur matelas.

— Maintenant, couvrez-vous bien, j'éteins le chauffage, il ne faut pas prendre toute l'électricité que nos maîtres nous offrent gentiment.

— Et pourquoi on n'en fabrique pas plus ?

La question venait de sa gauche. Lui qui était si heureux quelques instants avant, grimaça. Il éliminerait celui-là. Il posera forcément problème un de ces jours.

— Tu es intelligent numéro 73257. Va m'attendre dehors !

L'enfant obéit sans réfléchir. C'était comme une seconde nature chez eux à présent. Il servirait d'engrais pour les laboratoires de la région comme tous les nouveaux retraités.

— Pour tous les autres, déclamez la devise du monde moderne puis fermez vos yeux, je souffle la bougie.

Ils citèrent tous en chœur :

— Travailler, travailler et travailler encore !

Pas un bruit n'accompagna l'arrivée de l'obscurité. Ils dormaient lorsqu'on leur en donnait l'ordre, pas d'horloge pour savoir l'heure, pas utile.

Il bomba le torse, sortit son arme et rejoignit le rebelle dans le couloir.

*****

Il récupéra les feuillets où les fruits de son imagination avaient élu domicile et posa la fatidique question :

— Alors ? Tu en penses quoi ?

Il attendit avec impatience le retour de lecture de son premier fan.

— Je kiffe grave, même si j'aimerais pas vivre dans ce futur-là.

— Je n'aimerais pas, le reprit-il en insistant sur chaque syllabe.

Son fils souffla, mais répéta.

— Le français est une belle langue. Ne l'écorche pas, s'il te plaît !

— Bien ma veine d'avoir un père professeur ! marmonna-t-il.

— Pardon ?

— Non, non ! Rien.

Il sourit en cachette en voyant la grimace de son enfant de douze ans. Il grandissait trop vite. Il dut bien admettre que sa réflexion était bonne, lui non plus n'apprécierait pas ça.

Il avait imaginé cette petite nouvelle dès les premières mentions de la maladie. Il avait cauchemardé toute la nuit, comme à son habitude, et de là était née son idée, mais ce n'était que de la fiction… évidemment !

Il alluma la télévision qui ne lui servait que pour le journal du soir. La présentatrice apparut sur l'écran.

— Bonsoir mesdames et messieurs. Aujourd'hui, 16 mars 2020, édition spéciale, nous retrouvons l'allocution de notre président.

Celui-ci commença en donnant des informations sur le virus, des avancées de la recherche et le nombre de morts dans le monde. Il remercia le personnel médical et parla de confinement.

Le mot était lâché !

Il écouta avec une effrayante impression de déjà-vu. Il se demanda qui avait pu laisser la fenêtre ouverte, avant de se rendre compte que le vent n'était pas responsable des mouvements de la feuille dans sa main, il tremblait !

Il ne manquerait plus que le président annonce, sans honte, que certains magasins et lieux de vie et de rêve, comme les librairies, resteraient fermés jusqu'à nouvel ordre, car « non essentiels ! »

Il regarda le titre de la nouvelle qu'il venait de faire lire à son fils et trembla plus fort encore. Son cœur cessa de battre un instant et sa vision du futur lui apparut moins… chimérique !

Son grand-père lui avait raconté la guerre, les déportations et les livres brûlés. Il se rassura en s'adressant au téléviseur :

— L'Homme a un devoir de mémoire et ne recommencera pas cette folie, même dans sa lutte contre la Covid-19 !

Mais le croyait-il vraiment ?

BERGERON Laure

Poèmes, histoires courtes, paroles de chanson, nouvelles, roman, Laure Bergeron a toujours écrit. Sous toutes leurs formes et dans tous les genres, elle aime faire rimer les phrases et les mots pour jouer avec leurs sonorités. Pouvoir s'exprimer et écrire pour des causes qui lui sont chères à travers ce collectif est pour elle la meilleure manière de mettre à profit ce plaisir qu'est l'écriture !

babyloonette@gmail.com

L'envers du décor

Par Laure Bergeron

— Allô, maman ? Daniel m'inquiète !

Amélie arpente l'appartement en large et en travers, en rongeant nerveusement ses ongles.

— Qu'est-ce qui se passe avec ton mari, ma chérie ?

— Depuis qu'il ne bosse plus, je trouve son comportement étrange.

— Ça fait presque un an… !

— Je sais bien, mais… Il passe ses journées sur le balcon, il tourne en rond, il ne parle pas. Muet comme une tombe. Impossible de lui décrocher un mot.

— Même Justine ?

— Ah si ! Elle, elle a réussi à échanger deux, trois mots avec lui au début. Elle venait le voir, toute innocente, et il l'a prise sur ses genoux pour lui montrer le paysage au-dessus de la rambarde et lui dire des trucs.

— Il lui racontait quoi ?

— J'en sais rien. Dès que j'arrivais, il se taisait et chassait Justine en lui demandant de ne plus le déranger. Moi, dès que j'essayais de l'approcher pour lui demander ce qui n'allait pas, je me faisais jeter. J'ai vite abandonné.

— Mais il fait quoi de ses journées ? Toi, tu n'es pas là ! Si ?

— Oh non ! On a plein de boulot au magasin, avec tous ces clients complètement excités et irrespectueux en caisse. Mais je sais qu'il ne bouge pas d'un pouce de la journée. Je pars le matin, il est là. Le soir, il est là, au même endroit, comme l'ombre de lui-même. Un fantôme. Mais le pire, j'ai commencé à vraiment flipper quand il s'est levé brusquement de sa chaise et est allé chercher des jumelles. Il s'est mis à regarder partout avec, pendant des heures ! Je l'ai vu pleurer sur le balcon. Tantôt triste, tantôt joyeux… Il saute et sursaute. Je ne le reconnais plus.

— Qu'est-ce que tu vas faire ?

— Maman, je crois qu'il déprime. Pire, qu'il a perdu la tête. Mais là, c'est le pompon. Je suis revenuc du travail, il n'est pas à son poste. Il est déjà 20h et il n'est toujours pas rentré. J'ai peur qu'il fasse une bêtise.

∗∗∗

Vous a-t-on déjà dit que vous étiez inutile ? Que vous ne serviez à rien ? Que le monde entier pourrait bien se passer de vous et qu'il n'en tournerait pas plus mal ? On cherche tous un sens à sa vie, parfois avec plus de conviction que d'autres, mais tout de même. Quand on m'a dit que je n'étais pas «essentiel» à la société, franchement, au début, j'ai essayé de comprendre, de prendre sur moi, et même d'y croire. Pour participer à cet effort collectif.

Je m'appelle Daniel, j'ai 54 ans, je suis chef décorateur pour le cinéma. Croyez-moi, dans MON univers, je suis essentiel. Et ce n'est pas être prétentieux que de vous l'affirmer. Ne vous souvenez-vous pas d'un film par la richesse de son ambiance, par son décor époustouflant et si réaliste ? Vous ne vous en rendez peut-être même pas compte mais c'est dans cet ensemble cohérent et parsemé d'infinis détails où évoluent les acteurs que l'histoire prend corps et devient crédible. Tour à tour architecte, urbaniste, peintre, éclairagiste, décorateur d'intérieur, chineur… Je crée un monde à l'image de l'inspiration du réalisateur, pour votre plus grand plaisir, vous, les spectateurs. Je crée du rêve et d'innombrables possibilités de s'échapper du quotidien à travers l'esthétique de mes créations. Je fais dans les décors, moi, messieurs-dames, dans le grandiose, dans l'extravagant, dans le sublime ! Et je ne serais pas essentiel ?

L'ironie dans tout ça ? C'est que j'ai commencé par être menuisier, un métier qui lui, est considéré en ce moment comme indispensable et qui dispose donc de ce précieux sésame pour continuer à exercer son activité. Mais je n'ai aucun regret. C'est la passion du cinéma, les défis à relever dans ce domaine particulier, l'idée de donner vie à des projets fous, de rendre la fiction réelle et palpable qui m'ont conduit ici aujourd'hui, de menuisier-décorateur, à chef menuisier pour le cinéma, et enfin chef décorateur.

Mon balcon est devenu ma salle de projection, mon cinéma de 3 m² avec écran panoramique. Ma fenêtre sur l'imaginaire. Je contemple chaque jour les bâtiments qui composent mon paysage. Je n'ai que ça à faire de toute façon. Séance gratuite et illimitée. Mieux que la VOD. Au quotidien, dans mon boulot, je ne suis jamais dans le réel. Ni même sur le tournage. Je prépare les lieux. Je fais en sorte qu'ils deviennent une réalité. Je suis là pour l'inventer, la recréer.

C'est quand j'ai été obligé d'y rester cloîtré que j'ai enfin compris pourquoi j'avais acheté cet appartement. Assigné à résidence, je me suis mis à observer ce qui m'entourait. Ce quartier que j'ai tant de fois traversé sans comprendre son âme.

Juste en face du balcon, dans ma ligne de mire, se dresse d'abord le théâtre du coin de la rue et ses pièces tantôt marivaudesques, tantôt tragiques. Avec ses colonnes droites comme la justice, d'inspiration romaine, et ses quelques marches à franchir pour rejoindre l'entrée, comme on monte celles de Cannes, le tapis rouge en moins.

Puis, le long de l'avenue, entre quelques bistrots où l'on se retrouve après la représentation, je reconnais ce cinéma défraîchi où nous avons vécu, avec Amélie, nos premiers émois sur grand écran. Le long du fronton où les films à l'affiche se suivent, mais ne se ressemblent pas, les lumières continuent péniblement d'éclairer le vide de ces séances qui n'ont pas eu le droit à une dernière.

Un peu après se dessine la bibliothèque où Justine, ma fille, alors qu'elle alignait à peine un pas devant l'autre, a plongé dans le grand bain des images imprimées sur papier cartonné. À l'entrée, sur les portes vitrées de ce bâtiment au design fraîchement moderne, s'accumule une mosaïque de post-it format A4, comme autant de messages d'information à destination des utilisateurs qui ne les remarquent même plus.

Quelques trottoirs plus loin, derrière un ou deux immeubles, on devine la coupole de l'opéra, d'où l'on jurerait entendre s'élever des notes de soprano quand la nuit tombe. Les tuiles rutilantes brillent aux derniers rayons du soleil, on se croirait aux Invalides.

Pas un recoin dans ce tableau qui n'ait sa touche de culture et de spectacle. Même les petits commerces environnants semblent vivre dans cette scène d'émerveillement quotidien. J'étais ébloui.

Et puis je me suis lassé. Tous ces édifices vidés de leur substance, mis sur pause et à l'abandon du public, ça m'a déprimé. Révolté.

Je crois que c'est à ce moment-là que tout a basculé. Au début, je n'en ai pas cru mes yeux. J'ai pris les jumelles pour vérifier, certain que ma vue me jouait des tours.

Ça a commencé par l'opéra, au loin.

Le dôme tronqué d'au moins un tiers, comme si on l'avait grossièrement effacé d'un coup de gomme maladroit.

Un trou béant.

Même les oiseaux, résidents habituels de ce promontoire de qualité, semblaient perdus, à virevolter autour sans savoir où se poser.

J'ai réglé les jumelles, zoomé au maximum.

J'ai dû me rendre à l'évidence.

Disparu.

La blague ! Un coup d'un escamoteur professionnel, qui chercherait à démontrer que l'absence crée le manque ? Un illusionniste de génie ? Un justicier à la gomme facile ? Une hallucination collective ? Un Barnabooth moderne ? Nom d'un bouc ! Pour moi, c'en était trop. J'ai mal dormi cette nuit-là, caressant l'espoir que le lendemain, tout serait rétabli, comme au réveil d'un cauchemar. L'opéra aurait retrouvé son toit, et les petits rats seraient bien gardés.

Au matin, quand j'ai repris mon poste sur le balcon, non seulement le trou dans la coupole était encore là, mais il s'était dangereusement agrandi, engloutissant désormais tout le bâtiment. Seuls ceux qui connaissaient son existence auraient pu attester qu'il s'était bien trouvé à cet endroit. Il ne restait désormais que le fantôme d'un opéra.

Frénétiquement, j'ai reluqué chaque recoin avec les jumelles, espérant le voir réapparaître par la même magie qui l'avait effacé.

En vain.

J'ai voulu me raccrocher à l'existant, revenir dans mon cadre de référence, travelling arrière sur mon paysage d'infortuné. Ma bibliothèque, mon cinéma, mon théâtre étaient toujours là. Ouf !

Chaque jour alors, je me suis évertué à recenser mes édifices culturels, à égrener leur présence, tel un chapelet rassurant. Je les ai même griffonnés dans mon cahier pour m'imprégner du décor et ne manquer aucun détail.

Mais bien vite, la fatalité a encore frappé. J'ai déchanté.

D'abord la bibliothèque, sournoisement. Les affichettes ont été enlevées, une à une, et l'on pouvait deviner à travers un curieux vide. Comme si l'on avait apposé à la place un miroir qui reflétait la rue et ses mouvements. Puis chaque arête du bâtiment de verre s'est comme évaporée dans le ciel, laissant la structure branlante et fragile. On aurait dit que les énormes panneaux vitrés ne tenaient plus à rien, ou alors à un fil invisible.

Dans ma cage dorée, je fulminais, je bouillonnais intérieurement. Car impossible de bouger ni de parler devant ce spectacle incroyable. Qui m'aurait apporté un quelconque crédit ? Étais-je d'ailleurs le seul à me rendre compte de cette disparition soudaine et a priori immuable ?

Et tandis que l'opéra se trouait, que la bibliothèque s'envolait, le cinéma a suivi, s'écroulant sur lui-même, comme happé par le sol.

Je l'ai vu ! Il se tassait sur lui-même, les affiches se rétractaient, l'une après l'autre, les lumières se sont éteintes et ont été comme aspirées dans un trou noir. Clap de fin.

J'assistais impuissant à cette mascarade. Que pouvais-je faire ? Si je criais, est-ce que quelqu'un m'entendrait ? La force de mon hurlement ne mettrait-elle pas en péril les édifices restants ? Serais-je le souffleur de ce château de cartes fébrile et vacillant ?

Le théâtre résistait, vaille que vaille, tel un Don Quichotte face à ces moulins fantômes. Mais je le savais, il serait bientôt assailli, avec la même verve et dans un même destin tragique. Et alors ! Qui serait le suivant ? Moi ? Toi ? Nous tous ? Qui oserait se révolter ? Allions-nous donc rester de marbre devant ces pierres qui coulaient comme les montres molles de Dali ? Comment stopper cette frénésie incontrôlable et destructrice ? Y'avait-il un moyen d'arrêter tout cela ?

Et puis le déclic. Comme une évidence.

Bien sûr que je pouvais agir !

Pourquoi n'y avais-je pas pensé plus tôt, au lieu de m'apitoyer sur ce funeste sort ? Si quelqu'un pouvait faire quelque chose, c'était bien moi ! Qui d'autre ? C'est mon métier tout de même !

« La persistance de la mémoire », c'était donc ça ! Ne pas oublier… Ne pas oublier ces lieux qui ont été remplis de tant de vie. Pour le moment abandonnés. Loin du cœur, loin des yeux, ils ont disparu de notre paysage. Qu'à cela ne tienne, en chef décorateur d'orchestre, j'allais les recréer, puisqu'il le fallait !

Amélie venait de partir au travail, j'avais la journée devant moi. Ni une, ni deux, j'ai pris ma trousse à outils, les clés de mon atelier, et j'ai enfin quitté mon balcon. Pour retrouver l'air libre. J'ai passé quelques coups de fil et ai tout de suite regretté de ne pas avoir pris plus de nouvelles de mon équipe. Ils n'attendaient que ça. Ils n'ont pas posé de questions, ni même cru que j'étais fou. Reconstruire le décor de notre vie. Rendre l'irréel réel.

Quand je suis arrivé au studio, j'étais dans mon élément. Ils étaient tous là. Valérie, la peintre scénique et ses doigts de fée pour créer matières et textures. Pascal, Charles et Didier, les techniciens aux décors : des forces de la nature pour monter un immeuble, une scène, en deux temps, trois mouvements, toujours avec le même entrain. Colin, l'accessoiriste, prêt à dénicher le petit détail dans l'ensemble, qui ferait la différence. Oui, ils étaient tous là… comme si nous nous étions quittés la veille.

J'ai poussé la porte de l'entrepôt et nous avons parcouru ensemble religieusement les interminables allées du stock. De part et d'autre, jusque haut sur les rayonnages, sont empilés des milliers d'objets et de meubles de toutes tailles et de toutes époques, dans lesquels nous venons piocher pour les besoins des films. Cette brocante géante aux allures de caverne d'Ali Baba, c'est mon univers. Mais là, il fallait autre chose : on tapait dans le dur, direction la menuiserie.

De l'autre côté de la réserve, les vestiges d'un appartement bobo, entière-ment reconstitué pour le dernier scénario que nous avions réalisé, trônait au milieu du dépôt. Planches et panneaux de bois étaient savamment rangés par taille et par usage, il n'y avait plus qu'à se servir. Chacun savait ce qu'il avait à faire.

La bonne humeur et la solidarité propres à nos tâches habituelles étaient de retour, je me sentais revivre.

Une fois tous les éléments nécessaires répertoriés et mis de côté, il fallait les transporter sur le terrain.

Je n'avais pas pensé à ça. Mais j'avais vu le camion garé à l'entrée, il suffisait de retrouver les clés. Je déambulais dans l'entrepôt, commençant à pester à chaque objet soulevé pour essayer de mettre la main sur le trousseau, quand une voix d'outre-tombe m'a fait sursauter :

— C'est ça qu'tu cherches, Dany ?

Ça venait de l'appartement-décor. Je ne rêvais pas. La couette sur le lit venait de bouger. Mon pote Franck, décorateur lui aussi, en sortit, l'air ahuri. Surpris, je lui dis :

— Hey ! Mais qu'est-ce que tu fous là ? Ne me dis pas que tu crèches ici ?

— Ben, il fallait bien quelqu'un pour veiller sur tout ça… non ? Et toi… ? Vous ? Qu'est-ce que vous foutez ? Vous déménagez ?

— Prends tes clés et viens nous aider à charger le camion.

Toute la nuit, nous avons œuvré. Scié, découpé, peint, monté, cloué, tapissé, vissé…

***

Voilà, j'ai fait le *job*. Quand je suis rentré cette nuit-là, presque au petit matin, Amélie dormait. À pas de loup, avant de la rejoindre, je suis allé sur le balcon. Histoire de contempler le résultat de notre travail. Et j'avoue avoir été fier de nous. Comme sur chacun de nos tournages, l'illusion était parfaite, pas une seule fausse note. L'opéra, la bibliothèque, le théâtre, le cinéma… Tous avaient retrouvé leur éclat et leur existence. Impossible de les oublier, ils sont ancrés dans le paysage. Sur le trottoir en bas, j'ai vu cet homme avec son enfant : il pointait du doigt le cinéma que nous avions entièrement reconstitué, évoquant sûrement avec son fils sa jeunesse dans ce lieu chargé de souvenirs. Le garçon avait des étoiles plein les yeux.

Je me suis glissé sous les draps, sans un bruit, mais Amélie ne dormait finalement que d'un œil. Elle avait dû s'inquiéter pour moi.

— Où t'étais ? Qu'est-ce que tu faisais ? souffla-t-elle à moitié assoupie, soulagée malgré tout de me savoir rentré.

— Tu peux dormir, mon cœur. J'étais parti rendre l'essentiel visible pour les yeux.

Merci à tous les artistes, qu'ils soient sur scène ou dans les coulisses, devant ou derrière l'écran, qu'ils continuent de nous faire rêver...

FOUANT Anne

Après une carrière dans la publicité puis la banque, Anne Fouant a décidé de se consacrer à sa passion : l'écriture. Elle a participé aux trois premiers recueils du collectif des Auteurs Masqués et c'est avec plaisir qu'elle repart pour ce nouvel opus.

Elle travaille en parallèle à la rédaction de son premier roman.

IG @nanou.fou
annefouant@gmail.com

À la guerre comme à la guerre

Par Anne Fouant

— Madeleine ! Madeleine ! C'est Paulette, ouvrez-moi !

Paulette, habitante d'un rez-de-chaussée, côté rue, tambourinait chez sa voisine et amie Madeleine, célibataire, qui vivait avec son bichon Anisette, au même niveau, dans un appartement côté jardin.

Cette dernière, étonnée et inquiète, ouvrit la porte brusquement.

— Que se passe-t-il ?

— Vous n'allez pas me croire, déclara Paulette en entrant sans y être invitée. J'ai reçu un mail de mon libraire. Vous savez ! Monsieur Puques, le chauve, de la rue Brossette !

— Euh… non ! Ça ne me dit rien ! Enfin si ! Je connais la librairie mais je n'y vais pas souvent. J'aime mieux les films que les livres, moi, Paulette. Ben d'ailleurs, il n'est pas fermé ce libraire ?

— Si, Madeleine, bien sûr : «commerce non essentiel» entonnè-rent-elles en cœur.

— Eh bien ! Quoi ? s'impatienta Madeleine qui avait été interrompue en plein visionnage de DVD.

— Vous ne devinerez jamais ! Le libraire se reconvertit en commerce essentiel !

— Ah bon ? C'est bien, ça ! Et il va vendre quoi ? Des fruits ? Des légumes ?

— Non Madeleine, mieux que ça.

— Du pain ? Du fromage ?

— Non, non. Plus étonnant.

— Je ne sais pas moi. Je n'ai pas le temps pour les devinettes, Paulette. Je suis en plein film !

Paulette exultât :

— Il se reconvertit en vendeur de papier toilette ! C'est ça qui est drôle !

— Quelle idée ! Il aurait pu trouver quelque chose de plus simple. Bon. C'est vrai qu'on en a besoin et que les rayons sont vides. Mais enfin, il a trouvé des fournisseurs ?

— C'est là que ça devient incroyable, claironna Paulette. Pas besoin de fournisseur, il a tout le papier qu'il lui faut dans sa boutique ! Il va vendre ses livres !

Madeleine, totalement interloquée, mit quelques secondes à intégrer, ou plutôt digérer, l'information.

— Paulette, vous êtes en train de me dire qu'on va se nettoyer les fesses avec de la littérature ? C'est perturbant tout de même ! Bon. Asseyez-vous. On va prendre une anisette !

Le bichon du même nom, somnolant dans son panier, leva une oreille mais comprit vite qu'il n'était pas question de lui.

Quelques instants plus tard, confortablement installées dans le canapé velours crème de Madeleine, les deux amies sirotèrent leur breuvage en méditant sur cette incroyable nouvelle.

— Ça n'a pas l'air de vous choquer, Paulette. Du Voltaire ou du Rousseau pour notre derrière !

— Oui et non ! Figurez-vous que Monsieur Puques a expliqué dans son mail qu'au 18e siècle les gens s'essuyaient avec des livres ou des vieilles lettres. Le papier toilette, tel qu'on le connaît aujourd'hui, n'est apparu qu'au 20e siècle. Alors ça n'a rien de nouveau.

— Mais enfin, on n'est plus au 18e siècle ! rétorqua Madeleine. Les voitures à cheval, c'est fini, les perruques, c'est fini, la poudre au nez, fini. Alors les livres hygiéniques, c'est un retour en arrière ! dit-elle en finissant cul sec son anisette.

***

Le lendemain.

— Ah, Madeleine, vous voilà ! Vous avez pris votre caddie à roulettes ? Vous avez bien fait ! On va être chargées, vous savez. Je suis sûre que la librairie va être prise d'assaut. Il n'y a plus aucun rouleau de papier toilette dans les rayons des supermarchés.

— Quelle misère ! se plaignit Madeleine en traînant des pieds. Si on m'avait dit qu'un jour j'irais faire ce type de courses. À la guerre comme à la guerre ! Fichu Covid !

— Vous dites ça, mais c'est grâce au Covid qu'on s'est connues[17] ! Vous avez rendu service à tout l'immeuble en faisant nos courses. Vous qui étiez une solitaire endurcie, vous êtes devenue notre héroïne !

— Ah oui ! Je regrette cette période-là. Les rues étaient calmes et moins polluées. Là, regardez, on est soi-disant confinés mais il y a du monde partout. À croire que les gens remplissent leurs placards à longueur de journée.

— C'est normal, compléta Paulette, ça les occupe. Il n'y a plus de loisirs, tout est fermé : plus de théâtre, de cinéma, de musée, de bibliothèque. Il reste les courses, ça fait une sortie…

Madeleine maugréa :

— C'est pour ça que certains rayons sont vides et qu'on se retrouve à

---

17. Voir le recueil « Histoires de Confinés ».

acheter du papier hygiénique dans une librairie !

— Allez ! Positivez, Madeleine ! Vous allez faire connaissance avec notre charmant libraire.

— C'est bien ça le problème, rétorqua Madeleine. Vous me voyez lui dire : «Bonjour Monsieur le libraire ! Que me conseillez-vous pour mes fesses ? Un auteur sympathique, hein, car vous savez, moi, j'aime la douceur !»

Paulette partit d'un grand éclat de rire, laissant son amie mi-agacée, mi-amusée.

Elles tournèrent à droite, rue Brossette, Paulette trottinant devant Madeleine avec son caddie.

En vue de la librairie, elles constatèrent qu'elles n'étaient pas seules. Une queue d'une dizaine de personnes s'étirait devant elle.

— Ça commence bien ! se renfrogna Madeleine. Il ne manque plus que les tickets de rationnement ! En plus, on va être les dernières. Il ne va rester que les mauvais bouquins !

— De quoi vous vous plaignez ? lui répondit Paulette. Vous disiez justement que ce serait difficile d'utiliser les écrits de Voltaire ou Rousseau. Il faudrait savoir.

— Oui, eh bien, tant qu'à les payer plein pot, j'aimerais mieux que ce soit de la qualité. Je n'aime pas jeter mon argent par les fenêtres, moi !

— Tout de même, remarqua Paulette, il y a plus de monde quand il s'agit d'acheter du papier toilette que des livres ! Je n'avais jamais fait la queue pour entrer dans cette librairie.

Ce fut leur tour. Paulette entraîna son amie dans les différents rayons. Le libraire étant très occupé, elles décidèrent de se débrouiller toutes seules.

— Alors, on prend quoi ? questionna Paulette. Des livres connus, inconnus ou on ne regarde que l'épaisseur ? Un dictionnaire ! Il y a beaucoup de pages dans un dictionnaire !

— Bof ! maugréa Madeleine. J'aurais aimé pouvoir les lire avant. Alors un dictionnaire !

— Bon, vous aimez quoi comme genre de livre ?

— Bien, moi, j'aime les histoires d'amour.

— C'est parti pour le rayon *littérature sentimentale*, répondit Paulette avec enthousiasme. Je vous laisse faire le plein et moi je vais voir les auteurs que j'aime lire.

Une demi-heure plus tard, les deux amies se retrouvèrent en caisse, caddie et sac remplis de livres.

S'adressant au libraire :

— Vous devez être content de cette initiative Monsieur Puques, vos livres se vendent comme des petits pains, enfin comme des petits... papiers... ! s'esclaffa Paulette.

— Oui, je suis soulagé, Madame Paulette. C'était ça ou la clé sous la porte ! Même si je vous avoue que ça me fait un pincement au cœur de voir mes livres partir de cette façon.

— À la guerre comme à la guerre ! s'exclama bruyamment Madeleine, attirant l'attention des autres clients.

— En tout cas nous sommes bien heureuses d'avoir pu participer au sauvetage de votre boutique, répondit Paulette.

Les deux femmes payèrent puis sortirent de la librairie, satisfaites de leurs achats.

— Vous avez pris quoi ? demanda Madeleine sur le chemin du retour.

— Je n'ai pris que mes auteurs préférés : Éric-Emmanuel Schmitt, Bernard Werber et Douglas Kennedy. Vous aviez raison, je vais les lire avant de m'en servir aux toilettes, alors autant acheter ceux que l'on aime.

***

Quinze jours plus tard.

— Madeleine ! Madeleine ! Ouvrez, c'est Paulette.

— Vous avez le chic pour interrompre mes DVD, Paulette ! Entrez, j'allais me servir mon anisette du dimanche. Vous en voulez un verre ?

— Oui, merci. Dites, vous avez utilisé un des livres, vous ? Pour les toilettes ?

— J'en ai lu deux oui, mais impossible de les déchirer, je n'ai pas eu le cœur ! Et si je veux les relire dans quelque temps ! Hein ! Et vous ?

— Pareil, impossible ! J'aurais l'impression de les jeter aux cabinets au sens propre du terme. Mes auteurs ne méritent pas ce triste sort. C'est une compagnie, vous savez.

— Oh que oui ! Je comprends ! s'exclama Madeleine.

— Moi qui suis veuve, enchaîna Paulette, mes livres sont toujours là et quand je m'ennuie, ils me divertissent. Je retrouve les personnages que j'ai appris à connaître, leur famille, leurs amis, leur univers. J'ai l'impression d'en faire partie. Sans parler des villes et des pays que je ne visiterai qu'à travers mes lectures. Vous savez, quand j'étais jeune, mes parents étaient souvent absents. Eh bien moi, j'avais mes livres pour compagnie. J'allais tous les mercredis à la bibliothèque du 15e. Malgré le monde, l'endroit était silencieux, je dirais même, un silence quasi religieux. On chuchotait, un peu comme dans les églises, vous voyez ? Le parquet en bois grinçait, alors je marchais à pas de loup pour ne pas faire trop de bruit. Puis, au bout d'une heure, je repartais avec mon butin sous le bras : trois ou quatre livres et le plaisir de ces futures lectures. Cette petite virée hebdomadaire m'était essentielle. Vous savez, ajouta-t-elle pensive, je lisais souvent deux livres en même temps. Du coup, je jonglais entre deux histoires et passais de l'une à l'autre en fonction de mon humeur. Vous avez vos films, Madeleine, mais moi ce sont les livres.

Madeleine ajouta, songeuse :

— Moi, je ne regarde jamais deux films en même temps.

Après une pause :

— Mais vous avez raison Paulette, dit-elle, le regard dans le vide. C'est bien plus que du papier ! Ces livres sont des voyages et de belles histoires qu'on ne vivra qu'à travers ces lectures. Alors, les jeter, non, ce n'est pas possible !

Après quelques secondes de silence méditatif et une gorgée d'anisette, puis une seconde gorgée d'anisette, elles se regardèrent et déclarèrent d'un ton solennel :

— Il faut qu'on retourne acheter des dictionnaires !

Un grand merci à mes amies betâ-lectrices : Virginie et Anne-Marie.
Merci à Alain, ma moitié, pour son soutien technique et ses précieux conseils.
Merci aux auteurs de ce collectif pour leur bienveillance et gentillesse.

ANGIBOUS-ESNAULT Christiane

La communication événementielle a donné à Christiane Angibous-Esnault le goût des autres et de la transmission des savoirs. Après des prix de Poésie et de Nouvelles, elle met ses talents d'écrivain et d'auteur-compositeur-interprète au service de la médiation scientifique pour le jeune public. C'est ainsi qu'elle se lance dans le roman de science avec le personnage d'Augustin et donne vie à ses *Aventures archéologiques* publiées chez Tautem. Elle a récemment écrit sa première pièce de théâtre.

angibousesnault@gmail.com
www.angibous-esnault.fr
FB @AventuresArcheologiques

Un jour d'utiles frivolités

Par Christiane Angibous-Esnault

— Shopping ? C'est bien un truc de filles ! s'exclama Augustin en voyant sa mère et sa sœur se préparer pour sortir. Frivolités et falbalas !

Jane haussa les épaules tandis que sa mère fit remarquer :

— Plains-toi ! Qui est bien content d'aller à l'Opéra Royal de Versailles, ce soir ?

— Mais, ça n'a rien à voir !

— Comment, ça n'a rien à voir ? Pouvoir profiter d'un spectacle dans cet endroit magique, n'est-ce pas du luxe ? Frivolité, comme tu dis, n'est-ce pas ?

Augustin dut reconnaître qu'il trépignait d'impatience en attendant la soirée. Il renchérit cependant :

— Du luxe pour le coût du billet, oui. Mais c'est un endroit extraordinaire, chargé d'Histoire, architecture, décors, musique et tout ça ! Et je ne te parle pas de l'intérêt d'un tel lieu pour les archéologues !

Il ajouta, en faisant une révérence alambiquée :

— Frivolité, que nenni ! Le patrimoine, j'étudie !

Sa mère sourit. Elle reconnaissait bien là son fils qui n'avait de cesse de suivre les pas de son grand-père et qui, à douze ans, était déjà tellement

« savant ».

Elle insista :

— Frivolités et falbalas pour notre shopping, certes, mais nous sommes sous le signe d'une belle journée. Ta sœur et moi, nous la revendiquons !

À cet instant, Louis entra dans le salon et, constatant les préparatifs de sa femme et de sa fille :

— Shopping ?

Les deux approuvèrent de la tête, la mine réjouie. Il ajouta :

— Ce sont mes femmes qui vont être heureuses, on dirait !

Augustin se rapprocha de son père.

— Hein, Papa, quoi de plus inutile que les accessoires de mode, les dentelles et toutes ces choses ? En tout cas, ce n'est pas nous qui allons tomber dans ce travers !

Louis, voyant Marie fermer son sac, demanda :

— On se retrouve directement à l'opéra ce soir ?

— Oui, devant l'entrée. J'ai les billets. Quel bonheur que les amis nous aient offert ces places pour mon anniversaire. Depuis le temps que je rêvais d'aller voir un spectacle dans cet endroit magnifique !

— Alors, bon après-midi et à tout à l'heure. Amusez-vous bien. Et, même si c'est un jour de fête, ne dépensez pas trop !

Marie protesta, sachant bien qu'elle se limiterait au surplus contenu dans l'enveloppe cadeau qu'elle serrait dans son sac. Elle serait très raisonnable mais elle aimait s'imaginer, comme dans les films, revenir à la maison, chargée dans chaque main, de sacs multicolores au nom de grandes marques. Quant à Jane, elle trépignait devant la porte, ne rêvant qu'aux rubans, tulles et fleurs qu'elle voulait ajouter à sa tenue de danse pour le simple plaisir d'avoir un costume de princesse. Elle s'insurgea de façon distinguée :

— Une fois dans l'année, on a le droit de ne penser qu'au superflu !

Et cela semblait pourtant, à cet instant, la chose la plus importante du monde pour elle.

— Qu'est-ce qu'on fait d'Alice ? s'inquiéta soudain Augustin, alarmé de se retrouver avec sa petite sœur sur les bras.

— Elle vient avec nous, bien sûr ! répondit sa mère. Après tout, c'est un jour de plaisir pour tout le monde. Elle a le droit d'en profiter !

— Ouille, ouille, ouille ! s'exclama Augustin en regardant son père. Trois filles dehors ? Le budget va exploser !

— Non, t'inquiète ! le rassura Louis. D'ailleurs, tu sais bien que c'est chacun son tour. Quand ce sera ton anniversaire ou le mien, nous partirons, entre hommes, faire aussi notre « shopping de folie ».

Augustin sursauta.

— Ah, non ! Pas question que j'achète des rubans !

— Bien sûr que non, mon fils. Pour nous, ce sera : des livres de science, quelques Playmobil, peut-être un jeu vidéo, et… certainement encore quelques livres !

— Ouais ! Là, je veux bien.

Nez au vent dans la grande artère commerciale, Marie et ses filles prenaient le temps de regarder toutes les vitrines, une à une. Bien sûr, les centres d'intérêt de chacune étaient différents et l'impatience de Jane à peine contenue. Mais le soleil était de la partie, aucune obligation n'était en vue et il faisait bon se laisser porter au gré du lèche-vitrine et des découvertes.

— Regarde, Alice, fit Marie, comment trouves-tu ce beau camion ?

Alice adorait les camions mais elle aimait aussi les bonbons. Et pour l'instant, elle avait le nez collé à la vitrine voisine qui regorgeait de dizaines de bacs et de bocaux emplis de gourmandises. Pour un peu, elle aurait léché la devanture.

— On se croirait en Angleterre ! fit Jane en essayant de tirer sa sœur par la main. C'est très beau, mais c'est pas bon pour les dents. Viens là !

Alice se laissa faire sans trop de difficultés. Du haut de ses trois ans, elle avait déjà repéré où se trouvait la prochaine boutique gourmande. Elle tenterait à nouveau sa chance un peu plus loin.

— Beau, le camion ! répondit-elle à sa mère en admirant sincèrement le semi-remorque mis en avant dans le magasin de jouets. Mais l'est bleu. J'aime pas bleu !

Marie taquina le petit toupet de cheveux sur le haut du crâne de sa fillette.

— Avançons ! dit-elle.

Jane commençait à se tortiller dans tous les sens. On approchait en effet de la mercerie tant convoitée. Elle, si calme et ordonnée, prit soudain les devants et entra dans la boutique presque en courant.

— Jane, doucement ! lui lança Marie.

Au moment où Jane entrait, une dame en sortait qui dut se mettre légèrement de côté pour ne pas se faire bousculer.

— Oh ! Madame Gour. Désolée. Je ne tiens plus Jane dès qu'elle arrive dans cette boutique. C'est une vraie caverne aux trésors pour elle.

— Bonjour Marie, répondit la dame que Marie croisait tous les jours non loin de chez elle. Ne vous en faites pas. Ce n'est qu'une enfant. Et je connais par ailleurs ses bonnes manières. Je comprends l'attrait de tous ces accessoires. Je viens moi-même d'acheter une résille pour mon chignon.

— Oui, mais tout de même !

Tout en embrassant sa gentille voisine pour laquelle elle avait récemment redessiné la décoration d'une dépendance, elle s'exclama :

— Mais ! Vous avez changé de coiffure ! Ah, cela vous va vraiment bien. C'est très lumineux. Bravo Annette.

Madame Gour souriait, heureuse du compliment.

Après une hésitation, Marie reprit :

— Vous êtes également maquillée ? Je crois bien que c'est la première fois que je vous vois ainsi. Qu'est-ce que…

Elle allait dire : «Qu'est-ce que ça vous change !» mais eut peur de froisser sa voisine.

— Qu'est-ce que… vous avez choisi pour vous mettre ainsi en beauté ?

Annette se trémoussa.

— Je me suis offert une séance au Salon de beauté du bout de la rue. C'est la jeune fille qui a choisi pour moi. Mais j'ai eu la totale : d'abord des tas de soins, puis le fond de teint, la poudre, l'eye liner, le mascara, le blush, le rouge à lèvres. Ah… soupira-t-elle. J'ai mille choses en plus sur le visage et pourtant je me sens bien plus légère qu'avant !

— En tout cas cela vous va très bien.

— Merci Marie. Bonne journée.

— Bonne journée, répondit Marie en rejoignant Jane dans la boutique.

Elle prit Alice dans ses bras afin que la petite ne touche à rien. Cela était aussi attractif pour elle que les bonbons. Des dizaines de petits rouleaux laissaient pendre leurs bouts de soie, de satin ou de dentelle. Il n'y avait qu'à tirer dessus ! Sans compter tous les boutons qui trônaient en façade des nombreux petits tiroirs transparents tapissant tout un pan de mur. C'était trop tentant pour la petite. Il fallait éviter les explorations intempestives.

Jane était déjà en grande discussion avec la mercière. Elle avait sorti sa tenue de danse de son petit sac et l'étalait sur le comptoir pour bien en montrer la couleur. Ses gestes étaient précis et larges et elle prodiguait à la dame de grandes explications. On eut dit qu'elle voulait faire de son costume une pièce de mode unique. Ce qui, à vrai dire, était un peu le cas.

Après plusieurs essais de superposition des matières dévidées jusque sur le justaucorps, le choix fut fait. Jane rayonnait. Marie se disait qu'elle allait avoir quelques heures de couture pour faire de la tenue de danse de sa fille, un habit royal. «Peu importe» pensa-t-elle en souriant.

Le temps passait, les envies se bousculaient, de boutique en boutique un désir en chassait un autre et la fatigue commençait à se faire sentir.

Marie proposa un arrêt au salon de thé sous les tilleuls de la place. Il n'y avait finalement que deux sacs à poser à côté d'elles : le plus petit contenait un joli tulle jaune, des perles en chapelet, un long métrage de ruban de satin crème et deux petits bouquets de fleurs blanches qui iraient sur les épaules ou la taille de la robe de Jane, et un plus grand au fond duquel un petit chapeau cloche de mi-saison avait atterri. Marie adorait les chapeaux. Mais, toujours pressée et habillée plutôt *casual*, ils restaient le plus souvent sur le porte manteau. Elle aimait cependant les avoir à portée de main. Le petit rouge qu'elle venait d'acquérir lui allait à ravir. Elle se débrouillerait bien pour le porter de temps en temps.

Pas de sac de shopping pour Alice. La seule chose pour laquelle elle avait craqué était la grosse glace surmontée de chantilly qui trônait devant elle et dont elle se barbouillait la frimousse allègrement.

Il fut l'heure de se retrouver à Versailles. Marie laissa les achats dans la voiture. Elle avait déposé Alice chez la nounou qui était heureuse de la retrouver, tout comme la petite jubilait d'aller dormir chez «Tata Dédé».

Elle se recoiffa, réajusta Jane et rejoignit Louis et Augustin qui les attendaient.

— J'ai hâte d'être à l'intérieur, fit Augustin en s'agitant.

— On y va, on y va ! tempéra son père.

— Qu'est-ce qu'on va voir ? demanda Jane, pas très sûre d'apprécier la soirée.

— C'est un montage spécial de plusieurs comédies baroques, commenta Louis. Une œuvre nouvelle avec des éléments littéraires d'époque. Différents auteurs y sont inclus, dont Molière, bien sûr !

Jane eut l'air dubitatif. Elle attendait de voir. Marie sourit de bonheur et Augustin n'avait d'yeux que pour l'aile nord du majestueux château de Versailles.

Ils prirent bientôt place dans l'incroyable salle, bijou dans un écrin, joyau d'élégance paré d'or, de miroirs et de couleurs douces. Toute la famille avait les yeux grand ouverts, dévorant du regard cette pure merveille.

Augustin lut ses notes tout haut :

— C'est Louis XIV qui a voulu ce théâtre mais il n'a été réalisé que sous Louis XV et c'est pour le mariage de Louis XVI et de Marie-Antoinette qu'il a été inauguré en 1770. On le doit à Ange-Jacques Gabriel, premier architecte du Roi et à Blaise Henri Arnoult, premier machiniste du Roi.

Son père approuva en précisant :

— Sais-tu qu'il est entièrement en bois ? Cela lui donne une acoustique incomparable.

— Mais c'est risqué en cas d'incendie ! fit Marie.

— Ici, on est à la pointe du progrès. Il a été construit tout à côté des grands réservoirs du château pour garantir cette sécurité. Une autre particularité est la déclivité du terrain, utilisée pour ménager des dessous de scène importants sans avoir à creuser.

— Ça, c'est une astuce, pas un progrès ! s'indigna Augustin.

— Ah oui ? Alors écoute ça ! Cette salle est modulable, comme nos salles actuelles. L'Opéra pouvait être transformé en vingt-quatre heures en une vaste salle de bal. Un système de treuils permettait d'élever le parquet du parterre pour l'amener au niveau de la scène.

— Waouh ! s'écria Jane que le mot « bal » avait émoustillée.

— Et regarde. Aucun angle mort ! On voit de partout. Tout ça était nouveau à l'époque.

Le noir se fit. La pièce commença. Il fallut s'habituer aux tournures de phrases, tantôt en prose, tantôt en vers, et comprendre les différents sujets et arguments d'une autre époque. Mais une chose retint l'attention de Marie. C'était le contenu des tirades, les inquiétudes des personnages, les tourments du couple qui se démenait devant eux. Cela faisait écho avec leur journée de plaisir.

« *Que faites-vous ma chère ?*

— De la pommade, mon ami.

— C'est trop pommadé, vous dis-je. Avez-vous envie de me ruiner ? Je ne vois partout que blancs d'œufs, lait virginal et mille autres brimborions que je ne connais point. Vous avez déjà usé le lard d'une douzaine de cochons, pour le moins ! Il est bien nécessaire vraiment de faire tant de dépense pour vous graisser le museau.

— Je suis surprise, moi, du peu d'empressement

Que vous nous faites voir pour cet engagement,

Et ne puis deviner quel motif vous inspire…

— Je sais ce que je fais, et dis ce qu'il faut dire ! »

Jane regarda sa mère. Elle ne comprenait pas trop de quoi il s'agissait, mais elle sentait qu'il y avait antinomie entre le désir de la dame qui insistait pour paraître belle et l'avis de son mari qui n'était pas d'accord. Elle se concentra sur les échanges.

« *Dieu me garde, Monsieur, d'être folle à ce point !*

Je ne me repais point de parures frivoles.

Je ne revêts ici que les choses de loi,

D'un aspect que, pour nous, je veux donner au Roi !

— Vous aimez dépenser en habits, linge et nœuds.

Je ne sais si je puis contenter tous vos vœux

De tenues si futiles que même en nos familles

Lorsque l'on a du bien, on refuse à nos filles ! »

Cette fois, Jane sursauta. Comment des nœuds et de jolis habits pouvaient-ils bien être futiles et dépendre de lois ?

« *Mon ami ! Il y a bien quelque chose là-dedans que je ne comprends pas ;*

mais quoi que ce puisse être, cela n'est pas capable de convaincre mon esprit. C'est un dessein que vous avez formé, de paraître à la cour ! Nulle possibilité pour nous si nous gardons ainsi nos aspects élimés. Vous savez l'étiquette ! — Madame, il n'empêche ! Je voudrais bien savoir, sans parler du reste, à quoi servent tous ces rubans dont vous voilà lardée depuis les pieds jusqu'à la tête, et si une demi-douzaine d'aiguillettes ne suffit pas pour vous attacher le corsage ? Et pour moi, il est bien nécessaire aussi d'employer de l'argent à des perruques lorsque l'on peut porter des cheveux de son cru qui ne coûtent rien ! »

Sentant le désarroi de sa fille, Marie lui prit la main doucement.

— Je t'expliquerai tout à l'heure.

L'explication vint d'elle même dans le texte que la comédienne lançait à son compagnon de scène. Cependant Marie décoda les paroles pour sa fille :

— Nous aimons les jolies choses souvent inutiles ou accessoires et personne ne nous les interdit. Mais à cette époque, à la cour du Roi, elles étaient au contraire obligatoires, que tu aies les moyens financiers ou non, que ça te plaise ou non, sinon tu étais rejetée de la cour.

« Ah ! Monsieur ! Vous me chagrinez l'esprit !

Nous devons apparaître doctement vêtus

De tous les grands attraits qui surprennent la vue,

Jamais rien de pareil à montrer en ces lieux

Pour qu'à la cour du Roi nous frappions tous les yeux.

Si je comprends fort bien que cela vous agace

Il n'est d'autre possible pour fuir la disgrâce. »

De son côté, Augustin, qui n'avait pas entendu les commentaires de sa mère, comprenait fort bien le mari. Nul besoin de tous ces falbalas dont les filles raffolent. Pourtant, il réprima vite cette idée car il venait de penser à Manon. Même sa meilleure amie, bricoleuse et garçon manqué, toujours en salopette, mettait un ruban dans ses cheveux pour tenir ses couettes et cela lui allait fort bien.

« Eh bien, Madame ! Eh bien ! Puisque sans m'écouter

Vos sentiments brutaux vont me mécontenter,

Puisque je suis réduit à la vile tutelle

Qu'il faut des nœuds, des fards, des chaînes corporelles,

Si Madame le veut, je résous mon esprit

À consentir pour vous à ce dont il s'agit. »

Jane flottait dans ses pensées. Son attention n'était plus à la pièce. Elle se demandait si de plus précises explications ne resteraient pas impuissantes à la convaincre. Marie, de son côté, appréciait le contraste saisissant entre leurs plaisirs de l'après-midi, en toute liberté, par choix et sans contrainte, et le rappel qu'en d'autres temps, ces mêmes plaisirs s'avéraient de lourdes obligations auxquelles les nobles de la cour ne pouvaient se soustraire.

Repensant à la joie de Jane face aux rubans virevoltant dans la boutique, à la bouille d'Alice barbouillée de glace, à son petit chapeau rouge, aux livres et jeux de son mari et de son fils, à leur présence en ce théâtre : « Pourvu que l'on ne ferme jamais l'accès à tous ces plaisirs. Ce serait trop triste ! » pensa-t-elle.

Après de longs applaudissements, la sortie se fit dans un brouhaha qui les ramena dans le temps présent. Augustin fit remarquer à son père les grilles en bronze doré des loges du premier étage derrière lesquelles le Roi pouvait assister aux spectacles en toute intimité et discrétion tandis que les miroirs tapissant la colonnade des troisièmes loges renvoyaient toute la lumière et le faste des lieux à l'infini.

Merci à Molière de nous régaler, près de quatre siècles plus tard, avec des textes sans pareil. Je me suis permise de lui faire des emprunts transformés pour les besoins de cette histoire. J'espère qu'il aurait apprécié.

Dans l'ordre, j'ai pioché dans :
Les précieuses ridicules, L'école des femmes,
Les fâcheux, L'école des maris, Don Juan, L'avare,
La gloire du Val-de-Grâce, Les femmes savantes.

CHASSAING-LÉVY Pierre

Photographe de métier, Pierre Chassaing-Lévy est obsédé par l'image, ce qui la compose mais aussi ce qui vit hors-cadre. Passionné d'Histoire, de politique et de philosophie, il essaie toujours d'écrire quelque chose qui a du sens, pour lui et ses lecteurs, en gardant un ton qui lui ressemble.

IG @pierrechassainglevy

Mon monde est sans ciel

Par Pierre Chassaing-Lévy

L'art est le langage des sensations, qu'il passe par les mots, les couleurs, les sons ou les pierres.

Gilles Deleuze

Mon monde est sans ciel

Depuis toujours je cours, tu cours, il court

À droite, à gauche et parfois même à rebours

Ce monde est sans ciel

Et tout autour de lui

Nous courons à l'infini

Mister Layu est mon nom

Jusqu'où est la question

Quand du matin jusqu'au soir

Je continue sans savoir

Pourquoi ? Jusqu'où et depuis quand ?

Depuis toujours ? Vraiment ?

Mais où ce monde va-t-il ?

Je ne le sais même pas moi-même

Chaque jour, je continue, ainsi soit-il

Sans question, sans retour, sans dilemme

Rien de plus simple en effet

Que de se lever, courir toute la journée

Et enfin se recoucher

Avant de pouvoir recommencer

Chaque fois la même journée

À chaque jour, la même rengaine

À chaque jour suffit sa peine

Lorsque je me précipite sur le goudron

Il m'arrive parfois de trébucher

Alors je prends le temps de souffler

J'en profite pour reprendre une respiration

L'espace d'un instant

Je prends conscience du vide m'entourant

Ce monde où forêts, lacs et montagnes brillent par leur absence

Où les couleurs et les formes riment avec inexistence

Ce sont autant de souvenirs qui s'éloignent

Des enfants riants qui jouaient sans entrave

Des hommes et des femmes qui créaient autre chose que du vent

Se tenant debout fièrement, dansant, chantant, criant

Car dans la passion, leur sang pouvait se changer en lave

Cela a-t-il vraiment existé ?

Cette sensation d'émotions qui m'empoignent

Est-ce encore une réminiscence du passé ?

Cet aperçu d'un ailleurs qui me prend de court

Ou bien est-ce mon esprit qui me joue des tours ?

Quand l'autre jour j'ai cru apercevoir une dame nue déjeuner
sur l'herbe

Quand l'autre soir j'ai cru entendre le clair de lune jouer son abso-
lu verbe

Quand ce matin j'ai cru assister à la célébration de l'amour sous un
saule pleureur

Le seul pleureur à cette heure

Je n'ai plus le temps de pleurer

Ni même celui de rigoler

Quand chaque journée est rythmée par le nombre de pas que je
dois effectuer

Quand chaque soirée est raccourcie, sacrifiée au nom du progrès

Quand chaque matinée, je peux de moins en moins prendre le temps
de souffler

Je ne vis plus dans la liesse

Ni même dans la tristesse

Je ne vis plus que dans la peur

Comme un esclave travailleur

Enchaîné par la peur du lendemain

Peur de ne plus être capable de payer pour son pain

Vivant dans l'urgence

J'ai continué à courir

La ligne droite en dépendance

J'ai continué à souffrir

Plus question de m'arrêter

Et pourtant j'aimerais

Écouter encore une fois la lune jouer peu importe quoi

Pendant que je déjeune sur l'herbe avec peu importe qui

En regardant au loin les gens s'aimer car le reste importe peu

J'y repenserai la prochaine fois que je tomberai

À force de courir dans tous les sens

À force de participer à cette course qui n'a aucun sens

Et qui sait, cette fois, peut-être pourrais-je ne pas me relever

Alors, je resterai étendu dans mon herbe imaginée

Le souffle coupé, je serai enfin arrivé

Là où, sans le savoir tous ces jours, je courais

Toute cette vie

Je serai avec toi

Ce serait une demi-vie

Sans toi

Mon monde essentiel

ALLARD Caroline

Après le cinéma et l'écriture scénaristique, l'art-thérapie a amené Caroline Allard à fréquenter des masterclasses d'écriture où elle a rencontré ceux qui forment aujourd'hui le noyau dur du collectif des Auteurs Masqués. En plus de ses contributions aux quatre recueils, elle sort son premier roman « Moteur pour Angèle » en autoédition ainsi qu'une nouvelle « HP Dystopia » aux éditions Lamiroy en 2020.

IG @carolinallard
FB @Carolympe
allard.caroline@hotmail.com

Wesh !

Par Caroline Allard

« M'maaaannnn ! » beugla-t-elle en entrant dans la pièce, larguant çà et là un sac de cours, sa veste, son masque et ses clés avant de se vautrer dans le divan moelleux, écrasant au passage les coussins tout juste disposés par sa mère avec minutie et, disons-le, une pointe de maniaquerie.

Depuis quelque temps, sa fille de treize ans ne parlait plus. Elle s'exprimait principalement par des onomatopées, des grognements ou même des cris gutturaux qui faisaient penser à un bruit de basse-cour. Les moutons bêlent, les chevaux hennissent, les pigeons roucoulent, les porcs grouinent, et sa fille… beugle. Quand quelques mots sortaient néanmoins de la bouche de son bébé nourri au sein qui avait si vite grandi, elle regrettait de ne pas être pourvue d'un traducteur automatique. Sa chérie, qu'elle comprenait naguère d'un simple regard, sans un mot, était passée depuis quelques mois du côté obscur et abyssal de l'adolescence. Tous les soirs, elle tentait pourtant de renouer le dialogue, comme elle allait le faire à l'instant.

— Bonsoir ma Roxy ! Bonne journée ?

— Trop pas ! J'suis deg !

— Mais encore ?

— Y a un boug dans ma classe, il me calcule pas. J'ai le seum. Je suis trop cheum.

— Heu…

Bien fait pour toi, tu n'avais qu'à pas demander ! pensa la mère. Bon, d'un autre côté, il y avait une vraie construction de phrase sujet-verbe-complément et une opportunité de dialogue à ne pas rater. À cet âge, c'est important. Et puis, tout ce temps dont elles bénéficiaient ensemble depuis le confinement allait bien finir par les rapprocher. Allez «Boomer», tu peux le faire, «for the future generation», comme disait le commandant Cousteau.

— Ma chérie, j'adorerais t'aider, mais je ne suis pas certaine d'avoir tout compris.

— Bah, y a un keum dans ma classe, il est trop stylé. J'suis déprimée parce que j'suis moche.

— Mais mon amour, je ne te laisserai pas dire ça de ma fille. Tu es ravissante.

— Ouais, mais mes potes elles sont carrément bonnasses, elles !

— Heu… bonnasses ?

— Oui, enfin… trop bonnes, mieux que moi. Faut que je me fasse un coiffeur, mais ils sont tous fermés ces bâtards.

— Non, là, je ne te suis plus. Je préférerais que tu ailles chez le coiffeur plutôt que tu ne te le fasses. Et puis, pourquoi seraient-ils des bâtards alors qu'ils ont été contraints de fermer ? Tu crois que c'est pour ça que leurs parents ne les ont pas reconnus ? Ou bien se sont-ils transformés en pains ?

— Oh Mam's, steup quoi, t'as très bien compris !

— Oui, mais moi j'aimerais beaucoup que tu t'exprimes de façon claire et posée avec un vocabulaire que tu puisses éventuellement retrouver à l'écrit, et je doute que ce soit le cas pour les bribes de phrases que tu aboies depuis ton retour à la maison.

— OK, j'te la refais en français. J'ai besoin d'un coiffeur. J'ressemble à rien, j'suis au bout de ma life, en PLS, c'est «essentiel» à ce stade.

— Je comprends bien que tu en aies «envie», mais «besoin», sérieusement ? Et puis ce mot «essentiel», je pense que nous devrions aborder le sujet en profondeur. Tu n'utilises plus que des formes extrêmes, des superlatifs, des «trop», jamais de «très».

— OK, tu m'as saoulée là, j'vais dans ma chambre.

— Non, non, reste ici. Il est temps d'avoir cette discussion

— Oh, j'sais comment qu'on ken hein ?

— Pas CETTE discussion ! Mais celle qui va te faire comprendre qu'il faut moduler ton langage et enrichir ton vocabulaire si tu veux faire passer tes émotions ou communiquer sans être systématiquement dans l'excès. Tout n'est pas «trop», «carrément», «grave» ou «stylé»… et heureusement !

Roxy fait la moue et lève les yeux au ciel. Son soupir aurait pu générer de quoi éclairer tout le quartier pendant une soirée si elle l'avait produit face à une éolienne. Sa mère, qui s'était emparée d'un dictionnaire, se rassit dans le fauteuil face à elle et lui tendit fermement.

— Tiens ma chérie, cherche donc «essentiel» dans le dico.

— Mais M'maaannn, je sais qu'est-ce que c'est. C'est la différence entre ceux qui peuvent rester ouverts et ceux qu'ont pas le droit.

— Non, cherche, je te le demande.

— Mais comment qu'on fait dans ce truc ? «E», c'est après ou avant «G» encore ? J'préfère sur mon tel, dit-elle en reposant le livre sur un coussin écrasé de plus qui n'aura jamais son nom à la rubrique des chiens de la même catégorie.

— OK, sur ton tel, j'attends.

Roxy pianota quelques lettres dans le désordre sur son écran, mais la suite s'afficha automatiquement.

— Ah, j'ai trouvé ! dit la gamine très fière. «Du latin *essentialis*, qui est indispensable pour que quelque chose existe : l'air est essentiel à la vie.

Qui est d'une grande importance ; principal, capital… »

— OK, stop, ça ira. Tu en as dit l'essentiel, l'interrompit sa mère.

— Hein ?

— Heu, rien, reprenons. Si l'air, l'eau, la nourriture sont essentiels à la vie de la plupart des espèces, on peut dire aujourd'hui que nous avons étendu le spectre de nos besoins essentiels à bien d'autres choses, mais qui ne sont pas similaires pour tout le monde. D'ailleurs, dans certains pays, on ne boit ni ne mange à sa faim, même aujourd'hui, je te le rappelle.

— Mais c'est loin ? Pourquoi on va pas les blinder de bouffe ? proposa-t-elle d'un ton soudainement impliqué.

Touchée par cette soudaine empathie, la mère reprit la parole :

— Certains ont un aussi grand cœur que toi ma chérie. C'est en cours… Ce qui est essentiel pour certains semble futile, voire inutile pour d'autres. Prenons la religion. Certains ne peuvent même pas concevoir de vivre sans Dieu et d'autres vont jusqu'à en réfuter l'existence. Il en va de même pour l'argent, la beauté, les fringues de marque, les soins capillaires, le cinéma, les restaurants, les réseaux sociaux… Des tas de gens dans le monde vivent sans. Certains en ignorent même l'existence. Loin de l'essentiel, nous avons longtemps considéré que le maintien de notre niveau de vie était un dû. Mais le monde évolue…

— Ou fait grave back !

— Grave back ? Peut-être, mais nous avons créé des tas de métiers qui ne correspondent à aucun besoin primaire et donc, ces gens qui les exercent se sentent exclus aujourd'hui. C'est comme si tu avais été moine copiste à l'ère de l'imprimerie ou mineur dans le Nord après la fermeture des mines. En gros, tu t'adaptes ou tu déménages.

— On déménage ?

— Non, mais si on considérait cette période comme une remise à niveau ? Si on faisait le point sur ce qui nous est nécessaire et réellement indispensable ?

— Wesh, m'dis pas que j'ai tiré la seule daronne qui me fait un cours de philo parce que j'veux m'faire un coiffeur ?

— Ce n'est pas essentiel, Roxanne ! En quelle langue faut-il te le dire ? Celle d'Edmond Rostand ? OK, je me lance…

Animée par un élan lyrique, la mère sauta du canapé pour déclamer la tirade des cheveux qu'elle inventait au fur et à mesure des pas qu'elle martelait sur le parquet en pointes de Hongrie.

«Ah ! Non ! C'est un peu long, jeune fille ! On pouvait dire… oh ! Dieu ! bien des choses en somme… En variant le ton, par exemple, tenez !

Descrip-"TIF" : c'est un postiche ! C'est une moumoute… C'est une perruque ! Que dis-je, c'est une perruque ? C'est une crinière !

Curieux : de quoi sert cette longue tignasse ? De cache minois, monsieur, ou de chauffe cerveau ?

Gracieux : aimez-vous à ce point les poux que paternellement vous vous préoccupâtes de les héberger avec leurs lentes ?

Prévenant : gardez-vous, votre tête entraînée par le vent, de les voir se mêler aux branches des arbres !

Tendre : faites-lui faire un petit shampooing bleu de peur que sa blondeur au soleil ne jaunisse !

Cavalier : quoi, l'ami, cette coupe est à la mode ? Cachée sous un chapeau, c'est vraiment très commode !

Emphatique : aucun vent ne peut, toison magistrale, t'emmêler tout entière, excepté le mistral !

Dramatique : c'est la grande marée quand elle pousse, comme des chevaux au galop !

Admiratif : pour un toiletteur, quelle enseigne !

Militaire : mèche à droite, toute !

Pratique : voulez-vous les mettre en banque ? Assurément, madame, il y aura de l'intérêt !

Et je ne parodierai pas Pyrame, parce que je manque de temps et d'inspiration. L'essentiel étant qu'à la fin de la mèche, je coupe, comme à la fin de l'envoi, je fasse mouche !»

Fière et amusée d'avoir tenu le monologue jusqu'au bout, elle mima une révérence avant de s'effondrer dans le divan. Quelle ne fut pas sa déception quand Roxy lui demanda :

— C'était quoi, Victor Hugo ?

— Non Roxanne, c'est une adaptation très libre de la tirade du nez de *Cyrano de Bergerac* d'Edmond Rostand, mon auteur préféré. D'ailleurs…

— Il parle comme un mort.

— Je te confirme que s'il ne l'était pas, après ça, il l'est.

La mère, décontenancée par le manque d'intérêt accordé au sujet par la chair de sa chair, tenta une autre manœuvre. Elle chercha une page sur son téléphone et, l'ayant trouvée, le tendit à sa fille qui hésita à le prendre, sentant le piège se refermer sur elle comme la porte d'une salle d'examen après une nuit de guindaille.

— Tiens, dit la mère sur un ton primesautier ne laissant rien paraître de sa tristesse, j'ai lu ce petit texte il y a quelques jours sur internet. C'est très court et ça ne te prendra que quelques minutes, mais j'aimerais bien que tu me dises ce que tu en penses.

— Pitain ! se dit la gamine qui se sentit obligée de faire une fiche de lecture à la maison.

Pourtant, après avoir découvert l'image de cet arbuste au milieu d'un paysage apocalyptique, elle se mit à lire la prose sous-jacente sans que sa mère n'ait à insister.

«Avant, il y avait l'eau, la terre, le feu, les animaux… Je me souviens des oiseaux sifflant sur mes branches. Je leur offrais le gîte et certains revenaient au rythme des saisons. Je poussais, d'année en année, pour agrandir ma capacité d'accueil. J'ai vu éclore des centaines d'oisillons, piaillant dans des nids lovés au cœur de ma canopée. Ils me racontaient leurs lointains voyages alors que je prenais soin de mes racines.

Puis il y eut l'Homme. Dans un premier temps, je lui ai servi d'abri sommaire puis d'outil. Mes petites branches mortes l'ont réchauffé. Ensuite, il s'est servi de moi pour son habitat avant de m'asservir et de m'abandonner, comme toutes les espèces animales et végétales. Il m'a planté, génétiquement modifié, obligé à croître à son rythme effréné de rentabilité immédiate. Il m'a découpé, enguirlandé puis laissé mourir. Il m'a stressé comme il l'a fait avec le monde. Ce grand prédateur vaniteux qui se pensait tout en haut de la chaîne alimentaire a péché par orgueil. Les microscopiques virus ont eu raison de lui. Mais aujourd'hui, je suis tout ce qu'il reste de vivant sur cette terre et mes oiseaux me manquent.

Si seulement, l'Homme avait pris soin de ses racines. »

Roxanne venait de terminer la lecture du texte. Il lui fallut un moment pour lever les yeux, comme si elle rassemblait ses idées avant de les traduire dans un langage accessible à sa vieille daronne obsolète. Quand soudain, elle ouvrit les lèvres pour commencer à rire avant même de parler.

— Bah, tu vois bien que c'est important de prendre soin de ses racines ! C'est essentiel pour l'arbre donc pour mes cheveux aussi, non ?

— Mais ma puce, c'est une allégorie…

— Allez qui ?

C'est à ce moment précis que la mère prit une grande inspiration avant de… ne surtout pas répondre. Certains l'auraient considérée comme démissionnaire alors que d'autres parents, déjà passés par cette phase ingrate, auraient évidemment compati. Mais là, elle était seule. Seule à se demander si cela valait encore la peine d'essayer de transmettre ses valeurs à son ado. Celles qui lui avaient permis de grandir semblaient désuètes et surannées dans ce contexte exceptionnel. Comment savoir si ce confinement allait encore perdurer et si cette enfant allait avoir droit à une évolution normale ? Un premier baiser, un premier amour, une première déception, des soirées que l'on ne raconte pas aux parents… Toutes ces choses que l'on a vécues, ces bornes de la vie que l'on a dépassées, les unes après les autres, à notre rythme, comme si c'était normal. Mais aujourd'hui, où est donc passée cette satanée norme ?

Déçue, moins par sa fille que par sa propre incapacité à faire évoluer le schmilblick, les bras ballants, la langue molle, l'esprit en ébullition, le regard perdu, elle décida d'appeler son psy. Elle venait de le décréter comme le plus essentiel, indispensable, incontournable et vital de tous ses contacts. Souvent femme varie !

Celui-ci lui proposa de prendre l'air, de s'offrir un petit plaisir, loin de chez elle, mais seule et masquée. Heureusement, cette courte conversation pleine de bon sens était remboursée par la Sécurité sociale. Pourtant, tant de choses restaient proscrites ou non accessibles. Alors elle s'installa au volant mais, sans aucune destination, elle finit par faire demi-tour.

C'est en rentrant chez elle qu'elle prit l'ascenseur et, plutôt que de monter, elle descendit. Elle sentit grandir en elle cette envie, ce besoin de braver l'interdit. Parce qu'elle aussi, elle avait choisi un métier non-essentiel aux yeux des autres, mais qui l'était pour elle, pour sa fille, pour subvenir à leurs besoins vitaux depuis que le géniteur de Roxanne avait quitté le nid. Alors, elle prit son téléphone et accepta tous les rendez-vous qui lui étaient proposés, et Dieu sait qu'il y avait de la demande. C'est dans sa cave, en catimini et durant des heures, que tous les jours elle accueillit sa clientèle. Il y avait quelque chose de glauque dans ces corps dénudés au milieu de cet endroit humide et mal éclairé. Les cris et les gémissements n'étaient pas étouffés par de la musique comme elle avait coutume de le faire. Surtout ne pas attirer l'attention en cette période de délation. Pas de décorum, l'essentiel, juste la base, crue, pas par envie, par besoin.

Oui, votre Honneur ! dira l'avocat lors de son plaidoyer, ma cliente a épilé de nombreuses femmes au sein de son salon de fortune installé dans sa cave, mais elle a des circonstances atténuantes et c'était pour la bonne cause ! Ce faisant, elle a sauvé la vie sexuelle de nombreux couples et surtout, elle a à plus d'un titre, sauvé sa propre famille. Son travail était donc essentiel à bien des égards.

Heureusement, dans cette triste période, on est toujours essentiel à quelqu'un, si ce n'est à soi-même.

Deux mois plus tard, lors d'un cours de français, Roxanne comprit d'où provenait son prénom. Elle a trouvé ça «grave trop stylé», «dar», voire «chanmé»! Elle aimerait bien faire écrivain plus tard, mais elle n'est pas certaine que ce soit un métier essentiel parce que bientôt, la culture va disparaître. Ou alors, elle doit déménager? Faudrait qu'elle demande à sa mère, parce qu'elle sait beaucoup de trucs, sa mère. Avant de faire des épilations maillot, elle avait un autre boulot. «Wesh», elle était comédienne!

Mes remerciements vont à Edmond Rostand, mon mari et mon Pak qui a du poil aux pattes. Mais surtout, j'ai une pensée particulière pour l'ado que j'étais et qui a pu évoluer dans un climat favorable à l'épanouissement. Mes encouragements vont à ceux qui n'ont plus cette chance aujourd'hui.

ILTIS Nathalie

Passionnée d'écriture, parolière, jurée de concours vocaux, membre de la SACEM et du collectif Écrivage, Nathalie Iltis écrit des nouvelles, des chansons, et même des comédies musicales.

La station essence Yale

Par Nathalie Iltis

Dans la famille Yale, on avait préservé la bâtisse familiale depuis des générations. On y avait même conservé — ou plutôt mis en bouteille — des champs de tournesols. Tous en auraient eu le soleil au cœur s'ils avaient pu se transformer en champs des possibles.

Yale ? Rien à voir avec la prestigieuse université fondée en 1701, à ceci près que la ferme Yale fut construite la même année et qu'à défaut d'enseigner les langues liturgiques, tout y était resté figé dans un état exceptionnel de léthargie.

Au fil des années, la famille s'était spécialisée dans les huiles végétales. Il était apparu fort vite que ce créneau serait à écarter. L'essor de l'exploitation du pétrole dans les années 1860 pousserait les Yale à se lancer dans les huiles minérales puis à distiller eux-mêmes le pétrole. L'affaire familiale allait devenir raffinerie et figurer parmi les premières françaises.

La naissance de l'automobile, vers 1885, allait révolutionner le marché, et le père Yale commencer à produire de l'essence. Mais les taxes engendrées par les lois de 1903 feraient s'effondrer l'industrie de transformation et le pauvre Charles Yale se verrait obligé de vendre à G. Lesieur et Fils ses champs de tournesols et sa raffinerie. Il se tournerait alors vers l'exploitation d'un petit commerce, exposé plein nord, où il vendrait des bidons de cinq litres en provenance de son ancienne usine.

Les années 1914 à 1918 seraient marquées par la guerre et la pénurie d'essence, mais l'après-guerre donnerait un nouvel essor à l'industrie automobile et permettrait au commerce — sous une franchise française (totalement) inconnue à l'époque — de se développer.

Un siècle plus tard.

Gaston Yale, digne dauphin de la lignée, avait repris les rênes d'une modeste mais flambante — elle brûlera trois fois — station-essence.

L'enchevêtrement de poutres, de planches, de murs, de pierres et de paille de l'ancienne ferme attenante constituait à la fois son antre, son entrepôt, son dépôt et son dépotoir : son «antredépôtoir» en quelque sorte.

Pendant plusieurs décennies, Gaston fut épaulé par son père et par sa femme. À 89 ans, il n'avait jamais manqué de travail et pas manqué un jour. Chaque matin, il se rasait de près devant son miroir à parcloses. Le soleil se levait. Son visage s'illuminait. Le sourire fier, il traversait les rayons du magasin.

Pour ne plus voir les champs jaunes — jadis *son* domaine — jalonnant les collines adjacentes en été, il avait semé des lilas partout. Il aimait les entretenir. Ça présentait l'avantage de parfumer d'une note subtile les vapeurs d'essence. Ça lui permettait surtout de ne pas rester planté entre les quatre murs de sa station.

À Liemmos, dans la baie de Somme, les clients ne se bousculaient pas aux pompes ni au portillon. Un trou perdu. Avec 192 âmes dans le village et une moyenne d'âge de 87 ans, il ne fallait pas s'attendre à voir foule débarquer chaque matin. Pour la plupart de ces braves gens, faire un tour à la station consistait en une expédition. Le trajet de la porte de la maison jusqu'à la portière de la voiture prenait en moyenne trois fois plus de temps que le trajet maison-station. On avait beau être motorisé, les corps n'étaient pas robotisés. Et cela ne risquait pas de le devenir un jour !

Liemmos n'était pas référencé sur les cartes GPS et ne disposait d'aucun moyen de communication (ce n'était pas demain la veille que Gaston aurait son « téléphon qui son » !). Tout portait à croire qu'ils vivaient tous comme un peuple caché. Liemmos, c'était un peu la zone 51 de la Baie de Somme : ça existait et en même temps ça n'existait pas. C'était endormi et en même temps, c'était toujours en activité. Comme un volcan plus tranquille que le Vesuvius (à ne pas confondre avec le Vésuve, mais ça, c'est une autre histoire[18]. À propos de bas de pages : lire la nouvelle d'Emma. Maignel à ce sujet[19].). Chacun vivait à son rythme et à sa façon. On y avait banni le mot : modernité. Soit parce que Liemmos était perdu loin de tout, soit parce que le reste du monde figurait aux abonnés manquants.

Enfin presque.

Il restait bien aux habitants un dernier lien avec l'extérieur. C'étaient quelques enfants ou petits-enfants qui rentraient *à la maison* le temps des fêtes. Une espèce de déplacement migratoire incontrôlé. C'est comme s'ils savaient qu'ils *devaient* revenir. Comme des pigeons voyageurs, doués pour se souvenir d'où ils venaient et retrouver leur chemin. À la seule différence que la descendance regagnait miraculeusement le chemin le *seul* jour de Noël — d'où le miracle — et on ne dira pas que c'était juste pour les cadeaux[20].

Un jour, alors que Gaston conversait avec une jeune dame de 73 ans, Madeleine — fort convenablement conservée —, quelle ne fut pas sa déconvenue quand elle lui fit part, sous forme de confidence, des faits suivants :

— L'essence est finie ! L'aveni' c'est la voitu'e élect'ique.

Oui. Parce qu'à Liemmos, comme on ne manquait pas d'R, on les avait fait disparaître des conversations ! Sauf les R muets : ils s'étaient tus tout

---

18. Les trois jours de Pompéi (2017) d'Alberto Angela, s'est vendu à plus de 200 000 exemplaires en Italie, un énorme succès pour ce livre reconstituant la vie à Pompéi et alentours, quelques heures avant le cataclysme de l'année 79 de notre ère.

19. Chemin faisant (2021), à lire dans ce recueil qui fait office de jeu de piste !

20. Rappelons qu'à la base, les pigeons rentraient au bercail parce qu'ils étaient lâchés à jeun et étaient sûrs de pouvoir y trouver à manger.

seuls, inutile de les supprimer.

— Vous 'igolez ma chè'e Madeleine, répondit Gaston, l'essence est essentielle en ce bas monde ! On n'y change'a 'ien !

— J'ai entendu di'e ça pa' mon petit-fils Noël de'nier !

On n'avait pas les R à Liemmos et aucun moyen de communication. On n'avait que sa langue ! Et quel dommage : on ne pouvait même pas rouler les R...

— Il faut que vous vous 'econve'tissiez ! dit-elle.

— Me conve'ti' ?

— Vous 'e-con-ve'-ti' ! articula-t-elle. Plutôt que de mett'e du sans plomb dans les tacots, vous fe'iez bien de vous mett'e un peu de plomb dans la ce'velle... et de conve'ti' tout ce que vous pou'ez en élect'icité !

Liemmos avait bien quelques éoliennes — beaucoup moins grandes que les *vraies* et faites maison — pour combler les faibles besoins du village, mais il en faudrait des centaines. Comment allait-il faire ?

Gaston suivit Madeleine du regard tandis qu'elle repartait. Jusqu'à ce que Madeleine devienne son horizon.

Il attendit. Et d'un coup, il se mit à rire, puis à réflé-rire, et à reflét-rire, et à réfléchir et fléchir pour flétrir encore jusqu'à ce qu'il en pleure une partie de la nuit. Cette nuit-là, pour la première fois depuis des semaines, il plut sur ses lilas.

Cette station, c'était toute sa vie, et s'il ne voulait pas que tout s'arrête après lui, il fallait agir. Il fallait re-réfléchir et rafraîchir l'image de la boutique. En faire quelque chose de nouveau qui ferait venir des touristes, par exemple.

Problème. Dans un village dont les deux pompes vieillottes étaient la principale attraction touristique et dont l'activité était plus synonyme de *fossile* que d'*énergie*, on s'approchait plus d'un Pompéi — qu'on n'aurait pas encore découvert — que d'une ville moderne ou d'un conte de fées ! Pour sûr, on était loin du *conte* !

Gaston se serait bien lancé dans les bouquets de fleurs à emporter : Madame Gariguette le faisait déjà. La boulangerie-pâtisserie ? Il y en avait une à trois pas. La vente d'œufs frais ? Tout le monde avait un poulailler. Les frites ? Déjà pris par Eugène. L'eau ? Une source approvisionnait le village. L'électricité ? Décidément, il tournait en rond. Pareil à une éolienne dans un champ de tournesols.

Gaston décida de sonder ses quelques chalands :

— Il nous manque 'ien ici, lui dit Yvon. Ici on fait du t'oc. Quand not'e voitu'e tombe en panne, tu vois bien que j't'le l'amène. La Gisèle te fait une bonne ta'te en échange. Elle utilise des pommes du ja'din, la fa'ine de José qu'y'a son champ de blé, le beu'e de la madame Vachon et les œufs d'nos poules. C'est aussi simple.

Et il avait raison l'Yvon. On fonctionnait comme ça ici, tout faisait office de monnaie d'échange. Gaston se demanda comment fonctionnait le monde en dehors.

Force était de constater que Liemmos s'autosuffisait en tout : pain, légumes, fruits, farine, laine, etc. Troquer ses connaissances en plomberie contre une bonne soupe et une miche de pain, c'était tout naturel ici. On vivait avec l'essentiel et on était heureux comme ça !

Même l'approvisionnement de la station essence était assuré par la raffinerie voisine, qui elle-même dépendait principalement des champs de tournesols.

Que leur manquait-il alors à Liemmos ?

Il avait beau rechercher une autre fonction à sa station-service, tout le monde proposait déjà tout ici. Au minimum : 300 compétences ! Parce que certains — en plus ! — savaient faire plusieurs choses.

Noël arriva avec Ariane, la petite-fille du père Yale.

— Que deviens-tu ma ché'ie ?

— Je me suis reconvertie, Papou !

— Qu'avez-vous donc, vous les femmes, à vouloir tout 'econve'ti' ?

Ariane écrasa la remarque d'un revers de la main.

— Je viens d'ouvrir ma propre maison d'édition en ligne !

— En ligne ?

— Sur internet !

— Su' inte'net ?

Ariane ne lui avait jamais expliqué ce dont il s'agissait. Ça n'était pas le genre de conversation qu'elle avait avec des personnes âgées. En général, elle lui parlait de sa mère, qui était très occupée et qui n'avait pas pu se libérer. Alors, durant près d'une heure, elle se mit à expliquer en long en large et en travers l'univers de la toile. Il y en avait du fil à dérouler ! A sa grande surprise, son grand-père, qui n'avait jamais voué le moindre intérêt au labyrinthe que constituait le monde extérieur, buvait ses paroles et… posait des questions !

— Qu'est-ce qui ne va pas Pap' ? C'est la première fois que tu t'intéresses à autre chose qu'à ton petit monde.

— Je dois me 'econve'ti'…

— Te convertir ? C'est ça ? Dis, tout va bien ?

— Non ! Me 'e-con-ve'-ti' !

Et il lui expliqua toute la problématique. Après quoi il conclut :

— Tu ne pou'ais pas fai'e quelque chose avec ton Inte'net ? Si tu peux monter une maison d'édition, je peux peut-êt'e me c'éer une station élect'ique ?

— Euh… Non Papou, c'est pas aussi simple que ça.

Elle était sur le point de lui expliquer ce qui différenciait sa maison de sa station quand elle eut une idée.

— Et si tu commercialisais mes bouquins ?

Gaston réfléchit un instant. C'est vrai, il n'y avait aucun libraire à Liemmos. Tout le monde avait appris à lire et écrire par la transmission mais on n'avait pas de journaux, pas de livres. Et comme on n'avait pas l'habitude de faire de voyages, qu'ils soient réels ou imaginaires, c'était une idée !

— Oui. Oui ! annonça-t-il. Quelle fie'té cela se'ait pou' moi ! Il faud'a que tu m'aides, tu sais ? Tu vas êt'e obligée de 'et'ouver plus souvent le chemin de la maison, dit-il avec un clin d'œil.

Ariane était emballée. C'était la première fois que ce genre de complicité se créait entre elle et son grand-père. Ariane s'était pourtant montrée un peu trop enthousiaste :

— Il y a juste un petit problème Papou. Disons que je n'ai aucun contrat, aucun auteur, aucun bouquin quoi. Pour l'instant ! Mais j'y travaille.

Et elle lui expliqua les rouages du métier. Gaston Yale écouta attentivement. Ils allèrent se coucher vers une heure du matin, Ariane rejoignant la chambre de son enfance.

Cette nuit-là, Gaston ne parvint pas à trouver le sommeil. Après une nuit blanche, il se leva à l'aube, bien décidé à écrire une nouvelle page de l'histoire de sa famille. Il prit sa voiture et alla toquer à toutes les portes du village.

Un an plus tard.

Ariane revint comme à son habitude, à la ferme Yale, pour le jour de Noël.

— J'avais espé'é que tu viend'ais me voi' avant, dit Gaston.

— Je suis désolée Papou. Mais j'ai un boulot, une vie aussi, je n'arrête pas. Et puis… on n'y voit rien pour venir ici !

— Ce n'est pas g'ave. Un an, c'était bien pou' nous.

— Je voulais venir avant, je te promets… Pour vous ? fit Ariane, surprise.

— Pendant un an, ici à Liemmos, nous avons éc'it su' nos connaissances, su' not'e histoi'e, mis pa' éc'it toutes ces histoi'es que l'on a 'acontées, à nos enfants, nos petits-enfants, nos a'iè'es-petits-enfants à Noël.

— De quoi tu parles ? Où veux-tu en venir ?

— Ta maison d'édition.

— Ma maison d'édition ?

Elle fit une pause, gênée, puis reprit :

— Je suis désolée Pap', mais la maison d'édition, c'est fini. Tu comprends. Pendant que tu mènes ton petit train-train, dehors c'est la vraie vie. J'avais besoin d'argent. On m'a proposé un job, j'ai dû changer mes plans. Ça aurait demandé tellement d'investissement de faire tout ça toute seule !

— Mais tu n'étais pas seule.

— A quoi bon revenir là-dessus ? J'aurais édité mon grand-père. La bonne affaire ! Allez. Tout au plus ça m'aurait fait, disons, trois livres à mon actif !

— Cinq-cent-deux.

— Attends. Tu parles de quoi là ? Cinq-cent-deux… *livres* ? Toi et ton village de fossiles paresseux, vous avez écrit cinq-cent-deux livres… Tu plaisantes ? dit-elle, gentiment moqueuse.

Gaston fit la moue, puis sourit, reprenant son petit air empli de fierté — certains *airs* se sentaient plus importants que d'autres.

— Viens voi', dit-il.

Il prit une clé accrochée au mur et emmena Ariane à l'extérieur. Dehors, des flocons commençaient à tomber. Ils se dirigèrent vers la station. Gaston ne disait plus rien. Ariane restait figée, comme une petite fille qui attend qu'on lui donne la permission de faire quelque chose, pendant que son aïeul déverrouillait la porte du magasin.

Gaston alluma la lumière.

Dans les rayonnages de la boutique étaient entreposés avec soin des dizaines de livres. De tailles, d'épaisseurs, de couleurs différentes. Ariane fit un signe du regard à Papou qui lui tendit un ouvrage. Elle détailla d'abord la couverture, la toucha. Elle était peinte et décorée. On avait encollé des graines de tournesol pour former le titre : *La station essence Yale*. Elle l'ouvrit.

Tout était écrit à l'encre. Par la main de Papou. Elle tourna une à une les pages. Frémit quand elle crut se reconnaitre sur une esquisse au crayon. Son grand-père savait dessiner ? Prise par l'émotion, elle reposa l'album avec délicatesse, comme un oiseau fragile, et demanda d'en voir un deuxième. Gaston accepta. La reliure était en cuir, gravée. Elle le feuilleta avec lenteur. Une fine écriture à l'intérieur. Des conseils sur la fabrication de mobilier en bois. Sans vis et sans clous. Des schémas numérotés. Un autre recueil constituait un herbier avec des plantes séchées ou parfois dessinées, et avec à chaque fois un descriptif complet de l'utilisation de chaque végétal.

Chaque ouvrage avait été façonné. Elle avait, face à elle, l'édition originale et unique des histoires, des albums de famille et de vie, des connaissances rares et anciennes, de chaque habitant de Liemmos.

— Papou, tu es conscient de la valeur de ce que tu détiens ? C'est… c'est une œuvre d'art. C'est une mine d'or !

— Oui…

— Il suffirait de retranscrire tous ces bouquins, je sais pas, de les numériser…

— Non…

— Non ? Mais c'est toi qui voulais… Je peux rouvrir ma maison d'édition si…

Il secoua la tête.

— Papou ! dit Ariane agacée. Vous pourriez faire fortune ! Plus de cinq-cents livres. En un an ! Mais personne n'a jamais fait ça. Il faut que ça se sache. Tu imagines le monde que ça amènerait à Liemmos, ce genre de librairie ?

— Ce n'est pas une lib'ai'ie.

Ariane fronça les sourcils.

La vérité, c'est que ça n'aurait pas pu en être une : c'était trop difficile à prononcer !

Après un instant, il reprit :

— C'est une bibliothèque !

— Peu importe, dit-elle en prenant le livre de son grand-père, on pourra bien en faire un business !

Gaston récupéra l'ouvrage.

— Ma ché'ie, ce liv'e, c'est toute ma vie, c'est mon hé'itage. Il n'y a qu'à toi que je veuille le t'ansmett'e. Tu m'as offe't un me'veilleux cadeau, il y a un an, en me donnant cette idée. Tu m'as aussi pe'mis de voi' tout ce qu'il était possible d'accompli' à plusieu's. Peut-êt'e qu'un jou' tu découv'i'as la 'ichesse, *les* 'ichesses de Liemmos et tu décide'as toi aussi de veni' viv'e ici et de t'y installer. J'ai l'imp'ession que dans ton monde, tout bouge beaucoup t'op vite et que 'ien n'avance à 'ien.

— Mais justement ! Tout va tellement vite qu'en quelques jours, tu pourrais devenir célèbre et gagner une fortune ! C'est ça que tu ne comprends pas !

— N'en pa'lons plus, veux-tu ?

Elle ne voulait pas, mais finit par acquiescer de la tête. Gaston l'invita à s'asseoir sur une banquette dans une sorte de petit salon, installé dans un renfoncement de la boutique. Il alla chercher un livre aux mille couleurs et commença la lecture. Ariane se blottit contre son épaule et se sentit redevenir gamine. Elle ne se souvenait pas que ces histoires d'enfant étaient encore recroquevillées dans sa mémoire. Grâce à lui, elles remontaient à la surface. Comme des larmes arrivant d'on ne sait où.

Il n'avait rien oublié, lui.

— Papou ? Tu sais. Dans le monde de dehors, il y a une autre bibliothèque Yale. La bibliothèque de l'université Yale.

— Alo's comme ça, j'au'ais un homonyme ?

— Et devine quoi ? C'est l'une des plus importantes et des plus connues au monde !

Il fit semblant de s'interroger en se tapotant l'index sur le menton :

— La mienne doit sû'ement êt'e la plus petite et la moins connue du monde...

— Oui, répondit Ariane en le serrant dans ses bras, mais c'est la plus essentielle !

Je dédie ce texte à A'thu', 2 ans, qui ne *veut* pas prononcer les R (j'ai beau exagérer le son, les faits sont là : le R n'existe pas !), et à 'omane, 5 ans, qui aime autant imaginer des histoires que moi.

VIEL Anne

Curieuse de psychologie, de sociologie et de neuroscience, féministe ascendant optimiste, Anne Viel vous emmène avec légèreté dans des histoires dont vous pourriez bien être le personnage principal. Si elle signe ici ses premières nouvelles, elle a dans ses valises à la fois des projets de romans et d'illustrations d'albums pour enfants.

IG @anne.viel_auteure

Le banc bleu

Par Anne Viel

— Quand on tente de gravir une échelle, Mademoiselle, c'est mieux de ne pas l'adosser dès le départ contre le mauvais mur. Vous ne trouverez pas l'amour en cochant des cases. Votre méthode de liste de courses a la même raison d'être que les conseils de Madame Irma : laisser quelqu'un d'autre faire des choix à votre place. Levez le nez de vos livres, ouvrez les yeux. Comment s'étonner que les gens se jettent comme des Kleenex au premier obstacle venu s'ils refusent de s'investir émotionnellement ?

J'en restai interdite. Depuis que je confiais ma vie chaotique à cet homme, c'était la première fois qu'il disait quelque chose.

Il y a deux semaines, un jour où je sentais mon cœur déborder un peu plus que d'habitude, je m'étais assise au bout du banc qu'il occupait et j'avais laissé échapper quelques confidences. Qu'est-ce qui pouvait bien me pousser à me mettre ainsi à nu ? Le besoin de rompre la solitude ? De parler à un inconnu ? De briser le silence tranquille dont il s'était habillé et qui jurait, par contraste, avec celui dans lequel, moi, je me noyais ?

Il était là, chaque matin, sur ce banc bleu. Même quand le vent froid ou la pluie s'invitaient dans ses cheveux grisonnants. Alors, les jours suivants, j'avais poursuivi mon déballage. Après tout, il était libre de me dire de m'en aller.

Au moins y avait-il désormais une personne en ce monde qui savait à quel point je souffrais d'être devenue «non essentielle» à notre société. La crise sanitaire avait avalé d'un coup mon job, mes relations sociales et ma joie de vivre. En un rien de temps, ma vie était passée de trépidante à immobile.

À un mètre de lui, j'avais vomi ma colère. J'avais pleuré, même, de dépit, sans qu'il ne bouge un cil. Étrangement, petit à petit, face à cette armure de quiétude, ma tempête intérieure s'était calmée, laissant place à une nouvelle énergie.

À force de disserter sur ce qui devrait ou non être «essentiel», j'en étais venue à une conclusion sans appel : alors que nous n'avons de cesse de construire nos carrières professionnelles, nous abandonnons entre les mains du destin le choix de celui ou celle qui partagera notre vie.

J'avais pris une résolution : puisque je n'avais que ça à faire, j'allais le débusquer, celui qui saurait survivre à tous les virus que sont le poids du temps, les routines quotidiennes et mes trop nombreuses catastrophes climatiques intérieures.

Mais comment m'y prendre ? L'héroïne d'un film que j'avais vu la semaine précédente s'en tirait en déclenchant une alarme incendie. Elle observait ce que son fiancé prenait soin d'emporter. Déçue de découvrir que la vision de l'essentiel qu'avait celui-ci se limitait à préserver son ordinateur, elle avait épousé l'autre gars. En rentrant chez moi, j'avais ri au téléphone avec mon amie Marion en jouant à deviner ce que mes ex auraient pris avec eux.

Étant donné mon historique en la matière, il fallait revoir ma méthode. Mon précédent copain m'avait annoncé son départ la veille de Noël. Je ne m'y attendais pas du tout. Je nous voyais déjà mariés avec quatre enfants dans une jolie maison. Quand il avait dit : «Emma, je m'en vais», j'avais cru qu'il sortait faire les courses.

Les années passant, l'angoisse de finir célibataire s'était faite pesante, exacerbée par une pression familiale continuelle. Je devenais susceptible sur la question. J'avais même menti, m'inventant un cavalier pour le mariage de ma cousine Gertrude. Ce qui m'avait contrainte à dénicher un «petit ami» en urgence, avec pour seul cahier des charges qu'il s'appelât Frédéric, premier prénom venu à mon esprit face aux interrogations suspicieuses qui n'avaient pas manqué. Une très grosse erreur de casting. Depuis Fred, ma mère vivait dans la crainte que je lui présente le prochain !

Je voulais bannir le hasard. À l'évidence, la chance et moi ne fréquentions pas les mêmes lieux. Sur ce banc, à voix haute, j'avais entrepris de dresser le bilan de tous mes échecs amoureux et d'éplucher tous les magazines et ouvrages sur le sujet.

Mes lectures m'avaient fait prendre conscience que, tout en attendant le prince charmant, j'avais en quelque sorte cessé d'y croire. «Si nous ne pensons pas mériter l'homme idéal», y était-il expliqué, «nous mettrons immanquablement des obstacles entre lui et nous». Sans doute avais-je renoncé à certains types d'hommes, me trouvant trop imparfaite, me persuadant, afin de me préserver de tout rejet, qu'ils n'étaient pas pour moi. Mon meilleur ami de fac, dont j'étais secrètement éprise, m'avait avoué il y a deux ans avoir été fou de moi. Au cinéma, cela aurait fini en *happy end*. J'avais dû me contenter d'attraper le bouquet à son mariage…

Combien d'hommes dignes d'intérêt avais-je ainsi laissé filer, me satisfaisant de ceux dont n'importe qui aurait pu prédire qu'ils me rendraient malheureuse ?

Sur un point encore, les spécialistes étaient formels : il ne fallait surtout pas embrasser un crapaud avec l'espoir d'en faire un prince. Vouloir changer l'autre, c'était comme s'acheter la mauvaise pointure d'une paire de chaussures : on s'exposait à ne pas avancer bien loin.

Alors oui, j'avais fait une liste. Celle des cinq qualités indispensables qu'il lui faudrait posséder et des cinq défauts rédhibitoires. Et, tandis que je venais d'obtenir un rendez-vous avec le potentiel futur-homme-de-ma-vie, voilà que Monsieur Silence sortait soudainement de son mutisme pour saboter mon plan.

— Vous aussi, dis-je, vous pensez que je suis trop stupide et pas assez jolie pour un homme bien ?

Tournant pour la première fois son regard vers moi, il répondit posément :

— Je ne vous dis pas d'abandonner vos rêves, mais il faudrait laisser une place à la surprise de la rencontre, accepter de ne pas tout maîtriser. Votre liste, c'est comme un parapluie que vous brandiriez en permanence au-dessus de votre tête, même lorsqu'il fait beau.

Il précisa :

— Avec ces critères, votre prince charmant, vous l'enfermez dans des préjugés. Vous renoncez à être disponible pour découvrir l'inattendu qu'il pourrait vous offrir. Si tant est que votre Monsieur Parfait existe, vous trouverez une personne qui ne vous dérangera pas trop et ne vous bouleversera pas du tout. Alors que l'amour, c'est une succession de mécanismes inconscients, de projections involontaires, c'est un petit rien qui fait tout, un charmant défaut qui vous séduit, cela vous réveille et vous révèle. Vous voulez la recette ? Faites-vous confiance, suivez votre instinct, vivez à fond l'instant présent. Ce sont les battements de votre cœur qu'il faut écouter, pas tous ces auteurs qui, pour la plupart, ont divorcé trois fois.

Furieuse, je partis en jurant de ne pas revenir. Plus que quelques heures avant mon rencart. On verrait bien si cela se passait si mal que ça.

Mais le lendemain, sur le banc, j'étais bien là. Cette fois, c'était moi qui demeurais tout d'abord silencieuse. Durant un long moment, j'observai mes larmes former de petites gouttes sur la peinture bleue, avant de me décider à relater au vieil homme la teneur de mon rendez-vous de la veille :

— Je suis arrivée en avance. À part son physique, je pensais tout connaître de celui que je m'apprêtais à rencontrer. Je l'ai trouvé séduisant.

Je me gardai de l'admettre, mais c'était un gros euphémisme. J'avais été chavirée intérieurement.

Je poursuivis :

— Nous nous sommes baladés deux heures sans voir le temps passer. Il m'a dit qu'il aimait ma spontanéité et mon dynamisme, qu'il avait eu un pincement au cœur en m'apercevant. J'avais la sensation étrange que l'on se connaissait depuis toujours. Je lui ai parlé de vous, de nos entrevues quotidiennes, sur ce banc, et de mes déboires amoureux. On en a ri ensemble. En échange de mes confidences, il m'a avoué ses petits travers, me montrant ses chaussettes porte-bonheur Bob l'éponge. Au moment de nous quitter, il m'a embrassée et je lui ai rendu son baiser.

Mon interlocuteur m'écoutait attentivement, son regard doux et bienveillant me rappelait un peu celui de l'homme que je venais de lui dépeindre.

— Alors pourquoi avez-vous l'air si triste ?

— Il n'était pas celui avec qui j'avais rendez-vous et il le savait pertinemment ! Il aurait dû me détromper dès qu'il s'était rendu compte du quiproquo et non attendre que nous nous séparions pour me le dire en me tendant sa carte de visite « au cas où ça ne marcherait pas » avec celui à qui, à cause de lui, j'avais posé un lapin !

Après une pause, je murmurai entre deux sanglots :

— Sa carte, je l'ai jetée dès qu'il a eu le dos tourné. Le mensonge est tout en haut de la liste des défauts à proscrire. J'étais tellement en colère. C'est tout juste si j'y ai lu son prénom : Mathias.

Le vieil homme me toucha le bras avec compassion et déclara, hochant la tête de droite à gauche :

— Les médias nous inondent d'images du couple idéal, sans aucune difficulté ni ombre, mais rien ne nous dit par exemple ce qui serait advenu de Roméo et Juliette s'ils avaient vécu ensemble et eu beaucoup d'enfants.

Il avait réussi à me faire sourire.

C'était ainsi que nous étions devenus amis. Des amis improbables reliés par le non essentiel qui m'avait placée là. Au gré de mes rendez-vous et de nos échanges, nous nous étions apprivoisés. Je prenais petit à petit goût à cette suspension du temps qui me laissait le loisir de converser avec cet homme plein de sagesse dont je ne connaissais pas même le nom.

J'appris qu'il n'était pas sur ce banc par hasard : il attendait Thomas, qu'il n'avait pas su regarder grandir à un moment où il ne vivait que pour son travail. « Pardon » est le mot le plus difficile à prononcer de la langue française. Quand il avait enfin compris que l'essentiel, c'était parfois juste d'être là, il s'en était voulu d'avoir quitté sa famille. Il avait donné rendez-vous à son fils qui devait avoir à peine plus que mon âge, sur ce banc bleu, au fond d'un parc, à dix heures. Il y serait tous les jours, sans même avoir la certitude que son invitation avait été reçue. N'était-ce pas aussi illusoire que, pour moi, de dénicher le grand amour ?

Au cours des semaines qui suivirent, je rencontrai plusieurs hommes intéressants. Deux d'entre eux avaient même survécu à un troisième rendez-vous. Mais je ne parvenais pas à chasser de mes pensées Mathias et ses chaussettes Bob l'éponge. Je le voyais partout. J'avais tenté, en vain, de retrouver le papier déchiré contenant son nom dans la poubelle. Sans doute était-ce pour cela que je peinais à faire un choix entre les deux hommes que je fréquentais. Mon vieil ami me pressait d'aller de l'avant. Selon lui, il ne fallait pas que je reste avec un idéal fantasmé en tête.

Au milieu d'une nuit sans sommeil, lasse de me retourner dans mon lit, je pris la décision d'inviter mes deux prétendants à un pique-nique en fin de semaine, sur le banc bleu. Je ferais une place dans ma vie au premier arrivé.

Forte de cette décision, je me laissai bercer par un sentiment de soulagement. Pourtant, ce ne furent pas les bras de Morphée qui m'accueillirent, mais le cri strident d'une alarme.

Deux minutes plus tard, je me trouvais au pied de l'immeuble, à peine vêtue, les cheveux en bataille, au milieu de mes voisins. Même si les flammes, au premier étage, avaient été rapidement maîtrisées, il y avait beaucoup de fumée et une odeur terrible. Derrière une ambulance, des enfants pleuraient. Un peu sonnée, je me demandai si je n'étais pas prisonnière d'un cauchemar lorsqu'un policier s'approcha :

— Votre voisine m'a indiqué avoir surpris une curieuse conversation téléphonique. Elle vous aurait entendue parler d'un moyen pour trouver l'homme idéal, en observant sa réaction face à un incendie ?

— Non, mais je rêve, répondis-je, jetant un regard noir à la mégère du cinquième étage, qui, deux pas plus loin, arborait fièrement un air accusateur. Vous croyez vraiment que si je cherchais à faire des rencontres, je m'afficherais dans cette tenue ?

Il me passa en revue de la tête aux pieds, paraissant moyennement convaincu. Je remarquai alors qu'il était plutôt bel homme et je me sentis franchement idiote dans ma nuisette Snoopy.

— Eh bien, vous avez rendez-vous ! dit-il. Avec moi. Demain, quinze heures. Pour votre déposition.

Mais le lendemain, devant ce flic, je n'avais qu'une chose en tête, et ce n'était ni ses jolis yeux ni ses questions. Dans le parc, ce matin, le banc était vide. J'étais incapable de me concentrer sur autre chose. Ce n'était pas normal.

Le policier semblait penser quant à lui que c'était moi qui ne l'étais pas, normale.

Effondrée, je lui avais tout raconté. De toute façon, face à un homme qui s'imaginait que j'étais si barrée que j'avais pu déclencher un incendie, et qui m'avait vue en petite tenue, je n'avais rien à cacher.

Il me fit la lecture de l'article 322-6 du Code pénal. Pour la dégradation d'un bien appartenant à autrui par un moyen de nature à créer un danger pour les personnes, je risquais dix ans de prison et 150 000 euros d'amende.

— Et vous, m'interrogea-t-il, vous vous inquiétez pour un inconnu dont vous ne connaissez même pas le nom, juste parce qu'il n'a pas fait sa promenade quotidienne ? Il est situé où ce banc bleu ?

Je n'avais pas de crainte vis-à-vis de l'enquête de police. J'avais croisé mon voisin en partant. Il s'avérait que son fils, qui venait de recevoir un modèle réduit de camion de pompier dernier cri, celui avec pulvérisateur d'eau, avait eu la lumineuse idée d'utiliser des boites d'allumettes pour «faire comme en vrai». Aucun doute que le flic, derrière ses grands airs, était déjà au courant, lui aussi, que je n'avais rien d'une pyromane.

Les deux jours suivants, je me rendis sur le banc, le cœur serré à l'idée que peut-être je ne reverrais pas le vieil homme. Je me disais que si son fils se présentait précisément ce jour-là, après toutes ces années, ce serait trop bête que personne ne soit là.

Le vendredi, je constatai effarée que le banc était... blanc ! Un écriteau me narguait : «peinture fraîche». C'était essentiel, ça, peut-être ? Repeindre un banc public ? Je décidai d'y remédier et de lui restituer sa couleur d'origine. Du coup, trois heures plus tard, c'était un pinceau à la main que je m'apprêtais, sur le lieu du rendez-vous donné une semaine plus tôt, à accueillir celui qui deviendrait peut-être l'homme de ma vie simplement parce qu'il aurait eu la bonne idée d'être ponctuel à un pique-nique.

Mais le premier arrivé ne fut ni l'un ni l'autre de mes prétendants.

— Vous cherchez à vous faire mettre en garde à vue pour dégradation de bien public ? Si vous aviez tellement envie de me revoir, il suffisait de passer à mon bureau.

C'était le flic de l'avant-veille.

— Qu'est-ce que vous faites là ?

— J'ai retrouvé votre ami. Il s'appelle Jean Martin. Il va bien. En observation pour une mauvaise chute. Je l'ai averti qu'une jolie blonde un peu étrange l'attendrait sur un banc bleu à son retour.

Il dut deviner mes pensées, car il ajouta :

— MARTIN, c'est un nom de famille très porté en France, c'est même de loin le patronyme le plus courant. À moins que son fils ait un prénom original, il va être compliqué pour vous de le contacter. Je vous invite à déjeuner ?

Il me montra le sac qu'il tenait à la main :

— J'avais commandé à emporter et mon collègue m'a posé un lapin.

Je lui expliquai que, moi, j'avais commandé un prince charmant, et le priai de se joindre à nous pour déjeuner. Quand mes invités arrivèrent simultanément, l'un par la droite, l'autre venant de gauche, il fut pris d'un fou rire pendant au moins vingt minutes.

Nous déjeunâmes tous les quatre.

— On attend encore quelqu'un ? demanda le policier, me désignant d'un geste du menton un homme qui s'approchait du banc à moitié repeint.

— Emma ? C'est bon de te revoir. J'ai parcouru tous les bancs de la ville en espérant t'y trouver. Mais… il n'est pas vraiment bleu celui-là ?

Je n'en revenais pas ! C'était Mathias ! Mon cœur pétillait. Je n'entendais même pas ce qu'il me disait, ne décrochant plus mon regard de ce visage que j'avais tant cherché. Quand je repris contenance, je voulus le présenter aux autres.

— J'ai déchiré ta carte, balbutiai-je, le rouge aux joues. Tu t'appelles Mathias comment ?

Sans se défaire de son sourire, il répondit :

— Sur mes cartes de visite, pour le boulot, je mets mon second prénom, afin de me différencier de mes nombreux homonymes. Je m'appelle Thomas, Thomas MARTIN.

Merci à tous ceux qui rendent les bancs publics un peu plus bleus.

CŒUR Léa

Publiée depuis 2016, chroniqueuse et correctrice, Léa Cœur est une jeune femme de 21 ans aspirant à devenir une grande auteure au travers des messages qu'elle veut faire passer et des causes qu'elle défend. Son but : la réflexion humaine.

IG @coeur49

La raison d'être

Par Léa Cœur

L'Homme est un animal étrange. En fait, je me demande même s'il n'est pas l'animal le plus terrible qu'il puisse exister sur Terre. Non pas pour ce qu'il est, mais plutôt pour ce qu'il fait. Vous ne trouvez pas que l'humain est bizarre ? Il saura tout faire lorsqu'on lui présentera tous les moyens possibles de se faciliter la vie, mais il ne saura plus jamais rien faire dès qu'il n'aura plus ces moyens. Il se retrouvera donc bien perdu, surtout lorsqu'il s'agira de quelque chose qu'il ne connaîtra pas. Jusqu'à ce que nous lui implantions dans l'esprit une idée selon laquelle il sait ce qu'est tout ce qui s'étend sous ses yeux, alors même qu'au fond, il n'a pas la moindre idée de ce qu'il en est. Juste, il a l'impression que si on lui dit qu'il connaît cette chose, eh bien, il la connaîtra. Oui, il est bien étrange, cet Homme. Mais le plus drôle dans tout cela, c'est de voir qu'il suffit d'un virus et d'un confinement total pour que l'être humain se pose des questions sur tout ce qu'il pensait savoir et qu'il remette toute sa vie en interrogation, dressant entre lui et les autres des barrières de suppositions.

Je crois bien que la vraie raison d'être de ce virus n'est pas de nous faire du mal mais de nous faire du bien. Non, attendez, c'est cruel de dire cela alors même que des personnes disparaissent chaque jour. Non, disons plutôt qu'il a permis à beaucoup d'ouvrir les yeux sur leur raison d'être sur cette Terre. Et que c'est dans la restriction la plus totale que nous apprenons le mieux qui nous sommes réellement. Oui, c'est cela, en supprimant la monotonie d'un quotidien et la robotisation des Hommes qui agissent de la même façon tous les jours sans même s'en rendre compte, les Hommes se réveillent, comme soudainement tirés d'un coma trop profond.

D'un seul coup, un homme qui pensait ne jamais être capable de peindre devient un as du pinceau. D'un seul coup, une femme qui pensait ne pas pouvoir faire le même travail qu'un homme se retrouve à apprécier faire des tâches difficiles. En fait, cette période a bouleversé bien des choses en nous. Les êtres humains. Comme une pièce de monnaie que l'on lance dans les airs, l'être humain a changé. Conduit par la peur ou par un besoin de changement, il s'est mis à créer des choses, à souder des liens avec d'autres alors même qu'auparavant, il n'aurait sans doute même pas approché cette autre personne. D'un claquement de doigt, l'Homme a ouvert les yeux et a su tendre la main à d'autres, se dire que oui, il fallait enfin se réveiller et faire bouger les choses. Quelle ironie. Il a fallu que l'Humain se sente en danger pour qu'un tas de petits signaux clignotent en lui, lui sommant de se recentrer sur lui et sur ses semblables.

Je me suis levée, j'ai ouvert la porte-fenêtre et je me suis rendue sur le balcon. J'ai respiré, profondément. Et j'ai regardé, tout regardé, jusqu'à l'écœurement, tout. Les couleurs délavées, ignobles, les figures abominables des passants, les alignements de voitures, de routes, d'immeubles, de lampadaires. Et je me suis rappelé les passions désordonnées qui sont si propres à nous autres Humains. J'ai pensé que nous nous étions égarés. Et j'ai su, par ce ciel qui faisait courber les silhouettes grisâtres, par ce béton noirci exhalant des vapeurs toxiques et cet insupportable parfum de ville mouillée par le souvenir de nos péchés, que c'était vrai. N'est-ce pas ? Il n'y a plus d'Humains, il n'y a plus d'Humanité. Il ne reste plutôt que des choses alignées, ces affreuses constructions qui servent de cercueils à ces âmes dévastées. Et à travers ce ciel, je vis, j'espère et je vois brusquement ce que je refusais de voir.

D'accord, je vais sans doute trop loin. Mais je trouve cela fou. L'Humain est-il si idiot pour ne pas avoir remarqué plus tôt ce qui était essentiel pour vivre ? Pourquoi a-t-il fallu une catastrophe et une sorte d'éradication humaine pour que d'un coup il sache ce qui est véritablement essentiel ?

Moi, je trouve que la raison d'être est essentielle. Mais que le fait d'être est non-essentiel. La raison d'être est celle qui te fait vivre, avancer main dans la main avec tes semblables, c'est celle qui te fait dire que oui, il faut se réveiller maintenant, mes frères et mes sœurs sont en danger, je dois agir et je dois aimer. Le fait d'être me paraît quant à lui bien trop obscur. Oui, tu es. Mais si tu es sans montrer vraiment ce que tu es, à quoi bon ? Je veux dire, il serait peut-être temps de montrer ce que nous sommes tous et que nous sommes tous ensemble et non pas seulement séparément. La raison d'être en faisant la guerre à ses voisins alors même qu'un problème concerne tout le monde et menace les autres, je ne trouve pas cela si essentiel que cela.

La véritable raison d'être est celle d'être essentiel à tous, en tendant des mains.

Alors, pour vous, la raison d'être, est-elle non essentielle ?

Qui êtes-vous ?

PADINES Yoan H.

Yoan H. Padines est un écrivain de l'imaginaire : ado dans les années 90, il a découvert la science-fiction avec Brian Daley (*Tron*, son tout premier livre, bibliothèque rose à l'époque), le fantastique avec H. P. Lovecraft (ah, *Cthulhu* !), l'horreur avec Stephen King (la série des *Ça* !). Mais la meilleure découverte de l'époque, son genre de prédilection, c'est la Fantasy qu'il a découverte avec *La Belgariade* de David Eddings puis *Le Seigneur des Anneaux* de J.R.R. Tolkien.

IG @yoanhpadines
FB @yoanhpadines
https://www.yhpadines.fr

Le prix à payer

Par Yoan H. Padines

(…) La décadence de la France s'est précipitée. Les émeutes du mois de mars ont blessé notre chère patrie. L'unité nationale est menacée, alors même que l'Europe s'effondre, que les États-Unis sont plongés dans la guerre civile et que la Russie guette à nos portes en prédateur conquérant. Mes prédécesseurs au gouvernement ont été destitués par la voix du Peuple français, en un vingt-huit juin qui restera dans l'Histoire comme le jour de la Déposition. Ce jour, je l'offre au peuple souverain : il sera désormais férié, pour que chacun se rappelle qu'il est comptable de ses actes.

La guerre civile n'aura pas lieu en France, je vous en fais la promesse solennelle. Je mettrai tout en œuvre, toute mon énergie, pour conduire notre beau pays dans la voie de la sécurité et du bonheur. (…)

Extrait du discours d'investiture du président Laurent Pernon-Mallet, septembre 2022.

Paris — juin 2028

Je remonte le boulevard Voltaire où plus d'une boutique sur deux a fermé son rideau. Conséquence directe du *Big Hole*, la dépression économique post-COVID. Une épicerie de quartier reste ouverte, envers et contre tout. Quand j'en pousse la porte, une télévision s'allume et la jolie figure enfantine de Jenny © apparaît.

— Bonjour sœur Agnès, je suis heureuse de vous revoir. Votre cote B+ vous donne droit à 10 % de rationnement de plus que la normale. Je vous en félicite.

La haine m'envahit, une détestation exécrable à l'égard de cette application de contrôle de la population, de ses gouvernants et de tous les pleutres de la nation France. Le gouvernement chinois en avait rêvé, la COVID l'a instauré : le crédit social des peuples s'est développé partout dans le monde et l'intelligence artificielle Jenny © contrôle tout, et tout le monde. J'ai quitté la Chine avec mes parents en 2012 pour échapper à la dictature et, au final, celle-ci a contaminé toute la planète.

L'épicier est souriant, affable, du moins en apparence ; je ne peux pas ignorer l'air crispé de son visage, ni son regard empli de frustration contenue. Il me prépare un sac — cela fait longtemps que nous ne consommons que ce que le gouvernement nous autorise — et je le remercie avant de repartir chez moi. Sur le chemin du retour, je croise l'enseigne du Bataclan, abîmée par les intempéries et l'abandon. La salle de spectacle n'a pas rouvert depuis mars 2020. Je sens une bouffée d'adrénaline remuer mes entrailles. Trois ans après mon arrivée en France, le Bataclan était la cible du terrorisme islamique et il en devenait un lieu qu'il fallait rouvrir à tout prix, symbole fort de lutte pour la Liberté.

Depuis huit ans maintenant, il n'a accueilli aucun artiste, aucun spectacle. Ni rires, ni partages, ni culture. Le Bataclan est devenu pour moi le symbole de la victoire de la Sécurité sur la Liberté. Au début, les politiques parlaient de sécurité sanitaire, la culture était qualifiée de «non-essentielle», tout comme le sport d'ailleurs. Manipulés par la caste médiatico-politique, nous avons collectivement tout accepté : confinements, fermeture des commerces non-essentiels, masques, couvre-feu…

Nous sommes devenus une société de robots, destinés à travailler pour la gloire et sans plaisir. Mais depuis la Préhistoire, l'homme a besoin de culture et de liberté. Privée des deux, la population est devenue plus agressive. Les incivilités n'ont cessé de croître, sont devenues émeutes, même. Alors les politiques ont parlé de sécurité nationale, de lutte contre les violences. De véritables pompiers pyromanes qui ont enclenché un cercle vicieux : moins de liberté, plus de violence. Plus de violence, plus de forces de l'ordre et de règles contraignantes. Plus de règles, moins de liberté.

Désormais, les milices JenMen assurent la sécurité à leur manière : brutale, arbitraire et totalitaire. Et les activités non-essentielles — trop subversives ! — restent interdites. Un vol de drones passe au-dessus de moi en vrombissant. Je me force à rester impassible ; sœur Agnès ne présente pas d'intérêt pour les JenMen. Avant d'arriver jusqu'à chez moi, je pousse la porte d'un immeuble délabré. Les boiseries du hall ont disparu, les miroirs sont brisés et il n'en reste que des fragments coupants collés au mur. Je monte au premier étage et pénètre dans un squat abandonné pour l'heure. J'attends et j'écoute. Je n'entends ni les voix des miliciens JenMen, ni le vrombissement des drones de Clarance SA. Tout semble calme.

Des replis de ma tenue noire et blanche de nonne, je sors un téléphone satellitaire flambant neuf. Je suis très fière de cette acquisition, achetée à prix d'or sur le marché noir tenu par les Russes. J'allume l'appareil et une LED bleue se met à clignoter, sa lueur froide confère une ambiance glaciale et glauque à cet endroit abandonné. Soudain, un message apparaît : «connexion établie». C'est à moi d'ouvrir le bal :

— Ici Ghost1, Ok.

Cette conférence des Ghosts n'a servi à rien, hormis me peiner. J'ai créé le GAC deux ans plus tôt : nous nous érigions en résistance pour préserver la Démocratie et la Liberté. Bien entendu, le gouvernement a tenté de faire passer nos coups d'éclat pour du terrorisme, mais nous avions l'appui — en pensées, sinon en actes ! — de la population. Jenny © n'était alors qu'une application smartphone, lourde et dépourvue d'agilité. Au printemps 2027, la version 2 est sortie et a bien failli nous faire disparaître. Drones, caméras de surveillance, smartphones, web : tout est interconnecté et géré par Jenny ©. Pas grand-chose ne lui échappe, à l'exception de nos pensées intimes. J'ai perdu tant de camarades de lutte, déportés dans les Camps de Travail… Nous n'avons mené aucune action concrète depuis dix-huit mois. Traqués par Jenny ©, nous nous terrons, cachés dans nos vies quotidiennes dont le plaisir et le loisir ont disparu. Impuissants.

Ghost4 m'a fait pleurer. Il est atteint d'un cancer et, avec sa cote C, il n'a pas le droit d'être soigné. Il nous a fait une proposition pour relancer la lutte mais elle m'est odieuse. Elle tourne sous mon crâne, tentante, intelligente. Pour l'instant, je m'y refuse. Du point de vue de Jenny ©, sœur Agnès — cotée B+ après sa mort physique grâce aux miracles du piratage informatique — est rentrée dans son appartement, au quatrième étage de mon immeuble, avec pour seul voisin de palier Renan Montaine, un autre de mes alias numériques secrets. L'immeuble ne fait que trois étages : je parviens encore à jouer avec la pseudo-intelligence de la détestable application de Clarance SA. Jenny © n'a jamais compris que ce quatrième étage n'existait pas. Pour ma part, j'ai caché les vêtements de nonne dans la cave et je rentre dans mon propre appartement, au troisième étage. Je retrouve mon identité : Mingyue, cotée C+.

Je me prépare un déjeuner léger, pour ne pas dire frugal. La viande a disparu des assiettes des mal-cotés, et pas pour des raisons idéologiques. La faim n'entame pas ma bonne humeur : je suis toute excitée, car cet après-midi, je suis invitée à participer à un événement clandestin. Un regroupement d'artistes, auteurs, peintres, acteurs, chanteurs, tout une palette colorée et joyeuse de ces saltimbanques non-essentiels que le pouvoir en place déteste.

***

Quel bonheur ! Je n'ai assisté à aucun spectacle depuis 2020, et là, je suis immergée dans l'art et la culture. L'événement prend place dans les catacombes de Paris : les appareils électroniques n'y captent aucun réseau, les drones ne peuvent y voler, nous y sommes plus en sécurité que nulle part ailleurs. La foule amassée là exulte de plaisir. Le hard rock se mêle aux notes de la musique classique. Des pièces de théâtre se déroulent dans des conditions précaires, que le public accepte néanmoins avec joie. Des peintres organisent un vernissage symbolique pour dévoiler leurs dernières œuvres à des amateurs non solvables sous une lumière chiche. Des auteurs — le pamphlet est à la mode ! — dédicacent leurs ouvrages, imprimés en Russie et distribués sous le manteau. Il y a même un humoriste que certains qualifient de nouveau Coluche. Je ne suis pas certaine que ce soit de bon augure pour lui : déjà à l'époque, des doutes existaient sur les circonstances de la disparition de Michel Colucci. Si les JenMen mettent la main sur lui, il ne tiendra pas dix minutes.

J'admire la peinture d'un paysage tropical dont le style mêle du Gauguin et du Dali, un mélange détonnant de naïveté et de psychédélisme.

— Cette œuvre vous plaît ? me demande un homme d'une trentaine d'années.

Je remarque aussitôt ses yeux bleus magnifiques.

— C'est splendide. J'ai l'impression de m'évader.

Son regard semble se voiler.

— Oui. C'est un paysage de Polynésie, aux îles Marquises. Comme nous ne pouvons plus voyager…

Ce « nous » vibre entre nos deux corps. Ce « nous » qui signifie les parias, les mal-cotés, les saltimbanques et opposants politiques que le président Pernon-Mallet exècre et méprise. Ceux pour qui les frontières sont fermées. Ce « nous » rapproche nos âmes ; il s'appelle Franck et nous bavardons de tout et de rien, avec une légèreté aveugle aux murs de pierre suintant d'humidité et à la blafarde luminosité. Dans ce lieu hors du temps, j'en oublie d'ailleurs les horaires, tout comme une douzaine d'entre nous. Le couvre-feu ne va pas tarder.

Lorsque j'émerge à l'extérieur, le soleil brille et me fait pleurer les yeux. Il est si tôt pour aller s'enfermer entre quatre murs ! Pourtant, je dois me dépêcher, il ne me reste qu'un quart d'heure pour rejoindre mon appartement. Franck m'a accompagnée et il semble aussi soucieux que moi. Nous nous séparons avec la promesse muette de se revoir dès que possible, puis je me mets à courir. J'entends les drones. Un coup d'œil en l'air me confirme qu'ils s'intéressent bien trop à ma petite personne. Je ralentis, je ne veux pas paraître suspecte. Soudain, trois JenMen — costards noirs, badges couleur sang arborant le J et le M entrelacés — sortent d'un immeuble et me barrent la route. Il me reste cinq minutes pour rejoindre la sécurité de mon appartement.

— Toi, la noich ! Tu vas où comme ça ?

Je m'arrête et placarde l'air le plus contrit possible sur mon visage. La voix de Jenny © informe les trois hommes de mon identité réelle et de ma cote.

— Je rentre chez moi, monsieur. Je n'habite pas très loin d'ici.

Ce que confirme aussitôt l'intelligence artificielle.

— Nous allons vérifier que tu ne transportes rien d'illégal.

Il s'approche de moi et commence sa fouille. Il prend son temps, le salaud, et passe sa main partout, s'attarde sur mes fesses. Je crève d'envie de le dégommer. Le temps passe. Ma montre indique la douloureuse réalité factuelle : je ne serai pas rentrée pour le couvre-feu. Le JenMen le sait, il fait tout pour ça et me regarde avec un sourire sadique. Au moment où la grande aiguille se positionne sur le zéro, il se recule et m'annonce :

— Mingyue Zhang, vous êtes en état d'arrestation pour non-respect du couvre-feu.

De sa voix de pétasse sucrée, Jenny © ajoute :

— Votre cote de crédit social passe à C —, vous m'attristez beaucoup.

La justice des JenMen est expéditive. Dix jours. Dix jours en Camp de Développement par le Travail, avec l'objectif de redresser mon comportement rebelle. S'ils savaient… Heureusement, le sadisme des JenMen est à la hauteur de leur fainéantise et ils n'ont pas daigné fouiller mon appartement, ni mon immeuble. Ils n'ont pas percé mon identité de Ghost1, je m'en sors bien dans mon malheur. Tout ça pour avoir voulu discuter avec un bel artiste peintre de son œuvre magnifique !

Je suis transportée dans un fourgon bringuebalant et surchauffé jusqu'à Marseille. L'endroit a tout du camp de concentration : nous sommes dispatchés sur des chaînes de travail, certaines à ciel ouvert, d'autres dans des bâtiments de tôles insalubres. C'est de l'esclavagisme moderne, une manière de redresser l'économie française assumée par Pernon-Mallet. Je suis affectée à une ligne d'assemblage de matériel électronique qui m'occupe quatorze heures par jour.

Le soir, le camp retrouve une vie précaire. Loin des gardes, nous autres sous-cotés tentons de nous serrer les coudes. Là où les conditions de vie sont terribles, les activités non-essentielles, merveilleuses, fleurissent : gravure, écriture, théâtre… La nature humaine est ainsi faite. Mais ma plus belle découverte en ces lieux, c'est la voix de Kenza. Elle chante divinement bien. Les prisonniers s'assoient autour d'elle, en silence, et écoutent, transportés par sa musique. Elle est jeune, et en même temps, la vie l'a tellement abîmée que je ne saurais pas lui donner un âge. Jour après jour, je constate que les autres évitent sa compagnie et qu'elle bénéficie d'un traitement tout particulier de la part des matons. Vue de l'extérieur, sa vie est un enfer qui sublime ses chants vespéraux. Non essentiels, et pourtant…

Je me rapproche d'elle et nous sympathisons, autant que les conditions le permettent. Elle me raconte toute son histoire, de son enfance à sa vie de mère. Les cinq années d'internement et les viles tortures qu'elle subit. Dire que j'en suis horrifiée est un euphémisme. Sa vie, c'est l'enfer des enfers. De façon souterraine, je fais tout ce que je peux pour la protéger. Diversions, chantage, menaces et même bastonnades : voici mes armes pour calmer les ardeurs des violeurs et des bourreaux. Pendant six jours, elle connaît une paix dont elle avait perdu l'espérance. Loin de lui redonner de l'énergie, ce répit sape ses dernières forces qui s'écoulent au rythme de son histoire. La veille de ma libération, elle n'est plus capable que de chantonner doucement. Elle m'a tout raconté, et son récit est gravé dans ma mémoire. Elle meurt dans mes bras, sourire sur les lèvres. J'en suis à la fois dévastée et déterminée à détruire ce système, quoi qu'il en coûte.

Lorsque les JenMen me poussent vers la sortie du camp, ma décision est prise et je me tourne vers le garde qui m'escorte. Même si je dois m'en vouloir toute ma vie, je suis décidée.

— J'ai appris quelque chose pendant que j'étais enfermée ici...

L'homme me toise et m'incite à poursuivre d'un geste de la main.

— J'ai entendu quelqu'un parler d'un Ghost...

Tout le monde sait que les Ghosts dirigent les cellules du GAC et les JenMen les traquent sans relâche. Je m'en remets à la sagesse de Ghost4 : il est mourant, alors, perdu pour perdu... En le dénonçant, je peux accéder à une cote A — et ainsi libérer l'étau de surveillance qui m'entoure. Je saurai en tirer profit pour déclencher la Révolution. Je refoule mes larmes et dénonce mon ami. Il sera arrêté et torturé, je le sais, j'espère qu'il pourra se suicider avant le pire. L'homme me prend très au sérieux ; Jenny ©, elle, me félicite et m'informe que si c'est vrai, je serai fortement récompensée.

L'art et la culture ne sont pas essentiels, mais nul ne peut les proscrire sans en payer le prix. Grâce à eux, j'ai trahi. Pour le bien commun.

« Ceux qui abandonnent une liberté essentielle pour acheter un peu de sécurité temporaire ne méritent ni liberté, ni sécurité. »
Benjamin Franklin

Vous souhaitez connaître l'histoire de Ghost1 ? Celle de Kenza ? N'hésitez pas à lire mon thriller d'anticipation AAA.

Kyo

Auteure éditée et autoéditée, Kyo écrit depuis quelques années dans des genres allant de la romance historique à la bit-lit en passant par l'érotique, son domaine de prédilection ! Elle n'hésite pas à partager sa plume avec d'autres auteurs de talent afin de concocter des perles pour le bonheur de ses lecteurs !

IG @kyo_auteure
FB @kyo auteure
kyo31ds@gmail.com

Rendez-vous raté !

Par Kyo

Chaque personne s'affairait à sa tâche. Sans difficulté aucune, tout le monde se concentrait et obtenait le résultat attendu. La satisfaction du travail accompli ne se lisait pourtant pas sur les visages. Aucune expression de plaisir, de joie ou bien encore de lassitude après plusieurs heures d'ouvrage assidu. Rien ne transparaissait dans leur attitude corporelle. Le labeur effectué, toutes retournaient au logis retrouver le cocon familial. Une fois réunies, le quotidien prenait le pas et rendait ces familles toutes similaires.

En ce début de 22e siècle, la population avait pour trois-quarts diminué, régulée par un système de comptage des naissances, lui-même ordonné par «les associations de couples», comme on les appelait aujourd'hui. Plus de mariages traditionnels, plus de rencontres entre individus : tout cela répondait à une organisation bien huilée. Pourquoi devenir aussi stricts, me demanderez-vous ? En raison d'une catastrophe naturelle ? Un manque de ressources important, obligeant une drastique diminution du nombre de personnes sur Terre ? Non. Plutôt une maladie. Une maladie qui n'avait pas tué la moitié de la population, juste quelques centaines de milliers — ce qui déjà en soi, constituait un grand malheur.

Non, cette maladie, mue par un minuscule virus sévissant aux alentours des années 2000, ne ravagea pas l'humanité mais favorisa un climat étrange, des comportements inhabituels vis-à-vis d'une petite bête que l'on ne parvenait pas à maîtriser. À cette époque, les gouvernements des différents pays décidèrent d'un commun accord de confiner les gens, les mettant ainsi dans un abri hypothétique, loin de la maladie cruelle. Tous restèrent dans leur «home» pendant quelques mois au début. Mais comme chaque pays se laissait envahir par la peur qui devint angoisse, par l'affolement des «gestes barrières» comme ils aimaient nommer les petits moyens à leur portée pour éloigner le virus, cet affolement se transformait en panique lorsque la présence d'un individu devenait trop proche. Alors, de quelques mois, le confinement dura plusieurs années.

Pendant ce temps, on aurait pu croire qu'il fallait occuper cette populace recluse par des distractions communes. Mais les cinémas furent fermés, puisque les personnes ne pouvaient plus sortir de chez elles. S'ensuivirent les théâtres, les musées, les spectacles de toutes sortes… On dut se rabattre sur le sport. Quelques cours virent le jour grâce à Internet. Des rebelles osaient encore se montrer au milieu des immeubles ou à certains balcons. Mal leur en prit! Les voisins alertèrent immédiatement les forces de police. Ces dernières emprisonnèrent les réfractaires inconscients du danger pour eux et pour les autres! Après tout, on ne demandait rien, juste de rester en vie.

Le sport ne serait donc pas plus un allié efficace pour se changer les idées, et toute activité physique fut arrêtée. On se tourna vers la gastronomie. Beaucoup de personnes prirent des leçons de cuisine à la maison, de nouveau via Internet, mais la plupart abandonnèrent. L'isolement laissait peu d'espoir à la créativité et au goût d'échanger avec, toujours en tête, le risque encouru de choper cette cochonnerie de maladie bien plus sévère que la grippe. La vie se profila désormais autour du cercle familial ou en solitaire pour les moins chanceux. On inventa un système de livraison robotisé des repas, les drones apportant le nécessaire vital à chaque fenêtre.

Les années passèrent, écartant de plus en plus les gens les uns des autres. Petit à petit, l'humeur maussade caractérisa chacun des habitants de tous les pays de la planète. Les conversations, par le biais des réseaux sociaux, auraient pu exploser pour compenser le manque de lien physique, le contraire se produisit. Le maître-mot devint : individualisme! Et comme les rencontres ne pouvaient se faire pour assurer la procréation, on organisa les mariages arrangés et on compta les naissances. Bien sûr, ceci se fit quand on s'aperçut que la population décroissait à vitesse grand V.

Le monde vécut de cette manière et s'en arrangea. Le cercle vicieux du « métro, boulot, dodo » devint la norme, en supprimant le métro évidemment. Parlait-on de distraction en ce temps-là ? Pas le moins du monde ! Parlait-on de création, d'inventivité, de passion ? Encore et toujours non. Toute étincelle d'art disparut aussi brusquement que le virus, qu'on ne cherchait d'ailleurs même plus. Tout le monde avait pris l'habitude de vivre comme cela et se confortait dans cette vie morne et triste.

Personne ne vit, ce jour de 2189, cette autre étincelle briller dans le ciel azur, pur et frais, aucun véhicule ne venant polluer l'environnement de la planète bleue qui signait son nom comme une vérité parfaite. L'engin survola le monde humain et approcha lentement le continent devenu paisible. Les oiseaux et animaux sauvages avaient repeuplé les territoires par milliers. Leur fuite rapide souligna l'arrivée du vaisseau immaculé sous le soleil. À son bord, des êtres extraterrestres scrutaient les environs à la recherche de trace intelligente. Ils planèrent un moment, ne trouvant pas âme qui vive à part les espèces animales qui, elles, se reproduisaient à un rythme effréné, nullement gênées par la folie meurtrière des chasseurs d'antan.

Ils tombèrent enfin sur des habitations insolites. Des cubes identiques sans ouverture, sans couleur ni décoration. Leurs sondes dévoilèrent la présence d'humanoïdes vivants. Parfait ! se dirent-ils en cœur ou plutôt en pensée. Leur technologie démontrait un important degré de développement de leur civilisation. Physiquement aussi leur corps avait progressé, faisant gonfler, et leurs cerveaux et leur appétit de connaissance. Heureux de trouver enfin un peuple avec lequel échanger, discuter, partager des savoirs et des plaisirs de la vie, ils se dépêchèrent de tenter une communication par télépathie.

En s'approchant plus près, ils lancèrent leur système de traduction universelle aspirant à établir un langage commun. Ils s'empressaient de découvrir ce que cette espèce avait pu créer depuis tout au plus deux mille années et quel était leur niveau d'évolution en cette période. Leur degré d'intelligence serait forcément moindre pour ce peuple jeune comparé au leur, âgé de centaines de millénaires. Néanmoins l'art, considéré comme un domaine universel, ne nécessitait pas de connaissances particulières. Les visiteurs se délectaient des trésors qu'ils s'apprêtaient à découvrir ! Ils cherchaient tous les moyens possibles pour ressentir les frissons, les émotions propres à chacun, lorsque l'on contemple un Renoir ou bien lorsqu'on se plonge dans « Les liaisons dangereuses » !

La civilisation humaine, suffisamment « vieille » pour imaginer des histoires bouleversantes, inventer des scènes théâtrales, mouvoir les corps avec art, devait regorger d'idées et pouvoir faire vibrer les deux cœurs des visiteurs de l'espace. Férus de mille et un spectacles et autres divertissements de la galaxie, ils venaient d'encore plus loin pour s'imprégner d'œuvres. Leur mission consistait à recueillir les créations parmi tous les peuples civilisés ou non, l'art se retrouvant à toute époque, du moment que l'esprit s'en délectait. Cette société venue du lointain, voire du très lointain, ne s'intéressait qu'au domaine intellectuel et artistique. Les guerres, la technologie, leur passaient au-dessus des tentacules. S'amusaient-ils à capturer autant les ouvrages que les auteurs ? Cela dépendait de la place qu'ils avaient dans les cales de leur vaisseau.

Un des spationautes s'acharnait sur ses boutons, en augmentait l'intensité, maugréait dans ses appendices buccaux à en perdre la raison. Son collègue lui posa des questions mentalement, surpris par autant de silence dans leur récepteur. Rien ! Rien ne s'enregistrait sur leurs disques à mobilité variable en fonction des canaux reçus. Un des membres prit l'élément dans ses trois doigts agiles et le fit tourner dans l'air, à la recherche d'une moindre gravure représentant les rêves, les fantasmes des créatures enfermées dans leur boîte. Mais toujours rien ! Le disque carré ou rond restait translucide !

— Ces humains ne pensent-ils donc à rien ? finit-il par dire aux autres, si fort que le technicien chargé des recherches plissa ses quatre yeux par réflexe.

Cela ne se pouvait pas ! Le temps terrestre aurait dû démontrer une culture artistique importante, surtout du fait des preuves écoutées il y avait de cela presque trois cents ans. À cette époque, l'équipage survolait la Terre par hasard, en direction de la peuplade des Dublions. Elle avait inventé l'art de se dédoubler afin de créer plusieurs personnages à la fois et multiplier ainsi les histoires concomitantes. Le spectateur parvenait à regarder et comprendre de multiples « films » projetés simultanément. Les scientifiques artistes se faisaient une joie de voir ça et c'est en passant à quelques milliers de kilomètres de la surface de la planète qu'ils s'étaient promis de revenir voir les Terriens qui progressaient à la vitesse des bactéries !

Que se passait-il soudain ? Pourquoi ne captaient-ils rien ? La caméra à distance se faufila dans les foyers à la recherche de tableaux, de livres, d'instruments de musique. Et toujours rien ! Un des scientifiques — il n'y avait pas de hiérarchie au sein de ce personnel interstellaire — scruta une fois de plus ses écrans vides à faire pleurer un bloc d'acier. Ni une, ni deux, il décida l'ensemble de ses congénères à descendre rencontrer ce peuple inhabituel, resté statique dans leur pièce de vie. Jamais, oh ! grand jamais, cela n'arrivait ! Pourtant, l'inquiétude prit le pas sur la curiosité et ils se téléportèrent à la surface. Il leur fallut glisser jusque dans les habitations pour trouver un autochtone. Le traducteur posa les questions de coutume : « Montrez-nous l'art qui caractérise votre peuple. Nous venons en paix ! ». Devant eux, un homme se leva de son poste de travail, nullement étonné par cette apparition brutale et incongrue. Il lâcha les outils qui lui servaient à réparer les objets du quotidien. Lui avait la chance de travailler à son domicile, l'épargnant des affres du « dehors » dangereux. Il observa les intrus, leurs longues robes masquant les deux extrémités spongieuses servant au déplacement. Il les regardait d'un air béat, les yeux ronds mais dépourvus de curiosité.

— De quoi me parlez-vous ? Je ne comprends pas le mot que vous utilisez et pourtant, j'ai bien saisi que vous n'étiez pas dangereux.

La question surprit les deux protagonistes. L'humain se gratta le menton, l'extraterrestre se caressa la mandibule.

— Vos dessins, vos danses, vos chants ! Montrez-nous ! Nous venons en paix ! dit-il en envoyant mentalement quelques exemples de statues, d'architecture ou encore de couvertures de livres, pris chez des peuples similaires à celui de la Terre.

— Mais nous n'avons rien de tout ce dont vous me parlez ! Ces choses-là sont inutiles ! Non essentielles à notre monde ! Nous vivons parfaitement bien sans !

L'homme repartit aussitôt se rasseoir à sa table de travail où le soleil avait depuis longtemps laissé la place à un magnifique clair de Lune. Déçus, les extraterrestres repartirent dans leur appareil plus accueillant que la pièce vide et grise de l'humain. Se prenant les tentacules à pleines mains, ils se tordaient les neurones pour savoir quoi faire maintenant. La déception les prenait au ventre où se nichait leur deuxième cerveau émotionnel. Rebrousser chemin serait la meilleure des décisions. Ils avaient perdu assez de temps !

Sans un regard pour cette planète morte à leurs yeux, quelqu'un appuya sur un bouton, d'une pulpe gélatineuse.

Une gigantesque explosion éclata la croûte terrestre en d'innombrables fragments.

Aplok pensa :

— Aucune interaction n'est envisageable avec eux. Ils ont décidé de végéter et a priori cela leur convient.

— Je suis d'accord. Cette planète est stérile culturellement. Les animaux seuls ne pourront nous apporter ce que nous venons chercher, répondit Plok, les poils de son épine dorsale irritée tout hérissés.

Le vaisseau se propulsa dans une direction opposée à la planète qui se consumait lentement…

HALONA Priscilla

Elle s'appelle Priscilla Halona, elle est infirmière. Elle aime le chocolat (un peu trop) et la procrastination (un peu trop). Son super pouvoir est de trouver des trèfles à 4 feuilles. Elle apprivoise encore sa plume et ne connait pas encore son style mais elle se plaît à cheminer sur les chemins de l'écriture. Alors elle poursuit sa route, on verra bien où ça la mène.

Chasse, pêche et tradition

Par Priscilla Halona

À l'aube de cette année 2040, il m'arrive de songer à comment tout a commencé. À cause du contexte sanitaire, il y a d'abord eu la fermeture des commerces dits « non essentiels » tels que les librairies, les fleuristes ou encore les coiffeurs. Ensuite, il y eut le coup d'État du président alors en place, qui, refusant de quitter son mandat, a laissé place à une dictature. Fatalement, une forme de pensée unique, avec toutes les dérives que cela implique, s'est installée. Les opposants au régime étaient écartés, peu importe la façon. Les livres controversés, non autorisés par le gouvernement, furent retirés des ventes, et pour certains détruits. En guise de protestation et de rébellion, certains auteurs tels que Bernard Werber ou encore Baptiste Beaulieu s'immolèrent, l'un de leurs romans à la main, place de la Concorde. Cet acte symbolique a marqué le début de la résistance littéraire avec la création du mouvement des Auteurs Masqués. À leur tête, un homme se faisant appeler Portfolio organisait les commandes et les ventes d'ouvrages. Il gérait également les imprimeries clandestines dans tout l'hexagone.

Je suis fier de faire partie de ce mouvement. C'est ma seule façon de lutter et ma seule arme face à ce monde. J'ai bien du mal à m'adapter à cette folie ambiante. Ce qui est plutôt sain à vrai dire. C'est le cœur léger et néanmoins un peu stressé que je pars au cœur de la forêt de Bois-le-Roi retrouver mes amis du réseau, Fourmi, Vinyle et Maracas, ainsi qu'un agent de Portfolio dont j'ignore encore le pseudonyme. On me prénomme Trèfle mais mon vrai nom est Gabriel.

Afin de se retrouver de manière sécurisée, le groupe a choisi de faire passer notre réunion pour une sympathique partie de chasse dominicale.

Pour l'occasion, j'arbore l'uniforme du parfait chasseur : une belle parka et un treillis militaire tout droit sortis d'une grande enseigne sportive. Et pour parfaire cette panoplie : une carabine. Pour un peu, j'aurais emprunté un épagneul.

M'enfonçant dans la forêt encore brumeuse du matin, je hâte le pas. Peu à peu, la désagréable sensation d'être suivi m'envahit. Je décide de prendre en joue une proie imaginaire. Ce qui me permet d'avoir une vision périphérique et d'apercevoir, ou plutôt d'entendre, des branches craquer au sol sous le poids... d'un chasseur. Son visage ne me dit rien, du coup je ne suis pas sûr qu'il fasse partie du réseau. J'attends qu'il s'approche pour lui faire un signe de main en guise de salutation et nous entamons une discussion :

— Alors l'ami, tu as raté ta cible ?

Je bredouille quelque chose.

— C'est quoi ton gibier de prédilection ?

— Bah, je n'ai pas vraiment de préférence à vrai dire... Un peu tout ce qui bouge, lui dis-je sans trop savoir si c'était ce qu'il fallait répondre.

— Moi, j'aime bien les perdrix. Bien cuisinée avec un bon verre de vin, y'a que ça de vrai. Je ne sais pas si tu connais le dicton : une musique sans mélodie est comme une perdrix au chou qui ne se composerait que de chou.

— Non, je ne connaissais pas. J'ai vu passer un chevreau tout à l'heure... Il chevrotait.

— Euh... ok, me répond-il, l'air circonspect et le sourcil relevé.

À ce moment, je me demande sérieusement comment m'extirper de cette situation, certes cocasse mais franchement inconfortable. D'ailleurs, si je m'en sors vivant, je me promets d'écrire quelque chose à ce sujet. Noyé dans l'adrénaline, mon cerveau élabore moult scénarios : pointer du doigt une direction en disant « Oh ! Une perdrix ! » et courir dans le sens inverse ; le tuer, découper son cadavre à la tronçonneuse, disséminer les morceaux dans la forêt pour nourrir les animaux alors que la grande majorité d'entre eux est herbivore (note à moi-même : me procurer une tronçonneuse) ; ou encore le faire boire jusqu'à ce qu'il tombe, abandonner son corps inerte dans un puits (note à moi-même : me procurer de l'alcool). Le son de sa voix me sort de mes élucubrations.

— T'es un drôle toi ! me dit-il avec un sourire en coin et la clope au bec. Enfin, t'es surtout un bleu. Ça se voit au premier coup d'œil. Surtout qu'on ne me la fait pas, à moi, je suis chasseur et fumeur depuis l'âge de six ans. Pour le début, le mieux c'est encore de faire du tir. Ça te dit bonhomme ?

Je le regarde les yeux écarquillés.

— T'es un taiseux toi… un peu comme mon grand-père. Un grand homme, il m'a tout appris. C'est avec lui que j'ai commencé la chasse.

Sans trop savoir ce qui me prend, je lui réponds :

— Je suis plutôt du genre tire-au-flan.

Il s'esclaffe bruyamment.

— Les bleus, c'est plus ce que c'était.

Soudainement, il s'arrête de rire et regarde au loin. Il pointe du doigt un magnifique faisan qui ne sait encore rien de son funeste destin et il me chuchote :

— Vas-y bonhomme ! Pour te faire la main !

J'attrape alors maladroitement ma carabine et tente de viser le majestueux volatile. Ne pouvant m'y résoudre, je baisse peu à peu mon canon et à grand renfort de mouvements amples et de cris, je cours vers l'animal pour le faire fuir. Heureux de mon effet, je me tourne vers mon acolyte mais son regard en dit long.

— Mais enfin le bleu, qu'est-ce que tu fais ? me crie-t-il.

Il me regarde longuement, l'air suspicieux, puis brise le silence le plus pesant qu'il m'avait été donné de vivre jusqu'à présent.

— En fait, t'es pas chasseur ? C'est ça ? Mais qu'est-ce que tu fous ici ?

Mon sang se glace et mon palpitant explose dans ma poitrine. Je transpire à grosses gouttes en imaginant mon arrestation par des agents de la maréchaussée. Alors que les scénarios catastrophe s'entrechoquent dans ma tête, pendaison en place publique, lapidation, crémation ou pire encore, le rire tonitruant de mon comparse me sort de ma torpeur. Je décide de prendre mes jambes à mon cou et mon courage à une main car je tiens ma carabine dans l'autre. Je cours tel un marathonien. C'était sans compter sur les racines des arbres au sol. Ma chaussure se prend dans l'une d'elles. Je m'étale de tout mon long. Mon comparse me rejoint et, étonnement, il m'aide à me relever. Il continue de rire et essuie les larmes qui coulent le long de ses joues. Entre deux esclaffements, il me dit :

— Tu verrais ta tête !

Je n'arrive toujours pas à sortir un son.

— Moi non plus, je ne suis pas chasseur ! m'avoue-t-il en me tapant l'épaule.

Soulagé, je me mets à rire aussi.

— Tu m'as bien roulé dans la farine !

— Et pourtant je ne suis pas boulanger ! me rétorque-t-il en continuant de se gausser.

Il poursuit :

— Je viens transmettre les dernières informations du réseau. Si je peux te donner un conseil : prépare un peu mieux tes couvertures pour les prochaines réunions. Je m'en suis colliné des parties de chasse avant aujourd'hui et on te repère à des kilomètres !

— Mais qui es-tu ?

— Portfolio ! me répond-il avec un clin d'œil. Je déconne bien sûr !

Je préfère laisser planer le mystère. Tu n'as qu'à m'appeler Mystère, tiens.

— Je préfère t'appeler Caméra Cachée, ça te correspond mieux.

Puis nous cheminons ensemble jusqu'au point de rendez-vous en discutant du réseau, de ce qui nous a donné envie de s'y engager. L'espoir d'un avenir meilleur malgré l'obscurité ambiante. La lumière continue de briller et nous sommes là pour la perpétuer.

Arrivés sur place, je présente au groupe mon nouvel acolyte Caméra Cachée et ne me prive pas de raconter notre récente mésaventure. Puis vient le moment où il explique le motif de sa venue :

— Content d'être parmi vous ! lance-t-il au groupe. Il y a une commande spéciale pour le réseau des Auteurs Masqués : un recueil de nouvelles ! Sur le thème de l'environnement et des animaux. Unissez vos plumes, c'est parti !

Je ne pus m'empêcher de sourire car l'idée de ma nouvelle était toute trouvée : j'allais écrire sur la chasse.

CALAMEL Dominique

Dominique Calamel est auteure de neuf romans et de trois nouvelles récompensées par un prix. Née au Maroc, elle vit sur le bassin d'Arcachon depuis 1992. Elle signe ici sa première participation au collectif des Auteurs Masqués.

calamel.dominique@neuf.fr

La découverte de Noé

Par Dominique Calamel

Comme tous les dimanches matin, Noé se leva alors qu'il aurait pu continuer à dormir. Après tout, pas d'école aujourd'hui. Comme tous les dimanches, il entra sans frapper dans la chambre de ses parents.

— Mamaannn ! Qu'esss c'est ça ?

Les parents, comme tous les dimanches quand Noé commettait ce genre d'intrusion, se redressèrent ensemble, fixant l'objet que l'enfant brandissait. Ils échangèrent un regard, étonnés et apeurés. La maman se leva prestement pour l'attraper. Le petit ver de terre, finaud, ayant compris l'importance de ce qu'il tenait, se faufila de l'autre côté du lit. Son père, qui lui aussi avait bondi, tenta de le coincer. Mais l'enfant, singe malicieux, sauta sur le lit, levant haut son trophée. Les ressorts du sommier, devenu trampoline, grinçaient. Le petit chenapan chantonnait :

— C'est quoi, ça, maman ? C'est quoi, ça, maman ?

Trop pris par sa sarabande, il ne vit pas son père arriver par derrière, celui-ci le plaqua en lui faisant des chatouilles. L'enfant, désarçonné, lâcha son butin sans lutter. Le père fit une passe à la maman qui le récupéra. Noé riait aux éclats. Elle s'éclipsa en catimini, allant remettre l'objet dans les combles, grotte recelant tous leurs trésors du temps d'avant. Elle revint pour se mêler à la bagarre de polochons.

Bien entendu, Noé remporta la bataille.

Le calme revenu, la famille gagna la cuisine pour la préparation du petit-déjeuner. Deux minutes à peine passèrent quand :

— Maman ? C'était quoi ce truc ?

Les parents baissèrent les bras de découragement. Ils avaient compté sans l'obstination de leur fils. Phil regarda sa femme, lui laissant la parole d'un signe de la main. Chris inspira profondément. Entourant les épaules de Noé :

— D'abord, avant que je ne te dévoile le secret, tu vas devoir nous jurer que jamais, jamais, jamais, tu ne révèleras ce que papa et moi nous allons te dire.

Noé râla :

— Jure !

— D'accord, je jure.

— Ce que tu as trouvé dans les combles, alors que nous t'avions interdit d'y aller... Mais ça, on en reparlera...

— Oh, mamaan.

— Je disais donc : ce que tu as trouvé s'appelle un livre.

L'enfant, étonné, la regarda :

— Quoi ? Tu veux dire ces trucs qu'on voit à la télé dans les films ?

— Exactement.

Noé prit un temps avant de continuer :

— Pourquoi vous avez eu peur quand je vous l'ai montré ? C'est un objet dangereux ?

— Pour ceux qui nous dirigent, oui.

— Pourquoi ?

Les parents se concertèrent, Chris dit :

— Phil, je t'en prie, explique-lui, moi je n'y arriverai pas. Je vais finir de préparer le p'ti dèj ».

Le papa prit son fils sur ses genoux et lui parla avec douceur.

— Quand nous avions ton âge, 6 ans, ta maman et moi menions une vie complètement différente. Un jour, une grave maladie a obligé le monde entier à changer de manière de vivre. Du jour au lendemain, nous n'avons plus eu le droit de sortir de nos maisons, à part quelques heures par jour.

— Comme nous ?

— Voilà. En pire. Aujourd'hu, i on peut sortir tous les week-ends. Nous, nous devions montrer un justificatif, et toutes les bonnes choses de la vie ont été jugées « non essentielles ».

— Qu'esss ça veut dire ?

Phil sentit que les explications allaient être longues et ardues. Son récit représentait des siècles de culture, d'Histoire... et de vie tout simplement. Chris les appela :

— Venez mes chéris, tout est prêt.

— Ouaaaiiis ! Je meurs de faim ! Miam... On va se régaler.

Phil soupira de soulagement. Il n'aurait pas à aller plus loin dans sa narration. Il rendit son sourire de connivence à Chris. Elle avait parfaitement minuté son interruption. Ils commencèrent à manger. La maman demanda sur un ton enjoué :

— Qu'allons-nous faire aujourd'hui ? Vous avez des envies ?

— Moi j'aimerais bien que papa continue son histoire.

Impossible de duper cet enfant. Phil répondit :

— Si je fais ça, nous ne pourrons pas sortir car notre histoire est longue. N'est-ce pas, chérie ?

— Oui. Papa a raison. Moi j'ai vraiment envie d'aller marcher et de prendre l'air.

— Mais, on pourra le faire cette semaine, pendant nos heures de sport obligatoire. Aujourd'hui, je veux tout savoir sur votre vie d'avant.

La détermination de Noé était telle et le sujet déjà souvent débattu entre eux, que leur décision était prise depuis longtemps. Dès qu'il atteindrait l'âge de comprendre, ils informeraient leur fils des événements survenus en 2020, 25 ans plus tôt. Alors aujourd'hui ou un peu plus tard, autant que le faire aujourd'hui puisque Noé était en demande.

Phil prit un ton solennel :

— D'accord, on va tout te raconter. Nous allons terminer ce déjeuner. Ensuite, nous irons nous habiller…

— On peut pas rester en pyjama ? Puisqu'on reste à la maison…

— Tu ne m'as pas laissé le temps de terminer. Tu pourras poser toutes les questions que tu veux, mais quand on te dira de faire quelque chose, tu obéiras. Compris ?

L'enfant déglutit. La gravité de son père l'impressionnait.

— Oui papa, j'ai compris.

— Parfait ! Alors on débarrasse et on va se préparer.

Cela ne leur demanda pas longtemps, Noé se tenait devant la porte, prêt à partir. Son père lui mit la main sur l'épaule et le poussa vers le fond du couloir du rez-de-chaussée. Chacun des parents portait une valise. Noé en resta bouche bée.

— Mais ? Où on va ?

— Qu'est-ce que je t'ai dit tout à l'heure ?

— Vous suivre, sans poser de question maintenant, mais plus tard.

— Voilà !

Ils étaient devant une porte en chêne, habituellement fermée, que Noé n'avait jamais pu ouvrir. Phil sortit une grosse clef en fer, une de celles qui ouvraient les portails des parcs dans le temps. Le ventail s'ouvrit sur l'obscurité en grinçant. Noé fit un pas en arrière. Il n'aimait pas le noir.

— Papa va allumer, sois tranquille.

Phil obéit, braqua une lampe torche, éclairant un escalier en pierre à la pente abrupte. Il semblait avoir été creusé directement dans la terre. Souterrain en voûte au-dessus de leur tête. Les nombreuses toiles d'araignées prouvaient qu'il n'avait pas été fréquenté depuis longtemps.

— Vas-y ma chérie, aide-le à descendre. Je vous éclaire.

Juste à ce moment-là, la sonnette de l'entrée de leur maison retentit avec insistance. Suivie de coups et de cris impérieux demandant l'ouverture immédiate de la porte.

Chris, affolée, alluma aussitôt sa torche qui traça un tunnel de lumière au-delà duquel il faisait encore plus noir. Tout ce que détestait Noé.

— Accroche-toi à la ceinture de maman, mon chéri, ainsi tu auras moins peur.

La porte qui claqua dans le dos de Noé, suivi du bruit de la serrure, rassurèrent l'enfant. Juste à ce moment, celle de l'entrée cédait sous les coups de la police. Cet escalier semblait interminable. Les parois de l'excavation devenaient humides, ainsi que les marches. La maman dit avec le plus de sérénité possible :

— Surtout, fais attention à ne pas glisser, mon chéri. Tu pourrais te faire mal.

Les jambes de Noé se mirent à trembler. Il n'était plus très sûr d'avoir envie d'en apprendre davantage sur ce fameux livre, que sa curiosité et sa désobéissance lui avaient fait découvrir. Il fit part à son père de ses nouvelles dispositions.

— Maintenant que nous sommes là, nous devons aller jusqu'au bout. Nous sommes surveillés depuis longtemps et nous avons apparemment été découverts. Alors avance, en faisant bien attention où tu mets les pieds.

— Oui papa, répondit Noé en faisant la lippe.

Ils continuèrent à descendre quand Chris dit :

— Nous sommes arrivés à la dernière marche.

En effet, désormais, le sol nivelé et le tunnel plus large rendaient le déplacement plus facile. Noé posa enfin la question qui le turlupinait :

— C'est toi et maman qui avez creusé ce tunnel ?

— Non, mon chéri, ce sont mes arrière-grands-parents, pendant la dernière Grande guerre. Ils étaient résistants et ils s'en servaient pour faire fuir les Juifs.

— Ah ? dit Noé, laconique, en reprenant sa marche.

Il n'en pouvait plus. Ils marchaient depuis deux heures et demie. Néanmoins, il n'osait pas se plaindre.

Leur « randonnée » dura une éternité. Tout à coup, l'enfant s'arrêta et s'assit. Il avait faim, il avait soif et ses jambes ne le soutenaient plus.

— Noé, mon chéri ! Phil, nous devons nous arrêter pour reprendre des forces. Le petit n'en peut plus.

— D'accord. Mais pas longtemps. Tu sais que nous ne devons pas nous attarder. Ils pourraient nous rattraper.

— Oui, je sais, mais notre enfant est épuisé.

Conscient que sa femme avait raison, Phil s'accroupit près de son fils en fouillant dans son sac à dos.

— Ça va aller mon chéri. On va se reposer. Tu as soif ?

Le petit acquiesça. Chris n'avait pas attendu sa réponse et lui tendait la bouteille d'eau.

— Tiens mon amour, cela va te faire du bien.

Noé but goulûment et mangea avec avidité la barre de céréales que sa maman lui tendait. Ses parents s'installèrent chacun d'un côté et l'imitèrent. Noé profita de ce moment de répit pour tenter une question.

— Maman, où est-ce qu'on va ?

Les parents échangèrent un regard.

— Nous voulons te montrer un endroit magique. C'est là que nous y allons.

— Je t'ai dit tout à l'heure que, ta maman et moi, nous avions ton âge quand, en 2020, notre vie a basculé. Il nous était interdit de voir nos familles, nos amis. Petit à petit, on nous a enlevé ce qui faisait le sel de la vie. Nos parents travaillaient depuis la maison. Nous, les enfants, n'allions presque plus à l'école. Au début, cela nous a amusés, on avait la sensation d'être toujours en vacances. Cela n'a pas duré, le sentiment d'être en prison s'est très vite imposé. Le port du masque devint obligatoire. Interdiction de faire des bisous à nos amis. Nous n'avons pas vu nos grands-parents pendant plus d'une année.

Phil toussota. L'évocation de ces moments le bouleversait :

— Les restaurants, les cinémas, les théâtres, les librairies, les lieux de culte, ont été fermés, devenus « non essentiels ». Puis, ce fut le tour de tous les autres petits commerces, même les épiceries. Le gouvernement nous faisait espérer, nous pouvions croire que bientôt notre vie d'avant reviendrait. À l'été 2020, on a pu partir en vacances. Pourtant, à la rentrée, tout a recommencé. En 2021, les vaccins ont vu le jour. Au début, seules les personnes âgées y ont eu droit. Ils nous ont dit : « Vaccinez-vous. La vie d'avant reviendra ». Les parents de maman y ont cru.

Phil ne pouvait plus parler. Chris prit le relais.

— On ne pouvait pas connaître les effets secondaires de ces nouveaux vaccins. Il y a eu des accidents. Cependant, il fallut continuer les injections, le bénéfice pour l'ensemble de la population ayant été jugé supérieur aux problèmes. À la fin de l'année 2021, les pensionnaires des EPHAD…

— C'est quoi les épades ?

— C'étaient des maisons dans lesquelles les personnes âgées terminaient leur vie.

— C'est quoi les personnes âgées ?

Le père et la mère poussèrent un soupir. Tout cela partait de si loin. Et puis, comment dire l'horreur de la disparition des personnes de plus de 50 ans ? Elles n'avaient pas résisté à la quatrième et cinquième vague de 2022 et 2023, effaçant du même coup de la population les cheveux blancs, les rides et la notion de « personnes âgées » pour les nouvelles générations.

Phil préféra éluder :

— Plus tard. Pour l'instant, écoute.

Noé fut déçu :

— Bon. D'accord.

Chris continua donc :

— Je disais, à la fin de l'année 2021, certains pensionnaires vaccinés ont commencé à mourir. Les médecins ne savaient plus quoi faire. Bientôt ce fut le cas parmi des personnes qui avaient l'âge de nos parents.

Elle éclata en sanglots. Phil lui prit la main et y déposa un baiser.

— Les parents de ta maman sont morts. Les miens ont survécu. Ils avaient préféré attendre. Les autorités sanitaires ont fini par trouver le palliatif aux effets néfastes du vaccin sur certaines personnes. Or le virus était toujours actif et ses « variants »…

Noé ne put se retenir :

— C'est quoi un variant ?

— Ce sont des mutants. Tu sais, comme dans les films que tu vois à la télé. Le virus se transformait et devenait de plus en plus virulent. L'Assemblée Européenne décida de confiner tout le monde. Cela déclencha des émeutes dans les grandes villes. Jusque-là, nous avions obéi. Cependant, là, c'en était trop. En plus de la maladie, des milliers de gens se retrouvaient sans travail et certains mouraient de faim. Des files de personnes affamées faisaient la queue devant les associations qui distribuaient de la nourriture. Bientôt l'armée fut mobilisée pour contenir les rebelles. Certains refusèrent d'obéir et se rangèrent du côté des mutins. Tout fut mis à feu et à sang, la guerre civile gagna toute l'Europe, cela dura longtemps. Il fut même ordonné aux citoyens de jeter leurs livres, considérés arbitrairement comme source de rébellion. Ils furent mis en tas dans les rues et brûlés. Cet ordre décupla la rage des citoyens. La plupart réussirent à sauver leur bibliothèque personnelle, comme mes parents.

Il but une gorgée en regardant sa femme avec tendresse. Sachant que ces souvenirs la bouleversaient, ce n'était que par devoir envers son fils qu'elle acceptait leur évocation. Phil continua :

— Les gouvernants ne furent pas dupes, cependant ils n'osèrent pas aller plus loin. Pourtant, il fut interdit de posséder des livres. Voilà pourquoi nous t'avons demandé de garder le silence sur celui que tu nous as apporté dans la chambre. Tu sais bien que nos maisons ont des micros et des caméras. Bref, nombre d'émeutiers furent exécutés. Puis les citoyens s'épuisèrent. Beaucoup quittèrent les villes pour s'installer à la campagne. Ils y ont créé des communautés indépendantes. Les autorités les ont laissé faire puisqu'ils ne demandaient aucune aide, ni aucun soin. Ceux qui en avaient les moyens partirent à l'étranger, car la vie y était plus facile. Alors ils ont fermé les villes et les frontières. Depuis, nous menons la vie que tu connais.

Noé était ébahi. Cela n'avait rien à voir avec l'enseignement qu'on lui prodiguait.

— Pourquoi vous n'êtes pas partis vous aussi ?

Le père et la mère se prirent les mains, bouleversés.

— D'abord, mes parents vivaient encore, nous ne voulions pas les laisser derrière nous. Ensuite, pour partir, il nous fallait de l'argent, nous n'en avions pas, parce que la crise a ruiné mon père. Il ne nous restait que la maison. Une fois nos études terminées, nous avons commencé à économiser. Ensuite tu es venu au monde, etc. Bien ! Tu te sens le courage de continuer ?

— Oui, je vais bien. On peut repartir.

Après encore trois heures de marche, tout d'un coup, Chris s'écria :

— Regardez ! Là-bas ! La lumière du jour !

Ils éteignirent les torches, et oui, à environ une centaine de mètre… une pâle lueur.

Sans même se donner le mot, ils se mirent à courir. D'abord, ce fut l'air frais, puis la chaleur du soleil. Ils restèrent plantés là, le visage tendu vers le ciel cobalt. Devant eux, une esplanade au sommet d'une falaise. Elle surplombait un lac turquoise, bordé par une agglomération. Une route y menait, la traversait et suivait son chemin à l'infini. On n'en voyait pas le bout.

Phil sortit une paire de jumelles qu'il tendit à son fils :

— Regarde avec ça, tu comprendras.

Noé prit d'abord le temps d'examiner l'objet.

— Comment on fait ?

Le père, qui avait sorti une autre paire de son sac, lui dit en joignant le geste à la parole :

— Regarde comment maman et moi nous faisons.

Noé les imita et eut un geste de recul :

— Ouahh ! C'est énorme !

— Eh oui. C'est fait exprès. Maintenant, regarde bien les maisons et les alentours… dis-moi ce que tu vois.

L'enfant fit un tour d'observation, il commenta :

— Là ! Il y a des gens dans des jardins, ils s'amusent et bavardent. Là ! Sur la façade de la maison il y a écrit « épicerie »…

Il accompagnait ses commentaires de son index.

— Y'a une boucherie, une boulangerie. Et là ! Là ! Il y a une librairie ! Et une école ! Et une auberge ?

Il baissa ses jumelles.

— C'est quoi une auberge ?

— C'est un restaurant de campagne.

— Regardez y'a des gens qui sont dans le lac ! Ils s'embrassent !

Les parents se regardaient en souriant par-dessus la tête de leur enfant émerveillé pendant que celui-ci continuait son inventaire à la Prévert. Au bout d'un petit moment, Chris s'exprima enfin :

— Tu vois mon chéri, ce sont les « non essentiels ». Regarde comme ceux qui vivent ici ont l'air heureux.

— Oh oui ! Papa, maman, est-ce que l'on pourrait venir vivre ici ?

Phil le serra dans ses bras :

— Pourquoi crois-tu que nous ayons fait les valises ? Allez, venez ! Moi, je meurs de faim… On se fait un petit resto ?

C'est un trio au pas léger et plein d'entrain qui entreprit la descente vers les « non essentiels ».

« L'ignorance du peuple, nous garantit sa soumission. »

Catherine II de Russie

ALLARD Claire

Hétéroclite et touche à tout, Claire Allard aime écrire et dépeindre le monde à ses heures perdues. Elle écrit pour elle, pour les autres, en s'inspirant du monde qui l'entoure, de ses récits et se nourrit souvent de ses sentiments.

5 avenue Marceau

Par Claire Allard

Ce fut comme une apparition. Un moment suspendu où son cœur chavira. Elle était là, sur scène, le dos tourné, les cheveux remontés. Elle était immobile, dans l'obscurité. On entendait seulement le son de sa voix qui paraissait venir d'un autre temps.

La mise en scène était simple. Un bureau, deux chaises, un paravent avaient suffi à créer cette atmosphère troublante qui semblait si réelle.

Dehors, il faisait nuit noire, on devait déjà être au mois de décembre, c'était le dernier groupe qui performait. La journée avait été longue, chacun avait joué de sa créativité, on n'attendait plus grand-chose si ce n'est qu'elle s'achève et qu'on puisse rentrer chez soi se reposer.

Mais à la surprise de tous, l'assemblée fut transportée dans ce lieu, bureau d'artiste, devenu musée et aujourd'hui théâtre. On venait de réveiller le célèbre « 5 avenue Marceau ». On devinait déjà le point commun entre tous, la sensibilité qui s'en dégageait et la magie qui en découlait. Ce lieu avait vu passer tant de monde, tant d'artistes. Il avait été l'antre de la création et de belles rencontres. Les époques, les robes défilaient devant nous. À cet instant, nous étions à la fin des années 60, la période phare de la maison Saint Laurent sur fond de révolution sociale.

Je la regardais, elle m'avait embarqué dès le début. À peine méconnaissable, elle était comme travestie. Le temps d'un instant, elle n'était plus ni homme ni femme, mais artiste. Avec ses mots, elle peignait le décor, retraçait les époques. Tout n'était que poésie. J'avais l'impression de vivre un rêve.

***

Pour écrire cette pièce, il lui avait fallu rassembler tous les arts. «Écris avec ton cœur» lui avait-on conseillé. Le créateur disait : «Quand on aime, on est en danger, c'est ça qui me plaît.»

Au commencement, elle s'était sentie prise d'un vertige. Il y avait eu cette période de vide qui précède chaque création, où l'on se demande : «est-ce que je vais y arriver ? Comment vais-je refléter tout ce que je vis, tout ce que je vois… ?» Puis, comme toujours, le génie créatif arrivait et les contours se formaient. Lui-même s'enfermait et ne voyait plus le temps. Pendant une quinzaine de jours précédant les collections, il pouvait produire plus de mille dessins… C'était comme si une puissance divine avait pris possession de ses mains et produisait des heures durant… Et puis il y avait à nouveau l'angoisse. Cette angoisse… «Est-ce que ça va plaire ? Est-ce qu'ils sont prêts pour ça ?»

En essayant de poser les mots sur le papier, en oubliant tout ce qui pouvait se passer autour, elle était devenue lui, elle avait compris son sentiment et sa difficulté à vivre le monde. Vivre ses angoisses l'avait littéralement transportée dans la peau du créateur. C'était sûrement ça, la clé, le pont qui les réunissait, les angoisses, la timidité et pourtant un amour débordant qui donnait le courage d'aller au bout. Il y avait cette envie de ne jamais baisser les bras.

Créer, dit-on, s'est se mettre à nu, ouvrir une partie de soi. «Il y a quelque chose de très personnel dans le processus créatif», avait-elle remarqué. On crée avec son cœur, on écrit avec son cœur, on fait défiler les mots, les idées. Souvent quand elle s'abandonnait à écrire, elle sentait comme une part d'elle-même se détacher et venir se poser sur la feuille, beaucoup d'émotions renaissaient. Elle explorait les sentiments au plus profond d'elle-même, les choses qu'elle avait vécues, ressenties, les instants de bonheur, mais de peine aussi.

Créer, c'est chercher en soi pour s'ouvrir au monde. C'est donner sa vision, qui parfois plaît, parfois ne plaît pas. Créer, c'est faire fi des critiques pour ne pas laisser la créativité se briser.

Continuer à créer, à écrire, c'est cela qu'on l'avait toujours encouragée à faire. Le monde n'est pas toujours prêt. Créer, c'est aussi révolutionner.

**

Mon esprit revint sur scène et mon regard se jucha à nouveau sur elle. Elle évoquait justement cette idée de révolution. Je l'entendis dire : « Quand en 1971, Jeanloup Sieff m'a demandé de poser, je n'y avais pas réfléchi, c'est venu naturellement. Pour une fois, j'avais besoin de me mettre à nu. Ce n'est pas tout de mettre à nu une époque, il faut pouvoir l'assumer, tout en restant soi. Ces lunettes, ce symbole, c'était moi, c'était ma vision, la provocation ce n'était qu'un moyen de l'imposer. »

Qu'est-ce que la mode si ce n'est un puissant outil pour refléter ce qui se passe dans le monde ?

« Le génie des gens de notre espèce n'est pas dans nos mains, mais dans le regard créatif que nous portons sur le monde », avait-elle alors déclaré.

Le débat était lancé : est-ce que la mode est un art ? Qu'apporte-t-elle au monde ? Que témoigne-t-elle ? Et de quelle mode parle-t-on ?

Pierre Bergé avait balayé cette question en disant : « La mode n'est pas un art mais il faut un artiste pour la créer. » En témoignaient les créations. Je voyais devant mes yeux les images des robes les plus iconiques. Dans le musée que j'avais visité une semaine auparavant, j'étais tombé nez à nez avec cette robe pleine de couleurs, la robe Mondrian. Comment comprendre le paradoxe ? Cette robe, issue de l'art et de la haute couture, s'était retrouvée copiée et vendue en masse dans les grandes surfaces américaines. Un jour la création est là, le lendemain elle est appropriée par le monde. Mais n'est-ce pas cela le but ? N'est-ce pas de rayonner ? Je repensais à cette définition de l'innovation et sa différence avec l'invention. Une innovation devient invention à partir du moment où elle trouve une application commerciale. Pourrait-on dire qu'une création de haute couture devient mode dès lors qu'elle est commercialisée pour le plus grand nombre ? Cela pourrait semblait un peu simplet, mais cela montrait la porosité entre les deux mondes.

Je rêvassais, j'avais perdu le fil de ce qui se disait, pourtant, l'envoûtement continuait : « Dans toutes mes collections, j'ai pensé à ma mère, à la femme qui avait été mise dans un carcan et rêvait d'épanouissement. Ces femmes portaient ce chignon trop serré, elles n'étaient pas heureuses, il fallait les libérer de tout cela. Ce qui m'a paru essentiel, c'est de créer des vêtements dans lesquels on se sentait bien. Quand on se sent bien dans un vêtement, tout peut arriver. Un bon vêtement, c'est un passeport pour le bonheur. Ainsi, pourquoi ne pas faire porter le pantalon aux femmes ? »

Je repensais alors à une phrase que j'avais lue : « Si Chanel a libéré la femme, Yves Saint Laurent leur a donné le pouvoir ». Revisitant le smoking, Yves Saint Laurent avait ouvert un nouveau champ des possibles. En décloisonnant les vestiaires masculins et féminins, il décloisonnait ainsi les mondes. Convaincu que dès lors qu'on se sentait bien dans un vêtement, tout pouvait arriver, il avait donné confiance aux femmes d'aller sur des territoires qui leur étaient jusqu'alors, par la bienséance, interdits. C'était la fin des années 60, le début des années 70, les mœurs se libéraient enfin. Et pourtant, il ne leur avait pas fait perdre leur féminité, affirmant que ce nouveau vestiaire n'était là que pour la sublimer.

***

Non seulement la mode est le fidèle miroir d'une époque, mais elle est une des plus directes expressions plastiques de la culture humaine.

Yves Saint Laurent

***

Depuis le début de la pièce, je ressentais une chaleur forte dans ma poitrine, quelque chose me transperçait, moi qui habituellement étais si distant avec les émotions, je me sentais pris d'une profonde compassion pour le personnage, mais aussi pour cette femme que je redécouvrais. On dit que le mot compassion vient du latin «cum» et «patior», souffrir ensemble, j'avais l'impression de partager ses émotions, de faire corps avec ce qu'elle disait et éprouvait. C'est fou comme le théâtre permettait cela, touché par les mots, la voix des personnages, tout prenait en un instant sens. Je décidai de fermer les yeux et de me laisser porter par sa voix.

On parlait d'art, mais aussi d'amour.

«Parfois il est difficile d'ouvrir les yeux aux gens, de rompre les sentiers établis… Il faut avoir du courage, mais tu en as toujours montré.»

Un peu plus tôt dans la journée, l'un des groupes avait appelé la maison Saint Laurent, l'aigle à deux têtes, en référence à la pièce de Cocteau pour laquelle Yves avait dessiné les costumes. Il y avait un corps, mais deux têtes pensantes, qui chacune allait dans un sens. Elles exploraient les mondes à leur manière, l'une créative, l'autre réfléchie et mesurée, tout en essayant de trouver un terrain d'entente. Ce n'était pas souvent facile, mais l'amour triomphait toujours. Comment deux êtres si différents étaient-ils tombés amoureux ? Cette question, je me la posais pour eux, mais aussi pour nous. Comme une projection fulgurante d'un amour en passe de naître. Comment pouvais-je tout à coup ressentir un sentiment fort pour cette fille qui semblait si différente mais qui, par sa voix, sa sensibilité m'avait tout de suite attiré ?

Pierre avait une confiance sans faille dans le talent d'Yves, c'était sans doute ça la clé qui les avait toujours portés plus loin dans les projets.

241

Une voix au loin, l'écho de Pierre, déclamait : «Nous n'étions pas des héritiers, nous n'avions rien, seulement de la passion et du talent, et le sentiment d'être tout l'un pour l'autre.»

Tellement convaincu de sa capacité, il avait bluffé tout le monde, comme lorsqu'il avait annoncé dans la presse qu'il avait le financement nécessaire alors qu'il lui manquait encore la moitié, ou quand il avait dit que ce serait l'entreprise de Didier Grumbach qui fabriquerait le prêt-à-porter bien qu'il avait au départ refusé.

L'aigle à deux têtes, deux esprits dans un seul et même corps réunis. La complémentarité les nouait, l'amour des belles choses aussi. Leur collection exceptionnelle d'objets d'art dont Pierre avait dû se séparer dans un profond déchirement en témoignait. La pièce se finissait par l'extrait d'une lettre que Pierre avait écrite à Yves après sa mort. Il avait passé près d'un an à lui écrire presque tous les jours pour accompagner son deuil.

«J'ai beau feindre de vivre comme si rien ne s'était passé, comme si j'allais te parler au téléphone comme nous l'avons fait toute notre vie, comme si tu allais pousser la porte de mon bureau, avec prudence comme chaque fois, pour t'assurer qu'il n'y aurait pas d'importuns, il n'y a rien à faire : je bute toujours sur ton absence. Elle m'assaille n'importe où, n'importe quand. Crois-moi, cette vente et cette affaire Warhol n'ont rien arrangé. Je ne te parle pas d'une absence métaphysique mais au contraire d'une absence physique. Absence présente. Comme un oxymoron. Je sais que tu me comprends, toi qui t'es éloigné si souvent de la vie, qui a pris tant de distance avec la réalité. N'était-ce pas un jeu de ta part ? On peut se le demander. Chacune de tes collections ne prouvait-elle pas au contraire que ton regard sur le monde ne s'était pas dissipé, que tu avais tout vu, tout compris. Derrière tes lunettes de myope, tu cachais la vérité mais nous, nous deux, nous avions nos secrets pour la faire jaillir[21].»

La pièce s'achevait sur la chanson d'Henri Salvador «J'ai tant rêvé».

Peu à peu, je reprenais mes esprits, complètement bouleversé par ce que je venais de vivre. C'était tellement fort que je décidai de garder ce

---

21. Extrait de «Lettres à Yves» de Pierre Bergé — Lettre du 25 mars 2009

sentiment pour moi pour le chérir, jusqu'à y revenir quelques années plus tard.

***

Je me demandais aujourd'hui, plus de 4 ans après, ce qu'elle avait signifié pour moi.

Depuis plus d'un an, nous errions dans un dédale d'événements incongrus dont on ne voyait plus le bout. Je m'interrogeais : quelle aurait été ma vie si jamais je ne l'avais pas vue sur scène ce jour-là, si je n'avais pas ressenti ce que j'avais éprouvé à ce moment-là ? Comment ce moment me semblait désormais si essentiel dans la construction de ma vie ? Quel aurait été mon chemin si je n'étais pas retourné sur les bancs de l'école, avait découvert cette phase profonde cachée, cette créativité ?

Était-ce essentiel ? Qu'aurait donné cette pièce si elle avait été jouée et vue seulement par… Zoom ? Nos modes de pratiques et d'interactions étaient tellement dénués d'émotions, notre concentration tant diminuée. Je pense que je n'aurais jamais été embarqué de la manière dont je l'avais été. C'est drôle ce mot «embarqué». C'est comme si mon esprit était monté dans sa barque pour un long voyage.

J'avais aimé découvrir ce musée. Bien sûr, je pouvais toujours aller sur leur site Internet, écouter le contenu, mais en fait, j'y passais cinq minutes et j'ouvrais mon compte Instagram pour observer la vie des gens. Je n'y apprenais rien, je regardais des tutos, je trouvais de nouvelles passions. J'aimais cuisiner. Mais quel plaisir quand on ne peut pas le partager ?

Pour mon anniversaire l'année dernière, elle m'avait offert une édition reliée des lettres de Pierre à Yves, je n'avais pas tout de suite compris.

« *Sceller notre destin.* Quelle étrange expression qui voudrait dire qu'on a été se faire apposer un sceau. La vérité est bien plus simple : nous nous aimions, nous avons essayé de réunir nos deux existences et, ô surprise, ça a marché pendant cinquante ans. Parfois, nous avons trébuché, nous

nous sommes pris les pieds dans le tapis, nous nous sommes cassé qui une jambe, qui un bras, mais cinquante ans plus tard nous étions encore là et nous ne nous étions pas quittés. C'est peut-être cela l'amour fou. L'amour de deux fous[22]. »

Cette pièce, je la considère désormais comme un événement fondateur de ma vie.

Ce récit rend hommage à Pierre Bergé et à Yves Saint Laurent, et à leur si belle œuvre, source inépuisable d'inspiration, à l'image de leur amour.

La pièce de théâtre au centre de cette nouvelle a été écrite dans le cadre d'un projet d'étude à l'IFM (Institut Français de la Mode). Chaque année, les étudiants analysent l'évolution d'une maison à travers les époques sous le prisme analyse « RSI », c'est-à-dire comment une entreprise génère du souffle à travers l'équilibre des cercles Réalité, Imaginaire et Symbolique. Le rendu de cette analyse donne lieu à diverses interprétations et mises en scène qui amènent les étudiants à se plonger dans l'univers créatif des protagonistes.

Merci à Laura, Bertrand et Xiaoyan, avec qui nous avons partagé cette analyse et l'écriture de cette pièce. Merci également à tous ceux qui ont apporté leur aide et leurs corrections dans la relecture de cette dernière.

---

22. Extrait de « Lettres à Yves » de Pierre Bergé — Lettre du 7 janvier 2009.

GRANSARD-DESMOND Jean-Olivier

Icono-archéologue, Jean-Olivier Gransard-Desmond est spécialiste de la relation homme-animal. Il est intervenu sur de nombreux chantiers de périodes différentes. Fondateur d'ArkéoTopia, il est très actif dans le domaine de la médiation scientifique, de l'éducation et de la défense de la recherche archéologique. Il est notamment le concepteur des supports ludo-pédagogiques *Mon cahier d'archéologie* et d'animations scientifiques à destination du jeune public. Écrivain, il est l'auteur de plusieurs nouvelles.

jogd@arkeotopia.org
www.arkeotopia.org
FB @gransarddesmond
LI Jean-Olivier Gransard-Desmond

L'Histoire, ça sert à rien

ou comment une discussion philosophique autour d'un escargot transforme la recherche archéologique considérée comme accessoire en activité essentielle à la vie quotidienne

Par Jean-Olivier Gransard-Desmond

— Bonjour Alex ! Que fais-tu ? demanda Augustin en voyant son ami archéologue concentré sur sa loupe binoculaire, un tesson de poterie dans chaque main.

— Bonjour Augustin ! répondit chaleureusement Alex.

Reposant avec précaution les tessons qu'il tenait en main, il se retourna vers Augustin :

— Hé bien, je suis occupé à faire concorder les types de surfaces actives avec les stigmates d'utilisation d'outils laissés sur des poteries expérimentales comme celles-ci.

— Pourquoi ? demanda timidement Augustin qui n'avait absolument rien compris à l'explication de son ami.

— À partir de notre échantillon de cent-trente outils qui proviennent de dix-huit sites datés du *Chasséen* provençal, nous comptons aboutir à la création d'un référentiel tracéologique. Le résultat nous permettra de définir les modes opératoires en fonction des caractéristiques tribologiques des surfaces actives.

— Wow ! Alors là, j'peux pas aller plus loin. Vas-y doucement, s'il te plaît, demanda Augustin. J'avoue. J'ai absolument rien compris à ce que tu m'as dit depuis le début. Tribo… quoi ?

— Ah ! Ah ! Ah ! Bien sûr. Tri-bo-lo-gique, du grec ancien *tribos*, «frottement» et *logos*, «science ou étude». La tribologie est la discipline scientifique qui étudie les phénomènes se produisant entre deux systèmes matériels en contact, immobiles ou animés. Autrement dit, cette discipline scientifique permet d'étudier ce qui a trait aux frottements, aux usures ou à la lubrification. C'est une branche du génie mécanique et de la science des matériaux. Grâce à la tracéologie, nous pouvons déterminer quel outil a servi à fabriquer tel autre, voire comment il a été utilisé. Si tu préfères, la tribologie est à l'étude en laboratoire ce que la stratigraphie est au terrain avec son utilisation en fouille.

— D'accord ! Donc en langage plus clair, vous espérez pouvoir retrouver comment ont été faites ces poteries à partir des traces laissées par les outils qui ont permis de les fabriquer. C'est ça ?

— Tu as très bien compris, même si nous n'espérons pas ! Nous savons ! C'est possible, poursuivit Alex d'un ton triomphal, brusquement coupé par Augustin qui déclara d'un ton légèrement coléreux :

— Tu pouvais pas dire ça plus tôt !

— Eh, du calme, mon garçon, le reprit Alex. Ce n'est pas ton genre de rejeter les grandes explications avec les mots justes. Que t'arrive-t-il ? Des soucis ? s'inquiéta son ami.

— Désolé, fit Augustin avec un geste d'excuse. Je suis énervé depuis ce matin.

— Que se passe-t-il ?

— Voilà, commença Augustin. Mes copains me balancent déjà sans arrêt des piques avec «L'Histoire, ça sert à rien !» ou «L'archéologie, c'est pour les fils à papa qui n'ont rien d'autre à faire.». Figure-toi que maintenant, ce sont les adultes qui s'y mettent ! J'ai eu droit à : «La recherche archéologique ? Utile ? Mieux vaut construire une école ou un centre commercial, au moins ça sert à quelque chose !»

Alex écoutait attentivement son jeune ami qui tremblait en racontant ses mésaventures et qui continua :

— Je ne sais pas quoi répondre tellement ces agressions sont virulentes et me prennent à partie.

— Je vois en effet que cela te met dans tous tes états !

— Bah oui ! Parce qu'en plus, j'ai eu droit à un sermon de l'épicière quand j'ai essayé de lui expliquer ce que je voulais faire plus tard. Devant tous les clients, elle a déclaré bien fort : «C'est bien beau d'aller faire des fouilles, mais c'est pas ça qui fera avancer le pays. »

Alex regardait Augustin, désolé mais attendri. Il eut un petit sourire en coin. Ébouriffant les cheveux du jeune garçon, il répondit avec bienveillance :

— Je connais bien ce souci. Les archéologues sont tous passés par là un jour ou l'autre. D'ailleurs, à force de reléguer notre travail au rang d'activité accessoire voire inutile, tu penses bien que certains se sont posé la question : Comment répondre ? Quels sont les apports de la recherche archéologique à la vie quotidienne ?

— C'est vrai ? sursauta Augustin soudain rempli d'espoir.

Il jubilait déjà à l'idée de pouvoir remettre à leur place ses opposants.

— C'est vrai, oui ! confirma Alex d'un ton calme. C'est très bien que tu te poses cette question. Cela veut dire que tu es arrivé à un stade où tu dépasses ton propre plaisir, ton envie de devenir archéologue, pour te projeter sur ce qu'apportera ton activité à la société.

— Qu'est-ce que tu entends par là ?

— Si les raisons pour devenir archéologue peuvent être variées, il y a des constantes dans ce que les gens expriment de cette envie. Ils veulent explorer des terres inconnues, jouer à Indiana Jones ou Lara Croft, poursuivre leur rêve d'enfant de trouver des trésors, et j'en passe. Mais tu le sais déjà, notre activité est bien loin de ces clichés de cinéma.

— Je sais bien que le travail d'un archéologue présente des côtés laborieux. C'est le cas de toutes les professions de toute façon. Dans mon cas, tu sais bien que c'est différent. Je veux marcher sur les pas de mon grand-père Mathieu. Moi, ce qui m'intéresse en archéo, c'est l'aventure de l'esprit !

— Je sais ! Je sais ! confirma Alex mi-amusé, mi-impressionné par la maturité d'Augustin. Pourtant au départ, tu pensais surtout à toi. Maintenant, tu te demandes comment montrer ce que cela peut apporter aux autres. C'est bien. C'est fondamental de savoir quels sont les enjeux de sa future activité. Tu vas vite te rendre compte qu'ils sont loin d'être accessoires.

Augustin s'assit sur la paillasse. En balançant les jambes, il se pencha vers Alex et dit sur un ton de mystère :

— Tu m'intrigues, Alex. Raconte !

— Tu vas comprendre. Mais d'abord, une petite discussion plus large. D'accord ?

— Ok ! approuva Augustin, étonné de cette proposition.

— J'aimerais que tu réfléchisses à la différence entre ce qui est essentiel et ce qui est accessoire, commença Alex. Par exemple, pour notre ami Trace l'escargot, la pluie est essentielle, poursuivit Alex tout en se levant et en faisant signe à Augustin de le suivre près de l'espace où l'escargot était en train de se régaler d'une tomate écrasée.

— Vois-tu Augustin, reprit Alex en pointant du doigt son ami Trace, le muscle qui lui permet de se mouvoir doit être continuellement humide. C'est essentiel ! Sans cela, il ne peut fabriquer le mucus dont il a besoin pour diminuer les forces de frottement quand il se déplace. Se déplacer en l'absence d'eau, pour Trace, cela le ferait tout simplement mourir par déshydratation, d'où le brumisateur dans le coin de son espace. En est-il de même pour toi ? demanda-t-il en se redressant et en pointant Augustin du doigt.

— Moi ? Mais ! Non ! Je ne suis pas un escargot ! Je suis un humain ! Et d'ailleurs… personnellement… je préfère le soleil. En plus, le soleil me semble plus important que la pluie pour les Hommes. J'ai lu des choses là-dessus : la vitamine D, la production d'hormones de bien-être et plein d'autres choses que j'ai oubliées ou que je ne connais pas.

— Tu as tout à fait raison. Pourrions-nous en conclure pour autant que la pluie n'est pas essentielle ? Que nous pourrions nous en passer ? renchérit Alex avec un sourire en coin.

Alex fixait son jeune ami d'un regard inquisiteur. Devant la mine d'Augustin qui sentait venir un piège, il poursuivit :

— Je ne cherche pas à te taquiner mais à te montrer que selon qui nous sommes, ce que nous faisons, ce que nous voulons obtenir, nous allons avoir un point de vue différent sur ce qui est essentiel ou non.

— Oui, je comprends. C'est vrai que, pour un agriculteur, la pluie est essentielle à son travail, autant que le soleil.

— Tout à fait. Pour autant, si tu poses la question autour de toi, il y a de fortes chances que les gens te répondent que si l'eau est essentielle, ils se passeraient bien de la pluie.

— Autrement dit, ce qui est essentiel pour les uns ou ce qui l'a été, peut être accessoire pour les autres ou le devenir. C'est ce que tu veux dire ?

— Tout à fait ! confirma Alex. Ainsi, une activité qui peut paraître accessoire, peut en fait être essentielle. C'est le cas de la recherche archéologique et plus largement de la recherche historique.

— La recherche historique ? Essentielle ? Comment ça ? s'étonna Augustin, les yeux écarquillés.

— Eh bien, l'Histoire est-elle étudiée uniquement par les scientifiques ?

— Oui… Pour ce que j'en sais, répondit Augustin, mal assuré, ne voyant pas où l'archéologue voulait en venir.

— En es-tu certain ? N'étudies-tu pas l'Histoire, toi aussi ?

— Yep ! Au collège. Nous sommes censés faire de l'Histoire, mais c'est d'un barbant ! Je préfère dix-mille fois venir l'étudier ici dans les locaux d'ArkéoTopia.

— Barbant ? Là, c'est une question de pédagogie et c'est une autre histoire. En revanche, tu confirmes bien que tu étudies l'Histoire au même titre que le français, l'anglais, les mathématiques et bien d'autres matières.

Augustin s'impatienta :

— Oui, mais je ne vois pas le rapport !

— Ah non ? Et d'où crois-tu que tes manuels scolaires sortent leurs informations si ce n'est des résultats des différentes disciplines historiques, dont l'archéologie ? Qu'est-ce, à ton avis, si ce n'est une application à la vie quotidienne ? questionna Alex en titillant Augustin.

— Ah, ça ! Tu as raison. Je n'y avais pas pensé, s'exclama Augustin, stupéfait.

— C'est bien là tout le drame de notre discipline. Beaucoup de gens font comme M. Jourdain avec la prose : «Ils utilisent l'archéologie sans le savoir. »

Augustin était entré en profonde réflexion.

— Oui, mais là aussi, on va dire que cette utilisation à l'école est inutile ! riposta Augustin.

— Tu as raison… et tort à la fois, expliqua Alex. Là où tu as raison, c'est qu'il y aura toujours des gens pour dénigrer l'enseignement de l'Histoire. Ils parleront de perte de temps. Ils présenteront l'enseignement général comme déjà trop lourd et diront qu'il ne faut pas l'encombrer par des savoirs accessoires comme l'Histoire et j'en passe.

— Mais moi, je ne veux pas qu'on supprime l'Histoire. Je voudrais seulement que ce soit plus intéressant !

— Comme je te l'ai dit, pour ça, c'est avant tout une question de pédagogie. Là où tu as tort heureusement, c'est qu'il y a aussi des politiciens éclairés. Ces derniers sont conscients de l'importance de l'Histoire pour une civilisation. Non seulement l'enseignement de l'Histoire permet à chacun de se situer dans l'espace et le temps, mais également — norma-lement — d'éviter de répéter les erreurs du passé. Connais-tu Georges Santayana ?

Augustin fit non de la tête.

— C'est un écrivain et philosophe americano-hispanique. Il a écrit, en 1905 : « Ceux qui ne peuvent se souvenir du passé sont condamnés à le répéter. » Tout est dit. D'ailleurs, que me dirais-tu, toi, sur le devoir de mémoire ?

— C'est vrai que nous sommes encouragés à ne pas oublier ce qui s'est passé. On nous parle toujours de la Seconde Guerre mondiale avec des chiffres et plein de pathos. Moi, je trouve que ressasser toujours les mêmes choses n'est pas constructif ! On pourrait peut-être faire autrement pour s'en souvenir, non ?

— Oui, mais c'est important de se souvenir et de savoir ! Ça sert à donner des repères à chacun pour se situer par rapport à l'Autre. Le fait que ce soit mal fait et n'atteigne pas son objectif est une autre affaire. On en reparlera.

Après une pause :

— Toujours est-il que tu peux le constater : les applications de la recherche archéologique sont bien plus nombreuses qu'on ne le pense. Il y en a même une autre que tu vas certainement trouver tout seul mainte-nant que tu es sur la piste, proposa Alex à Augustin.

— Une application de l'archéologie à la vie quotidienne qui ne concerne pas l'école et que je connais bien ? répéta Augustin lentement à voix haute en tirant les mèches folles de ses cheveux.

— Oh oui ! Tu en es très friand, s'amusa Alex.

À ces mots, le visage d'Augustin s'éclaira :

— Les visites guidées ! Les voyages ! Mais oui, bien sûr !

— Tu vois que tu connais bien tout ça. Mais tu n'avais pas rangé tes « fichiers » dans le bon dossier ! confirma-t-il en lui tapotant la tête du bout du doigt. La valorisation du patrimoine culturel par le tourisme est un des autres bénéficiaires des recherches archéologiques et des recherches historiques en général. Sans l'archéologie, pas de préhistoparcs ou de valorisation des occupations préhistoriques. Adieu les visites à Lascaux, Chauvet, Pincevent, les Combarelles et j'en passe.

— Ah non !

Augustin entrevoyait avec horreur l'absence de tels lieux.

Alex continua :

— Et sans tourisme : désertification de certaines localités, absence de développement local et national, pas de produits dérivés associés et donc pas de productions matérielles, et j'en oublie certainement. Avec cet apport essentiel au tourisme culturel, on ne peut pas dire que l'archéologie ne participe pas à l'économie d'un territoire.

— Pourquoi tout ce que tu viens de me dire passe complètement inaperçu ? Pourquoi les archéologues n'en parlent-ils pas plus souvent ?

Augustin ne comprenait pas comment on pouvait être arrivé à une telle situation. Tout était pourtant très simple. Il était alors surpris que la communauté archéologique n'ait pas évoqué ces vérités depuis tout ce temps.

— Comment ? fit Alex d'une petite voix éraillée de vieillard en se tenant le dos comme s'il avait plus de cent ans. Môssieur voudrait que les archéologues se commettent à parler de sujets aussi vulgaires que d'applications, d'argent ou d'économie ! Nous ne mangeons pas de ce pain-là, Môssieur. Nous sommes les garants du savoir, Môssieur. Nous n'avons pas à sortir de notre tour d'argent où nous sommes bien tranquilles.

Reprenant sa voix, Alex poursuivit :

— ... mais nous serons bien surpris quand viendra le temps où les politiciens décideront de supprimer ce qui, du coup, n'apparaîtra pas comme essentiel à leurs yeux.

Il respira et laissa tomber une évidente conclusion :

— Alors, bonjour les coupures de crédits et les fermetures de labos.

Nous recommencerons toujours les mêmes erreurs. Nous risquons de systématiquement prendre à nouveau l'Autre pour un ennemi.

Un silence s'installa. Augustin ne savait trop quoi dire et Alex s'était enfermé dans de sombres pensées. Tout à coup, Augustin songea qu'Alex avait parlé d'autres applications mais n'avait pas précisé lesquelles. Il pensa que certaines pourraient peut-être lui redonner le sourire. Il demanda :

— Tu m'as dit qu'il y avait d'autres applications. Y en a-t-il une qui te tient à cœur ?

Après quelques secondes, Alex reprit des couleurs et narra son aventure en Palestine avec Lisa. Il expliqua comment l'archéologie pouvait être un puissant levier de réconciliation entre les peuples, pour peu que les archéologues se rendent compte de l'importance politique que revêt l'Histoire et acceptent d'y participer à leur mesure[23].

— Finalement, conclut Augustin, l'Histoire est loin d'être accessoire dans nos sociétés mais elle n'a pas encore trouvé sa place ! Plus tard, quand je serai archéologue, je ferai en sorte que tout ce que tu m'as dit se sache.

— Pas besoin d'attendre plus tard, Augustin. Tu peux déjà participer à ce changement de société en diffusant ce que tu sais, en discutant avec tes amis, en montrant, par tes actes, ce que l'Histoire peut apporter à notre vie quotidienne et tu verras : la situation évoluera d'elle-même.

Augustin envisageait les prochaines attaques avec beaucoup plus de sérénité. Il avait de quoi répondre, et de façon argumentée qui plus est. Il sourit à Alex qui lui rendit son sourire. Après un silence beaucoup plus léger, Alex le rassura de nouveau :

— Les gens ne se rendront même plus compte qu'auparavant elle était considérée comme non essentielle — puisque c'est le mot à la mode en ce moment — et ils croiront même que l'Histoire a toujours été essentielle dans la vie des humains.

— Merci Trace ! fit Augustin en jetant un regard au fond du labo. Je t'apporterai une tomate la prochaine fois. Promis !

---

23. Voir «Archéologues sans frontières» dans Histoires de Tolérance, Les Auteurs Masqués (collectif), Amazon.fr, 2020, p. 243-251.

LORIS Iza

Dans sa salle de spectacles à Bruxelles, dans ses ateliers, Iza Loris programme et dégaine les mots, les siens et ceux des autres. Pourquoi le dire avec des fleurs quand on peut le faire avec un flingue et un stylo ? Le bonheur tout sourire crache à la gueule. Et tant mieux s'il reste un peu de citron pour les plaies.

Iza Loris
IG @izaloris
FB @izaloris
izaloris@gmail.com

L'étoile rouge

Par Iza Loris

Chaque matin, Nico sort de son lit et se dirige vers la cuisine fuchsia, peinte par sa grand-mère. Il s'applique à garder son calme, allume le plafonnier, et appuie sur le bouton de la cafetière. Il place sur la table un bol marqué Michel, d'un bleu ciel électrique. Pour lui, il prend le gris en grès, matricule 87520024. Les faïences aux jolis prénoms n'ont plus cours. Les fabriques ont été adaptées, sur ordre du Parlement européen, plus traçables et plus efficaces. Un bol, un matricule, pas de gâchis.

Michel a de la chance. Qu'il soit mort n'y change rien. Il a son bol bleu avec son nom marqué dessus. Depuis trente-six mois, Nico place les récipients l'un en face de l'autre, beurre deux tartines, en mange une, émiette la seconde sur le rebord de la fenêtre. Michel adorait les oiseaux, et les poèmes de Prévert. Nico boit son café, tout absorbé dans sa conversation. Leurs vieilles disputes de jumeaux célibataires lui manquent. Nico parle, Michel répond. À moins que ce ne soit le contraire.

— L'essentiel en enfer, Nico, c'est de survivre.

— T'as raison Michel. Sauf que là, t'es mort. À quoi veux-tu survivre ?

— À l'extinction des feux.

— Un enfer sans flamme ! Ah, Ah ! Personne ne s'attend à ça, je te dis pas la gueule de Lucifer !

— À l'extinction des feux de la rampe !

— Des rampes éclairées ? Pour passer de l'autre côté ? T'es trop fort ! Dépose l'idée !

— À l'extinction des artistes.

— Parler avec un mort, tu sais, ça me fait de la compagnie !

— Ah non, mon Nico, là tu ne parles pas avec un mort ! Tu parles tout seul.

Et Nico de continuer son mono-dialogue.

— Michel, je t'en humhumhumhumhum !

— Tu cites Angèle. Joli ! La belle Angèle a de beaux jours devant elle. Pour le public, elle repassera. Non ! Pas ses chemises, t'es con ! Elle porte des joggings. Elle repassera pour les concerts. Ils ont tous été annulés.

— C'est « Balance ton roi » qu'elle aurait dû chanter. Pas la plus petite date en vue. Ni à droite, ni à gauche. Michel, j'ai peur. On va tous y passer.

— Détends-toi frérot, c'est de la politique. Un aller simple en première classe vers le démantèlement de nos vies. Des pans de l'économie à l'arrêt et un peigne pour aller se brosser. À qui profite la faillite ? Aux gros pleins de soupe. Et ça fait des grands sloups, quand ils trempent leurs cuillères dans des marmites d'oseille. Payer des charges sur des travailleurs qui n'en chôment pas une, c'est pas social cette affaire-là ! Et la TVA, la taxe des vauriens arnaqueurs. On l'a tous eu dans l'os et jusqu'à l'omoplate. Logique MR, LR, RN, MDR. Avec tous ces R... j'ai fini par en manquer. J'aurais pu me tirer en Amérique ou en Angleterre. Réfugié économique, sans un balle pour aller danser, nada. Soyez patients, bouffez des patates et patati et patata. De quoi se tirer une prune. Ballot, je sais ! Un directeur de salle qui disparait, tout le monde s'en fout. Au moins, je ne servirai plus de cible. Les États remplacent le tir aux pigeons par la chasse aux artistes, très peu pour moi. T'as été chercher ton étoile rouge ?

Trois années qu'un vaccin obligatoire, devenu viral, a décimé les plus de cinquante ans, et tué son alter ego. Trois étés qu'il parle à Michel et que ce dernier lui répond « tu parles tout seul ». Nico pose les deux bols dans l'évier en inox rayé, un bol vide, et un bol plein, donne ses croquettes à Max et se dirige vers la salle de bain pour une toilette de chat. La vaisselle et la douche, il s'en occupera ce soir. Pas assez d'eau pour toute la rue. Et c'est l'heure de sortir. Deux créneaux par jour, ça ne se refuse pas. Il enfile son pardessus. Les voisins et les passants le prennent pour un fou, un bizarre de chez blizzard, comme s'il sortait d'une tempête de neige en plein mois d'août. Ils tendent le cou, fixent sa poitrine. L'absence d'étoile sur sa pèlerine les met mal à l'aise.

Nico regarde l'intérieur de son manteau.

— L'étoile… Faut l'accrocher devant !

— Il est réversible.

— Quoi ?

Il remonte son col.

— Le manteau, il est réversible. On fait des économies sur les lessives. Si on m'arrête, je me suis juste trompé de côté. Tu sais bien, les artistes sont étourdis. Ils mettent leur tee-shirt à l'envers, puis ils font un vœu.

La misère esthétique s'est répandue sur la planète encore plus vite que les assiettes vides. Les palettes, ça sert à stocker la nourriture devenue rare. Les peintres, ça officie dans le bâtiment. Les plastiques, ça pollue les rues. Si les plastiques donnaient de l'Art, ça se saurait. Les pigments naturels s'écoulent au marché noir, pour décorer les châteaux bourgeois. Les autres habitations demeurent inexpressives. Seuls les mulots se réjouissent de passer inaperçus. Le gouvernement, dans sa générosité, propose une palette de gris. Vingt-huit nuances, ciment, inox, flint, shallow, sarcelle, anthracite. Nico a opté pour le gris taupe.

— Taupe-là, Michel, s'exclame-t-il en descendant l'escalier.

Il jette un œil à la salle du rez-de-chaussée. « L'Imaginaire ». Le café-théâtre de tous les possibles. Vivre juste au-dessus rendait chaque moment spectaculaire.

— Tu te rappelles nos dîners de cons, nos concerts à guichets fermés ? Chaque soir, une histoire prenait vie. Ça... On en mettait des étoiles dans les yeux des gens ! Regarde où elles sont nos étoiles, maintenant ! Cousues à nos manteaux. Ils se sont pas foulés nos parlements pour imposer les couleurs. C'est à se taper la tête contre le ciel. Faut dire, ils en ont de la suite dans leur manque d'idées. Le Rouge artiste, rideaux, théâtre, nez de clown, films gores, grottes de Lascaux. Le Jaune boutique, indépendant, coiffeur, livreur, cuistot, agent de joueurs. Le Noir fonctionnaire, juge flic, RH, soldat. Ah ! Ah ! Facteur la semaine et artiste indépendant le weekend, j'ai droit au noir-jaune-rouge. Il a fait fort ce Charles-Michel comme président du conseil de l'Europe ! Imposer le drapeau belge sur le continent. Décorateur chez Carrefour, t'es rouge tout court. Graphistes à la STIB et la RATP, tu cumules la jaune et la noire.

— Comment tu trouves mes chaussettes ?

Nico demande son avis à Michel pour le coloris de ses Burlington, le choix d'une cravate, la tournure d'une lettre d'amour. En souvenir du bon vieux temps, et de quelques bières du même nom, il continue de converser dehors comme dedans, et en toute saison. Quand Nico tape sur l'épaule de son frère, sa main reste accrochée dans le vide, en suspens, comme un personnage de BD. Parfois, il la retrouve sur sa propre épaule. Il ajoute un « Salut mon gars ! »

« Michel Angeli, c'est un joli nom de scène » lui glissait son grand-père. « C'est le nom d'un ange », ajoutait sa maman, le sourire aux dents. « Chez les Angeli, on est acteur, artiste, chansonnier, bohème, depuis six générations. Faire rire, c'est le plus beau métier au monde ». Il était doué Michel.

Pendant ce temps, les décrets et ordonnances pleuvent au rythme des grêlons sur un toit en zinc. Interdit de sortir un carnet de sa poche, de chanter dans une église, de se réunir à plus que soi-même. Une mère avec son enfant, c'est limite. Interdit de porter des vêtements de créateur. Des manteaux gris en trois tailles small, large, extra-extra large, ont été fournis à la population. À chacun d'adapter son pardessus à sa morphologie. Le tissu recyclé, en partie imperméable, provient des milliards de nippes saisies dans les placards. Économies de bout de ficelles obligent. L'argent manque. Le chercher dans les hautes sphères, les élites refusent, elles perdraient de leur grandeur. Les rêves inaccessibles, c'est l'opium du peuple. Brel peut aller se rhabiller avec son manteau de brumes matinales. L'artiste a beau bouder, tirer sur sa clope, seuls les anges profitent du spectacle. Ses grandes chansons, sur la petitesse de l'âme, ne sont plus interprétées nulle part. La longue dame brune retient ses larmes. Sur Terre, plus personne n'ose fredonner un refrain, même pas dans sa tête, de peur que les boites crâniennes soient mises sur écoute.

Les étoiles à coller au fer sont à retirer dans les préfectures, et les communes, chaque année, comme les vignettes de voiture. Même en fauteuil, ou alité, il faut se déplacer. Aucune exception. Les locaux, vacants depuis plus de douze mois, appartenant à des personnes physiques ou morales, sont réquisitionnés. Ordonnance 853 sur la gestion des bâtiments. Les salles de spectacles affichent complet à Paris, Bruxelles, Berlin ou Reykjavik. Un lit par dix mètres carrés, y compris les entrées, les couloirs. Un casse-tête pour les issues de secours.

Nico soupire. L'Imaginaire comptait cent-cinquante mètres carrés de bonne humeur. Une scène de six sur quatre, accessible par la droite, par la gauche et par le fond. Que de vaudevilles et de pièces mémorables. Les cinémas et les musées sont obligés de suivre. Les coins de tableaux, les oiseaux et les pommes de Magritte remplacent les supports à perfusion. Le matériel médical s'épuise. La pluie martèle aux fenêtres, et couvre le cuicui des respirateurs. À la Cigale, à Paris, cinq-cents lits patientent. Au Heysel, à Bruxelles, onze-mille-deux-cents couchettes dépourvues de convoyeurs attendent. Principe de précaution. On complète d'abord les cafés, les restos, les salles de sport. Au Harpa CC de Reykjavik, les malades font coucou aux familles derrière les murs de verre. Il faut bien que ces lieux servent.

Apprendre à vivre demande plus qu'une vie. Quelques décrets ont suffi pour la désapprendre. Sous la vie, on trouve la survie. Et sous la survie, l'envie d'aller voir ailleurs. Alors partout, dans les souterrains, la résistance s'organise. Qui voudrait d'un monde au goût de carcasse ?

Nico a déposé sa télévision sur le trottoir le 1er avril 2021. Un jeudi matin. Les mauvaises nouvelles en boucle le minaient. À son retour de courses, le poste s'était volatilisé. Trois ans plus tard, le monde comptabilise cent-quarante-trois millions de morts, sans églises ni chandelles. Très loin du milliard de décès souhaité par les gouvernements. Loger la population et construire de nouveaux habitats coûtent cher, et l'argent est plus précieux que leurs pupilles. Les architectes ont planché sur des centres de vie et de commerce dans les égouts, poussés par une vague de catastrophes climatiques. Le futur de nos métropoles s'est joué en sous-sol, comme une mélodie, avant qu'une solution plus économique voit le jour.

À New York, quartier du Lower East Side, la ligne J du tramway donne sur un espace abandonné de la taille d'un terrain de football, sombre, humide, mais au charme indéniable. Des kilomètres de poutres métalliques et de néons propices à la promenade. Filtres à lumière naturelle et photosynthèse rendent déjà possible la pousse des arbres et des plantes. Après les rooftops végétalisés, le vert des profondeurs aurait pu se répandre en toute légalité. À Paris, les stations fantômes, restées au stade de gros œuvre, sont connues des plus démunis. Ils y vivent en harmonie, prêts à partager leur bout de bitume. La Porte Molitor, La Défense Michelet, Élysée La Défense, la Voie des Fêtes qui relie La Place des Fêtes à La Porte Lilas Cinéma. Des noms à faire frémir les politiques de fermeture des lieux non essentiels. Ces noms ont été rayés du dictionnaire à la hâte l'été dernier. Les dicos y passeront eux aussi. Tout le monde le sait. Pour l'heure, l'argent économisé fleurit les jardins des grands hommes qui se jugent essentiels et marqueront leur linge sale plus que l'Histoire.

L'immeuble de Michel vient d'être réquisitionné. Quinze lits y seront déployés. Nico doit partir vivre en bas. Il dit au revoir à Michel, et à l'Imaginaire. Un bonsoir sans cérémonie. Puis il se ravise.

— Sorry Nico ! Ce soir, c'est toi que je laisse ici ! Je suis Michel Angeli, facteur humoriste, et j'aime mon nom d'artiste. Fini de distribuer des lettres que personne ne lit. Les lettres, je veux les rendre au théâtre et à la chanson, des lettres de noblesse.

Nico redevient Michel. À la manière d'un Jean Moulin, chapeau sombre et regard lumineux, il jette une longue écharpe blanche sur son pardessus moins gris. Avec panache et résistance, son chat Max dans les bras, il s'engouffre dans la nuit parsemée de rêves et d'étoiles, pour disparaitre dans le métro parisien. La lune rit derrière lui. Elle sait le sable sur les quais, les palmiers, les scènes, les graffs, l'azur, les sourires et les projecteurs. En bas, la vie reprend vie.

Au-dessus, les stations accueillent leurs lots de passagers qui parlent seuls. Des hommes et des femmes s'adressent à leur double, cette part d'eux, cette part artiste pour la faire exister. Depuis plusieurs soirs, les étoiles prennent une teinte d'un rouge vibrant. Des reflets de feux drapent les rampes d'escalier. Les bouches des métros brillent. Les télévisions du monde entier relaient ce phénomène étrange, et, pour un temps, inexpliqué.

VALEIX Valérie

Valérie Valeix est apicultrice. Elle a été membre de la Fondation Napoléon et se passionne pour l'Histoire. Auteure de la série *Crimes et Abeilles, les enquêtes de l'apicultrice*, ainsi que d'une série historique : *Les enquêtes du Capitaine Sabre*, avec *Les Diamants de Waterloo* et *Le Soldat d'étain assassiné*, elle est publiée chez Palémon Éditions.

Valérie Valeix
valdias@orange.fr
FB Valérie Valeix
www.crimesetabeilles.fr

L'importance d'une rose

Par Valérie Valeix

À Alain Cerri, mon Grand Correcteur impérial sans lequel Jérôme manquerait sérieusement de panache.

Paris, vendredi (saint) 8 avril 1814.

Depuis que la capitale était tombée aux mains des coalisés huit jours plus tôt, les Prussiens campaient à Montmartre et les Austro-Hongrois à Vincennes. L'impératrice Marie-Louise avait quitté la ville le 5 avril avec l'héritier impérial. Par l'entremise de son grand écuyer, Caulaincourt, Napoléon avait tenté de négocier avec le tsar, accueilli par Talleyrand dans son hôtel de la rue Florentin. Mais la reddition de Marmont, ayant livré la route de Paris aux troupes étrangères, avait porté grand préjudice à l'Empereur, de même que la défection de ses maréchaux, ce qui le contraignit à une abdication sans condition le 6 avril. Dans tous les ministères de l'Empire qui s'écroulait, les fonctionnaires, quand ils n'étaient pas occupés à brûler les documents compromettants, couraient en tous sens sous les ordres et contre-ordres.

Dans la rue, l'incertitude était tout aussi palpable et les plus folles rumeurs se propageaient. Pour le défilé de son armée sur le Champ de Mars, le tsar exigeait que tous les commerces, hors ceux de bouche, fussent fermés. Louis XVIII allait lever un impôt pour l'entretien des détachements étrangers sur le territoire national. Dans l'attente de ces mesures, ceux-ci se servaient sans vergogne dans les boutiques qui n'avaient pas baissé le rideau ; d'autres avaient préféré fermer par crainte d'être pillées. Dame, on n'était jamais trop prudent ! Car pour les *barbus*[24], rien n'était trop bon à manger ni à boire.

Ah ! les pâtes de fruits de chez Berthelemot, les cornichons de chez Maille et les liqueurs de Mazurier ! Rien n'était trop beau non plus à rapporter à sa famille : un Napoléon pantin pleureur, une poupée de peau à robe de soie, un éventail en nacre noire et feuille de gaze à sequins et les sels pour le bain de madame Sienne de l'Orto…

Les soldats étrangers se pavanaient sur les boulevards au bras des grisettes ravies de cette manne : leurs cavaliers d'un soir avaient la bourse sur le cœur !

Jérôme Blain, surnommé le capitaine Sabre, pour son adresse au maniement de cette arme, capitaine au 1er chasseurs à pied de la Garde impériale, hâta le pas afin de rejoindre l'hôtel Mirabeau au 6 rue de Seine, demeure du peintre Pierre-Joseph Redouté. Dans son vaste appartement de neuf pièces, « Le prince des fleurs » avait installé un grand atelier où il donnait des cours de dessin, prisés des jeunes filles et des femmes de la haute société, parmi lesquelles Hortense Bonaparte, fille de l'ex-impératrice Joséphine, mécène de l'artiste belge. C'était grâce à Joséphine et à ses dix-huit mille francs de traitement par an qu'il pouvait se permettre de mener assez grand train dans ce bel appartement et dans une maison de campagne à Fleury-sous-Meudon avec un jardin qu'il avait orné de nombreux rosiers.

Parce que Jérôme avait rendu un service à Joséphine quatre ans plus tôt, celle-ci avait offert à son épouse Marion, éventailliste, la formation de dessin chez le peintre. Si Redouté et Jérôme n'étaient pas amis, ils s'appréciaient cependant, d'autant que Marion se révélait, aux dires du

---

24. Les cosaques.

peintre, plus que douée, notamment dans l'esquisse des anémones et des pavots. Toutefois, Jérôme était très inquiet. Depuis son retour à la vie civile, deux jours auparavant, il n'avait cessé de mettre Marion en garde contre les mauvaises rencontres :

— Ne t'éloigne pas de notre domicile ; tu pourrais te retrouver nez à nez avec des soldats prussiens ou même russes…

— Et alors, est-ce que ces gens-là n'ont pas reçu une éducation ? N'ont-ils pas eu une mère pour leur apprendre la politesse ?

— Sans doute, mais ils sont en pays conquis et en manque de femmes, alcoolisés pour certains et…

— En manque de femmes, dis-tu ? Mais Paris est un vaste lupanar qui ne demande qu'à *raccrocher* le chaland, fût-il russe ou prussien. C'est d'ailleurs au Palais-Royal qu'on trouve les plus belles prostituées ; c'est sûrement là qu'iront ces messieurs des armées étrangères.

— Le soir peut-être, mais pas en journée où ils sont en service ; or, on les trouve partout dans les rues, de vrais poux comme même nos Jean-Jean n'en avaient pas sur eux en campagne !

Marion avait haussé les épaules.

— Comme si je passais mon temps ailleurs que chez nous et loin de mes éventails ou de notre fils dont il faut s'occuper !

— Et tes cours de dessin chez Redouté ?

— Eh bien quoi, mes cours de dessin chez Redouté ?

— Cela me rassurerait que tu attendes des jours meilleurs pour y retourner. Ne m'as-tu pas dit que, depuis un mois, vous n'étiez plus que deux élèves ?

Marion n'osa pas ajouter que, la semaine précédente, elle était même seule à assister aux leçons du maître es fleurs. À quoi bon inquiéter son époux qui risquait bien de l'enfermer à la maison alors que pour rien au monde, elle n'aurait manqué cet enseignement où ses progrès étaient sensibles, notamment dans le croquis des roses, chères au professeur ?

Passé le pont au Change, les quais se faisaient déserts. On était pourtant à la veille de Pâques, le vendredi saint, et en milieu d'après-midi, heure à laquelle les bourgeois et les mères de familles, accompagnées de leurs enfants, aimaient à flâner devant les boutiques. Après avoir franchi le pont des Arts, au début du quai Voltaire, Jérôme tourna à gauche sur la rue de Seine et aperçut avec soulagement l'hôtel dit de Mirabeau alors qu'aucun membre de cette famille n'y avait vécu, un bâtiment de six étages. Tandis qu'il s'apprêtait à frapper à l'huis, des notes mélancoliques de piano lui parvinrent depuis l'appartement voisin : il reconnut la « sonate pour piano en do majeur », dite *sonata simplice*[25], de Mozart.

Ce fut madame Redouté qui lui ouvrit un instant plus tard en lui offrant un regard étonné et anxieux.

— Monsieur Blain ?

— Madame, répondit Jérôme en soulevant son haut-de-forme noir. Au vu de la situation politique et avec tous ces soldats étrangers dans nos rues, je suis très inquiet pour ma femme. Sauf votre respect, Madame, je ne voulais pas qu'elle vienne ce jour au cours de dessin de votre mari, non que je craigne ce qui peut advenir lorsqu'elle est chez vous, mais ce qui peut arriver sur le trajet.

— Ah ! je vous comprends, Monsieur, mon mari a subi des pressions pour fermer son atelier, lequel, aux dires d'inconnus se réclamant de la morale, n'a pas lieu d'exister en ces temps de conflits. Moi-même, je ne sors plus guère. Quant aux cours de dessin, mon mari a dit tantôt à votre femme qu'il n'y en aurait pas jusqu'à nouvel ordre. Néanmoins, comme elle était venue quand même, il s'est proposé de la raccompagner à votre domicile. Voilà une demi-heure qu'ils sont partis. Ne les avez-vous pas croisés ?

— Non, mais peut-être ont-ils pris un autre chemin que moi ?

— C'est possible, car mon mari devait passer chez Vilmorin porter deux vélins de roses, très attendus par le grainetier. Avec tout ce qu'il se

---

25. « Sonate facile », composée vers 1788, mais publiée en 1805 seulement.

passe, c'est bien de la folie, mais mon mari n'a rien voulu entendre. Ah ! ses roses le tueront... Vous devriez entrer pour l'attendre ou bien tenter de les rejoindre quai de la Mégisserie.

Jérôme remercia et ne s'attarda pas. Reposant son haut-de-forme sur ses cheveux bruns bouclés, il dévala l'escalier, les pans de sa redingote noire flottant derrière lui. Il refit rapidement le chemin inverse et débarqua moins de dix minutes plus tard quai de la Mégisserie qui avait à peu près tout gardé de son aspect médiéval. En jetant un œil à la vitrine de Vilmorin, encombrée de sachets de graines florales et potagères, mais aussi de bacs à fleurs en zinc, quelle ne fut pas la surprise de Jérôme de voir, à l'intérieur de la boutique, Marion auprès de Redouté discutant avec un quidam de dos. Et à voir leurs mines courroucées, il ne s'agissait pas d'un aimable échange bucolique.

Jérôme poussa la porte discrètement et se trouva comme en pleine houle.

— Je vous interdis bien de toucher à mes estampes, clamait le peintre.

— Je vous dis, moi, que vos estampes n'ont rien d'important et que vous allez me les remettre.

— Pour en faire quoi ?

— Je les déposerai au mont-de-piété.

Marion et Redouté se récrièrent :

— Vous n'y songez pas, monsieur !

— Quand les temps seront meilleurs, vous les récupérerez.

— Pour qui me prenez-vous, monsieur, pour tenter de me faire gober une telle fable ?

— Pour un barbouilleur de couleurs grassement entretenu par les épouses de roi ou d'empereur.

Jérôme entra dans la conversation :

— Tout doux, monsieur ! D'abord, qui êtes-vous pour prétendre délester monsieur Redouté de ses biens et, ensuite, l'insulter en le traitant de barbouilleur de couleurs ?

À sa vue, le visage de Marion s'éclaira et celui de Redouté se détendit. Derrière eux, le patron, monsieur de Vilmorin, tâchait de rester stoïque. Dame, ce petit *gonsse*[26] avait l'air particulièrement remonté ; il pouvait être armé. Monsieur de Vilmorin n'avait nulle envie de se faire trouer la peau pour ces deux belles esquisses de roses sur vélin étalées sur son comptoir.

— De quoi vous mêlez-vous ?

— De ce qui me regarde… Ces dessins, magnifiques au demeurant, se doivent d'être partagés avec le public.

— À quel titre ?

— Foutre, celui de la connaissance.

Le petit gros éructa :

— La seule connaissance qu'un bon Français se doit d'avoir en ces temps troublés est celle de la nation écrasée par la botte prussienne.

Jérôme se pencha sur une des esquisses révélant, avec d'incroyables détails, la grâce d'un « rosier à cent feuilles ». Il se souvint que le peintre observait à la loupe, voire au microscope, une feuille, une épine, un bouton de fleur ou un insecte pour en saisir les couleurs les plus justes et les éléments les plus infimes.

— Selon vous, mon ami, amour de la patrie et amour des belles choses ne peuvent aller ensemble ?

— Heu…

Jérôme vit un sourire monter sur le visage d'éternel adolescent de Redouté en dépit de ses cinquante-quatre ans bien sonnés.

— Je ne vois rien de répréhensible à aimer les roses, les livres, les arts, la musique, bref tout ce qui nous distingue des singes dont on dit qu'ils seraient nos ancêtres, et, à vous voir et vous entendre, je finirais par le croire.

— Quelle insolence, monsieur !

---

26. Homme.

— Vouloir empêcher la diffusion de ces estampes, n'en est-ce pas une également ? Et plus grande encore !

— Comment osez-vous ?

Jérôme haussa les sourcils et darda son regard vert sur l'odieux personnage.

— Mais j'ose, cher monsieur, j'ose dire ici haut et fort que les roses sont essentielles à la vie, que monsieur Redouté est indispensable à nos mornes existences. J'ajouterai que les éventails fabriqués par mon épouse Marion, ici présente, sont les choses les plus importantes qui soient...

— Important, un éventail ? J'aurai tout entendu ! De la brenne, oui...

— Non, monsieur, les roses et les éventails ont en commun d'être le fruit d'un travail minutieux, d'une recherche du beau qui apporte du soleil dans nos vies. Et le soleil, monsieur, appartient à tout le monde.

— Vous êtes un traître à la patrie.

Jérôme éclata de rire.

— Je me suis battu pour diffuser la culture française et les idées de liberté aujourd'hui si menacées. J'étais à Austerlitz, à Iéna, à Friedland, à Wagram, et partout, une fois que les armes s'étaient tues, j'ai recherché la poésie et j'en ai toujours trouvé. Même au fin fond des steppes de Russie, car j'ai aussi fait cette campagne. Les Russes disent d'ailleurs fort justement que si votre cœur est une rose, alors vous ne direz que des mots parfumés.

— Qui êtes-vous donc ?

—Jérôme Blain, ex-capitaine au 1er chasseurs à pied de la Garde impériale, dit le capitaine Sabre. Auriez-vous une idée de la raison pour laquelle on me surnomme ainsi ? demanda Jérôme en posant la main sur la fusée de son sabre tout en toisant le quidam du haut de ses cinq pieds sept pouces français[27].

— Je ne vois que trop.

— Partez, monsieur.

---

27. Un mètre quatre-vingt-deux.

— Sinon quoi, vous allez m'embrocher ?

— J'ai trop de respect pour ma lame…

Jérôme empoigna l'homme, le fit pivoter sur lui-même, puis il le poussa jusque vers la porte que Redouté lui ouvrit en grand.

— Fous-moi le camp d'ici, conclut Jérôme en lui fourrant le bout carré de sa botte dans le postérieur. Et n'oublie pas : les roses sont la plus grande richesse de la vie !

VIMEUX Mélanie

Feel good, développement personnel, un brin de spiritualité, Mélanie Vimeux partage dans ses écrits un point de vue optimiste et différent sur le monde. En 2018, elle publie son premier roman : *Balance ta cerise !... et pars à la conquête de la vie que tu mérites*, un roman plein d'énergie et d'émotions qui amène le lecteur à se questionner sur ses envies, ses besoins et la vie en général. Mélanie signe ici sa troisième nouvelle pour le collectif, pour une cause qui lui tient particulièrement à cœur : l'expression artistique pour tous, en particulier pour les personnes en situation de handicap.

IG @melanie_vimeux. auteure
FB @Melanievimeuxauteur
melanieprodhommevimeux@gmail.com

Le papillon

Par Mélanie Vimeux

— Diantre ! Je suis fichtrement désappointé, cher confrère. Nous sommes dans une posture plus que délicate. Je m'en vais quérir une solution au plus vite pour nous tirer de ce mauvais pas…

— Mauvais pas ? Nous sommes dans la mouise jusqu'au cou, Gab' ! Tu devais lui apporter inspiration, confiance et tout le nécessaire pour qu'il commence l'écriture de ce fichu bouquin… C'était ton humain ! répond Daniel d'un ton offusqué.

Les deux Anges se font face et contemplent, impuissants, au travers d'une petite fenêtre à l'allure d'écran télévisé, l'hologramme de l'homme, sujet de leur conversation animée. Celui-ci dort tranquillement, adossé à un arbre, allongé dans l'herbe drue et verte de ce qui semble être une prairie de montagne.

— Regarde-le… Il devrait écrire ! C'est son rôle ! Sa mission ! Pourquoi n'écrit-il plus ?

L'Ange Daniel glisse sa tête doucement de droite à gauche, dépité. Son auréole brille plus que jamais, sa toge tombe, gracile, le long de son corps filiforme et transparent.

— Plaît-il, cher Daniel ? Tu n'es pas sans savoir que la vie sur Terre ne facilite en rien notre travail. L'âme devient lourde, entravée de toutes les couches énergétiques imposées par l'incarnation. Et je t'avoue, très cher associé, que je n'avais pas en tête que ce jeune ducassier fût si contemplatif…

— Duca… ? Mais enfin, ne peux-tu pas parler comme tout le monde ? Gabriel, je sais que tu adores manier le verbe en bon Ange gardien des écrivains que tu es, mais aujourd'hui, tes emphases me montent à la tête… ajoute Daniel avec un agacement pleinement assumé.

— Et quel bonheur, d'ailleurs, d'accompagner nos enfants terriens dans cette voie grandiloquente et magnifique qu'est l'art si somptueux de l'écriture, n'est-il pas ? Je déplore que la plupart d'entre eux ne fassent pas davantage appel à nous. Force est de constater qu'avec ces âmes sensibles, le fil est loin d'être si facile à tirer. Comme Pénélope, je tisse la journée et ces chenapans détissent pendant la nuit, quand j'ai le dos tourné. Tel Ulysse, je me noie dans le désespoir de voir mes plans déjoués ! L'ego joue contre nous comme une insupportable armure de leur créativité divine ! Quel malheur !

À ces mots, Gabriel prend une pause de statue grecque, tel un dramaturge shakespearien, ce qui ne manque pas de provoquer l'exaspération de l'Ange Daniel, qui se retient de tout commentaire. L'Archange reprend sa tirade explicative.

— Sitôt le déclic de leurs missions de vie opéré, tout devient nébuleux autour d'eux, comme s'ils refusaient le chemin qui se trace et préféraient les méandres d'une vie banale, pleine de drames quotidiens, de désorganisation, ou de paresse… Ah, la paresse, quelle tare pour ces chers petits ! Ils ont besoin d'encouragements et de discipline, les bougres ! Et ce sacripant que nous voyons là, certainement encore plus que les autres. Regarde cette belle sensibilité… Il est si frêle, si généreux. Ces cheveux d'ange, ce corps robuste, cette plume si sensible. Il est parfait ! répond l'Archange Gabriel avec attendrissement.

— Celui-là est prêt à écrire LE livre, les planètes sont alignées, il a l'esprit libre : il n'a plus qu'à s'y mettre ! Il a une âme d'écrivain, il devrait déjà avoir commencé le roman qui va changer la vie de centaines de milliers de personnes et leur permettre de rentrer dans le nouveau paradigme que la planète attend depuis vingt années terrestres. Au lieu de cela, Mônsieur choisit de faire du fromage et de parler à des chèvres dans le Cantal. Il contemple, ah ça oui, il contemple ! Mais il n'écrit pas !

— Oh, le cantal ! Le fromage ! Ce goût… fruité… acidulé… magique ! Que j'aimais gobichonner ces mets délicieux quand j'étais vivant.

— Tu t'égares Gab' ! Et donc… cette muse ? Que lui envoie-t-on à notre beau berger artiste, futur écrivain du livre qui doit marquer sa génération ?

— Mais veux-tu cesser avec tes psittacismes ! Nous disposons d'une quantité de temps considérable devant nous… positivement… de l'éternité… Voudrais-tu bien arrêter de me brusquer de la sorte !

— Pschiitt pschitt toi-même ! Notre éleveur de chèvre démarre son 3e cycle de 14 ans dans… précisément 3 jours… S'il n'a pas le déclic d'ici là, on est bon pour 14 ans à attendre avec les chèvres et ses fromages. Il faut planter la graine maintenant, sinon, on risque de récolter des pissenlits ! On ne peut pas se permettre de perdre des points pour la collectivité, et tu le sais bien. L'humanité est prête au changement, alors inspirons les âmes inspirantes afin qu'elles expriment ce qu'elles ont à exprimer et envoient les bons messages à leurs congénères !

Daniel se trouvait au bord de la crise de nerf, ses yeux révulsés devenaient rouges à mesure qu'il constatait son impuissance à trouver une solution à la situation qu'il ne tarderait à qualifier de désespérée.

— Oh mes aïeux ! Daniel… il est grand temps que tu travailles ta patience, tes catilinaires te feront trépasser !

— Je ne te le fais pas dire Gab', c'est la grosse cata, oui ! Comment fais-tu pour continuer à parler comme Baudelaire ? Je te rappelle que les supérieurs lancent dans peu de temps, l'« Opération Essentiel ».

Furibond, Daniel perd une bonne fois pour toutes ses bonnes manières d'ange gardien, et attrape son comparse par les épaules en le secouant violemment.

— Les heures sont comptées ! La brigade des Principautés, chargées d'éclairer et diriger l'action des Anges et Archanges, vient d'annoncer l'imminence d'événements, visant à remettre l'ordre sur Terre…

— Mais enfin Daniel, veuuux-tuuu bienn me laaacher !

L'Archange disparaît soudainement dans un brouillard opaque pour réapparaître deux mètres plus loin en position à nouveau de statue grecque tragi-dramatique.

— Plus jamais je ne tolérerai pareil outrage, Daniel ! Bon, maintenant, il est temps ! Saperlipopette, j'ai une idée ! Allez ! 10… 9… 8…

— Et donc ? Rêve ? Flash ? Oiseaux ? Que comptes-tu lui soumettre comme signe ?

— Tu verras bien ! 7… 6… 5…

***

Le soleil est spécial en ce jour. La couleur du ciel particulièrement vibrante. Des traînées orange et rouge dessinent des lignes dans le ciel. Les nuages forment des amas parallèles sur lesquels la lumière du jour laisse percer ses rayons. Thomas ressent que cette journée revêt quelque chose de différent.

Le nouveau berger regarde son troupeau : il est heureux, se sent vivant. Depuis qu'il a décidé de tout plaquer, qu'il a enfin osé sauter le pas et quitter cette vie sans saveur, sans sens, un poids sur sa poitrine s'est allégé. Journaliste dans un petit canard miteux sans intérêt, le jeune homme, sans attache, est parti du jour au lendemain pour vivre sa nouvelle vie. Élever des chèvres, vivre de son labeur, être au contact de la nature. Libre de ses choix, libre de ses gestes, libre de ses pensées.

Les couleurs de cette nouvelle aube confortent sa décision. Le tintement des cloches des chèvres l'arrache à la contemplation de ce magnifique spectacle. Il doit encore passer un col pour laisser pâturer ses animaux tranquillement et savourer, assis dans l'herbe, le calme serein de la montagne.

Le berger rassemble les chèvres récalcitrantes et le convoi démarre. Il atteint bientôt la clairière. Cet endroit, il se l'est approprié. Le jeune homme s'assoit au pied de l'arbre qu'il a choisi comme compagnon de travail depuis quelques semaines déjà. Le frêne qui le soutient gagne jour après jour des feuilles supplémentaires. Le printemps fait son œuvre. Les chèvres broutent paisiblement. Les oiseaux chantent. Thomas voit son moment préféré approcher. Il saisit dans son sac à dos un livre qu'il ouvre à une page précise cornée. Un roman qu'il adore. Un passage charnière…

« En prenant la décision de venir aujourd'hui, vous avez accompli un apprentissage majeur pour vous, en développant une capacité qui vous faisait cruellement défaut à ce jour : renoncer à quelque chose, autrement dit de faire des sacrifices pour avancer sur votre voie. C'est désormais acquis, le dernier obstacle à votre épanouissement ayant ainsi volé en éclats. Vous disposez maintenant d'une force qui vous accompagnera toute votre vie. Le chemin qui mène au bonheur demande parfois de renoncer à la facilité, pour suivre les exigences de sa volonté au plus profond de soi. »

En relisant ces quelques lignes, Thomas sent un courant électrique lui parcourir le dos. Des frissons. Son corps entier pétille de joie. Oui, il l'a fait ! Oui, il sait qu'il est plus fort aujourd'hui ! Il ne sait pas de quoi demain sera fait, en revanche, le présent lui propose une vie au contact de la nature. Ce dont il a toujours rêvé. Respirer chaque jour la rosée du matin, l'air de la montagne, vivre de ses produits. Simplement. Profiter de l'instant. Juste le présent.

Thomas attrape un crayon et son carnet. Il note ces quelques pensées. Ce carnet, compagnon de voyage de son ancienne vie, constitue le seul outil qu'il a souhaité garder de son métier de journaliste. Écrire est une passion, il ne pourra jamais s'en passer. Poser des mots sur le papier lui permet d'évacuer, de mettre au clair, trier.

Juste le présent…

Thomas lit et relit ces trois mots et finit par laisser couler le crayon.

D'une écriture saccadée et rapide, un paragraphe se dessine, puis une page entière. Quand la frénésie d'écriture se tarit, sa main s'apaise.

Juste le présent.

Alors qu'il relit rapidement les quelques notes, Thomas retient son souffle.

«Inspiration divine», pense-t-il.

À la vitesse d'une feuille qui se pose, portée par le vent, un papillon dessine au-dessus de lui un tourbillon de couleur. Tranquillement, le jeune homme observe sa danse, son vol précis et voluptueux. Comme une ode à la vie, à la nature, à la simplicité des choses.

4... 3...

C'est sur sa main que le petit insecte précieux décide de se poser... comme un cadeau. Ses ailes continuent de frémir. Le bleu intense de ce petit être hypnotise un moment le nouveau berger. Juste le présent...

2... 1...

Juste 1 seconde. Il n'aura fallu qu'une seconde. Le petit insecte reprend alors son envol, mais dans la tête de Thomas papillonnent désormais d'autres idées, d'autres envies...

— Et si j'écrivais un roman ? J'en ai toujours rêvé...

***

— «*Nous les Hommes*» : qu'en-penses-tu ? C'est accrocheur comme titre, non ? lance Daniel.

— Certes, je vais soumettre ton idée à Pierre, il doit valider au préalable. Où en est le petit sacripant avec ses chèvres et son futur chef d'œuvre ?

— Quasi finalisé !

— À la bonne heure ! Que je suis ravi ! Et as-tu pu mettre en marche le train des synchronicités, est-ce que toutes les personnes concernées sont prêtes ? Communiquant ? Éditeur ? La plus grande maison d'édition évidemment... Tout est prêt à se mettre en place, Daniel ?

— Je vais vérifier de suite !

Daniel allume l'écran holographique, fait défiler les pages jusqu'à faire apparaître successivement les locaux de grandes maisons d'édition à Paris, à Lyon et à Marseille. Il marque un temps d'arrêt. Il ne répond pas et reste un instant bouche ouverte, observant avec effroi le petit cadre qui lui sert de lien avec la planète Terre. Son visage d'ange devient pâle puis transparent. Gabriel le fixe, étonné.

— Grand Dieu, mais quelle tête de fantôme tu fais ! Que vois-tu, cher confrère ? Que se passe-t-il sur Terre ? Ils ne sont pas en phase ? demande Gabriel.

— C'est un euphémisme ! En fait je crois qu'ils déphasent... répond en hoquetant Daniel. Tu te rappelles l'opération lancée l'année dernière par les Principautés ?

— Le virus ?

— Oui, évidemment, nous étions tous d'accord ! L'« Opération Essentiel » ! Il était en effet question que chaque humain se recentre sur son essentiel, non ? demande Daniel. Sa mission de vie, son besoin, sa famille, son talent, bref, sa raison d'être sur Terre !

— Oui. Enfin, en théorie ! Je crois que nous avions oublié le fait que l'essentiel en ce moment sur Terre se situe davantage dans les billets de papier qu'ils échangent et nomment « monnaie », que dans l'Amour des uns pour les autres. Nous imaginions que les humains allaient du jour au lendemain changer leur façon de vivre au quotidien en optant pour la consolidation d'un système de santé plus fort, en abandonnant le mode travail asservissant et dénué de sens, en collaborant à un avenir plus collectif, simple et sobre... Et donc ? Que s'est-il passé ? demande Gabriel. Parle !

— Ils les ont tous fermés. Tous. Pas un n'a été épargné. Nos essentiels :

tous les lieux d'expression. Les musées. Les galeries. Les salles de concert, de cinémas. Tous. Ils ont même fermé les librairies, les maisons d'édition, toute l'industrie du livre. Comment allons-nous transmettre notre message, maintenant ? Comment sauront-ils ?

Daniel se lamente et continue d'énumérer le désastre qu'il constate sur chacune des pages de l'écran holographique.

— S'IL n'est pas lu par au moins 300 000 lecteurs, le nouveau paradigme ne se mettra pas en place et les effets de cascade en chaîne ne se produiront tout simplement pas...

— Oh mais, oust ! Fi ! Fi ! Veux-tu bien cesser tes calinotades ! Tout est prévu évidemment ! Ne crois-tu pas que le système angélique laisserait l'humanité entière se défaire de la sorte sans dessein aucun ! Ne vois-tu pas comme cette jeunesse est pleine de ressources, pleine de belles idées ? Regarde leurs yeux défaits, leurs frustrations. Cette génération sera plus forte avec le désir de sortir de leurs chrysalides plus rapidement pour construire un monde différent. Observe toutes ces belles âmes, je ne me ferais pas autant de soucis à ta place... Tu es prêt ? Je lance le compte à rebours... 10... 9... 8...

***

« FIN ».

Thomas se délecte d'avoir enfin pu écrire ces trois petites lettres anodines et si lourdes de sens. Un an qu'il peaufine son ouvrage avec cœur et passion, un an qu'il imagine écrire enfin ces trois lettres. Ce roman retrace son envie de nature, de sobriété, d'authenticité. Sa rencontre avec les montagnes, leur immensité et les marmottes. Un roman simple, sans fioriture, qui pourrait parler à un maximum de personnes, il l'espère de tout son cœur. L'histoire d'un changement de vie comme il l'a vécu, avec cœur et sincérité.

Aujourd'hui, Thomas est heureux. Il a confiance. Malgré le contexte et ses blocages, son roman sera publié. Il le sent. Hier dans la journée, il a pris contact avec un collectif d'auteurs, celui-ci lui propose de l'aider à publier son roman et à en faire la promotion. Pas de maison d'édition mais la simplicité de diffuser sur internet son message en autoédition. Et pourquoi pas ? Et si demain était fait d'échanges directs et courts dans tous les domaines, d'envies de partages évidentes et authentiques ? Finies les demandes racoleuses aux éditeurs. Et si demain n'était que le début d'une nouvelle ère ? Celles de la simplicité et de l'indépendance ? Donner du sens pour demain. Pour les générations qui viennent, pour vivre sur une planète saine et durable, pour une humanité plus consciente.

4... 3... 2... 1...

Un papillon bleu se pose alors sur l'épaule du berger-écrivain, le toise quelques secondes, puis s'immobilise. L'insecte et l'homme se reconnaissent. Thomas sent monter en lui les mêmes frissons qui lui ont donné le courage, il y a un an, de prendre la plume. Le jeune homme a l'audace de penser qu'il a raison : il est aujourd'hui maitre de sa vie, de son destin. Après une dizaine de secondes, le petit être lumineux reprend son envol et Thomas son crayon. Il ouvre alors la première page de son carnet et raye le titre qu'il remplace avec une certitude qui le rend plus fort.

« Nous, les hommes de demain... indépendants, libres et heureux ! »

Et si l'essentiel ne tenait qu'à ces trois petits mots ?

À tous ceux qui croient au changement et le mettent en œuvre avec confiance au quotidien ! À tous les auteurs masqués, et à l'équipe d'*Itinéraires singuliers* qui œuvre pour la plus belle des causes : la libre expression artistique pour tous ! Un grand merci à vous.

Table des matières

Printed in Great Britain
by Amazon